眉目秀麗な紳士は指先に魅せられる

Miyako & Kota

吉桜美貴

Miki Yoshizakura

EB

エタニティ文庫

目次

眉目秀麗な紳士は指先に魅せられる

「六木さん、来客だって」

そう声を掛けられ、熱心にキーボードを叩いていた六木美夜子は顔を上げた。

「来客ですか？　私に？」

美夜子が聞き返すと、マネージャーの小西聡子は「そうだよ」とうなずく。

珍しいな、と美夜子は思う。ここ、ストラトフォード・エージェンシーで総務の仕事をはじめて六年、美夜子に来客があったことなんて一度もない。

「どちらさまですか？」

美夜子が問うと、小西は首をひねりながら答えた。

「それが……日置繊維の那須川康太副社長らしいんだよね」

「ええっ！」

日置繊維といえば日本有数の繊維商社。革製品や貴金属、服飾雑貨といったアパレル製品を扱っており、ストラトフォード・エージェンシーとも関わりがある。

美夜子の勤めるこの事務所ではパーツモデルの育成や紹介、斡旋業務を行っていて、登録モデルが日置織維のCMに出演したり、宣材に起用されたりしたことが何度もあるのだ。

「私もまさかと思って顔を見て確認したけど、間違いなかったのよ。六木さん、那須川副社長と知り合いなの？」

「まさか。会ったこともないです。というか、顔も知らないです」

「だよねぇ……」

「本当に私なんですか？　別の人と勘違いしてませんか？」

「うん。おかしいなと思って何度も聞き直したんだけど、ストラトフォード・エージェンシー所属の六木美夜子さんって言ったから、あなたしかいないよねぇ。副社長が会いに来る理由、なにか思い当たらない？」

「いえ、知り合いじゃないですし、仕事でも絡んだ記憶がないです」

「そうだよねぇ。確かに日置織維はお得意様だけど、総務は直接関係ないしなぁ」

「なんなんだろ。なんの用かは言ってなかったんですか？」

「本人に直接話があるからって。六木さん、悪いけど応接室へ行って直接話してきてくれる？　お得意様だから、むげにするわけにもいかないのよ」

小西は意味深にニヤッと笑ってから続けた。

「見ればわかるけど、度肝を抜かれる級のイケメンだから。一度拝んでおいて損はないよ。ちょっと！　今、ネットで調べてみたら三十五歳独身だって！」

小西は手にしたスマートフォンをタップしながら声を上げる。

「えええっ」

「しかも、超紳士的な人だったから、危ない目に遭うこともないはず。ほらほら、早く立って」

「わ、わかりました」

美夜子はシルクの手袋をはめ直し、立ち上がった。

美夜子も所属モデルの一人で、手のパーツモデルをしている。しかし、売れっ子と呼ぶにはほど遠く、起用されるのは年に数回のみ。パーツモデルだけではとても生活できないので、正社員としてストラトフォード・エージェンシーの総務をしている。どちらかといえば本業はそちらで、パーツモデルのほうは完全に副業だ。

それでも、パーツモデル業をあきらめたわけじゃない。いつかはそれ一本で食べていけるようになりたいと思っている。しかし、美夜子は二十八歳。加齢は皮膚の表面に表れ、歳を取れば取るほど仕事では不利になる。ハンドスキンケアやパックにお金をかけて劣化と戦いながら、事務作業でうっかり手を傷つけないよう注意して毎日を送っていた。

事務所は品川シーサイドの一角に建つ高層ビルの二十三階にある。二十坪ほどのスペースをテナントとして借り、部署ごとに並べたデスクの上にノートパソコンを置いて皆、仕事をしていた。事務所の規模としては小さめで、抱えているモデルは三十名弱。社長を含めたスタッフ数名で回している。

応接室と会議室は三フロア下にある。事務所とは別に借りているのだ。美夜子は階段で応接室へ向かう。途中、踊り場にある大きな鏡で自らの服装をチェックする。

事務仕事のときはいつも目立たないグレーのパンツスーツを着ている。動きやすいし、着回しはインナーを変えるだけで楽チンだ。明るい栗色の髪を前下がりのショートボブにしたところ、同僚からは『デキる女っぽい』と好評だった。二重まぶたの目尻はシャープで、鼻は小さく唇は薄く色白で、初対面の人には『ちょっと冷たそう』とよく言われる。身長は一六五センチメートルあるので、女性にしては高めかもしれない。化粧はあまりせず、少し眉を描き足し、ベビーピンクのリップグロスを引いているだけだ。手のケアに惜しみなくお金を使う代わりに、他の優先度は下がってしまう。

美夜子は横髪を耳に掛けてジャケットの襟を正し、肩についていた一本の髪をつまんで落とした。ぐるりと一回りして背中まで確認し、鏡に向かって『よし』とうなずいてから階段を下りる。応接室のドアをノックすると、中から「どうぞ」と声がした。「失礼します」と言ってからノブを回し、中に入る。

すると、窓を背に長身の紳士が立っていた。

美夜子は言葉を失って立ち尽くす。

その紳士は、目が釘付けになってしまうほど眉目秀麗な人だった。

身長は一八〇センチメートル以上あるだろうか。比較的背の高い美夜子も見上げるほどの長身で、肩幅はがっしりと広く、たくましい。エレガントなダークスーツを身に着け、びっくりするほど脚が長く、革靴はよく磨かれ黒光りしている。スクエア型をした眼鏡はチタン製のフレームが知的で、髪は重役らしくオールバックにしてあった。外国人かと見まがうほど彫りが深く、眉は凛々しく鼻梁は高く、キリッとした顔立ちだ。二重まぶたに、すっと切れ長の目尻は鋭く、どこか見る者をゾッとさせる冷酷な光を宿している。少し色素が薄いのか髪も瞳も暗褐色だ。眼鏡の奥の瞳は驚いたように見開かれている。

那須川康太。日置織維の副社長、その人だった。

クール。傲慢で冷淡。完璧主義でインテリ。

那須川の氷のような視線に縛られながら、美夜子の脳裏をそんなワードがよぎっていく。

日置織維の副社長が、こんなに綺麗な人だなんて！　まるで精巧に作り込まれた美麗な人形みたいだ。顔の造形やスタイルに、非の打ちどころがまったくない。

彼はピリピリするような緊張感をまとっていた。頭のてっぺんから爪先までデキるビジネスマンという感じで、三十五歳の他の男性に比べて圧倒的に貫禄がある。隙というものが一切なく、親しみやすさも皆無で、〝いいところの取締役〟という重厚なオーラを放っていた。

彼のつけたオードトワレが微かに香る。大人の色気を感じさせる香りに、美夜子はソワソワと落ち着かない気分になった。

二人はしばらく見つめ合ったのち、那須川のほうが先に口を開く。

「六木美夜子……さん？」

極限まで抑制された、低い美声。

「そ、そうです。私が六木ですが……」

美夜子はどうにか声を出した。

「すみません。急にお時間を取らせてしまって……」

那須川が恐縮して言うと、張りつめていた緊張の糸がぷつっと切れる。「立ち話もなんなので、どうぞ」と美夜子がソファを勧めたところ、那須川は「失礼」と礼儀正しく言って座った。美夜子もテーブルを挟んで彼の正面に座る。テーブルには小西が出したのであろう煎茶の湯呑みが置かれているものの、手がつけられた形跡はない。

「突然のことで、きっと驚かれましたよね。面識のない私が訪ねてきて」

那須川は申し訳なさそうに言う。

さすがに「驚きました」とは言えず、美夜子は「いえ、大丈夫です」と小さく答えた。

「それで、あの……ご用件って？」

とりあえず、美夜子は聞く。

「その、実は、用件というのは……。あっ……と、その前に」

那須川は言って、胸ポケットから美しい所作で名刺を取り出す。

「申し遅れました。那須川康太と申します。御社と取り引きさせて頂いている日置繊維の取締役副社長です。一応」

那須川は慣れた様子で名刺を差し出した。

この人の声って、本当に耳に心地よい低音だなぁ……

美夜子は感心しつつ、ポケットから名刺を取り出して交換する。

「ストラトフォード・エージェンシーの六木美夜子です。所属は総務課になります。本日は、どういったご用件でしょうか？」

「実は、弊社の渉外(しょうがい)の者に探している人がいると言ったんです。そうしたら、御社の営業に問い合わせてくれて、そこでマネージャーの小西さんに取り次いでくれて、六木さんのことを知ったんです」

「はぁ……」

「六木さんに辿(たど)り着くまでに結構時間がかかりました」

なんだろう？　と美夜子は奇妙に思う。さっきから、どうもはぐらかされているみたいだ。

「あの、それで？　ご用件というのは……」

美夜子は同じ質問を繰り返した。

「それが、えーっとですね……少々困ったことになっていまして」

那須川は歯切れ悪く言い、口を手で覆った。

「困ったことですか？　弊社に、なにか不備があったとか……」

不安になった美夜子が問うと、那須川は慌てて否定する。

「あ、いや。まったくそんなことはないです。御社のモデルさんたちにはいつもお世話になっておりますし、宣材も大変好評で売り上げは順調に伸びていますから。クレームですとか、御社との取引に関することでは一切ありません。困ったことというのは、少々個人的なことなんです」

「個人的？　那須川副社長の、ですか？」

「個人的というのは語弊があるかもしれないな。それが巡り巡って弊社の売り上げに繋がっていくのかもしれないし……」

「ちょっとお話の要点が見えないのですが」

「そうですよね。これじゃ説明になってないなと、私もわかっています。しかし、説明のできないこの状況に困っていると申しますか……」

「なにか事件が起きたということですか？　トラブルとか？」

「事件。トラブル。いや、そうじゃなくて……」

那須川は困り果てた様子で、眼鏡のツルの部分を指でつまんだ。

眼鏡がすごくよく似合っているなと、こんなときだけど思う。眼鏡のおかげで本性が覆い隠され、表面の顔がより一層クールに見える気がした。

彼を前にすると妙に緊張し、よく見られようと気負ってしまう。こういう、馴れ合いを一切許さない、孤高の雰囲気を持つ男性には会ったことがなかった。

けど、なんかすごく疲れてるような……

よく見ると那須川の顔色は青ざめ、目の下にうっすらクマができている。まるで戦場で戦い抜いたあと、気迫だけで立っているみたいだ。肉体はとうに限界を超えているのに、眼光鋭く気力は高く、闘志だけは燃えているような。彼の美貌には余裕がすべて削ぎ落とされた、そういう凄みがあった。

副社長ってそんなに激務なのかなと、美夜子は呑気に思う。

那須川は頭痛を堪えるみたいに目を閉じ、言葉を続けた。

「そんな風に事件とかトラブルとか、わかりやすい形で起きているなら、そのままお話ししています。説明に苦労はしないんです。すみません、参ったな……」

参ったなと言われても困る。なにしろ、さっきから全然話が見えてこない。

那須川は目を開け、美夜子の手にはめられたシルクの手袋を見て「それ……」とつぶやいた。

「六木さんも、手のモデルを？」

「あ、はい。すみません。勤務中も不慮の怪我を防ぐために手袋をしているんです。失礼しておりますが……」

「いや、構いませんよ。弊社もビジネスパートナーですから」

パーツモデルたちは髪や脚や手が命だから保護に余念がない。那須川はビジネスパートナーだから、うちのこういう特殊さを許してくれるんだろうと美夜子は解釈した。

「けど、私はそんなに人気はないんです。仕事も年に三回ぐらいで」

美夜子が言うと、那須川は驚いた顔をした。

それを見ながら、美夜子はなんとなく聞いてみる。

「もしかして、私の手に関するお問い合わせですか？」

「単刀直入に言いましょう」

那須川は美夜子の話をさえぎって言い、覚悟を決めたように座り直す。そして、上体を前のめりにし、両肘を膝についた。

眼鏡越しの真剣な瞳に、ドキッとしてしまう。さすが副社長なだけあって目ヂカラが半端ない。しかも、思わず見惚れてしまう美男子なのだ。魅了されないよう心理的にブロックする努力が必要だった。

「六木さん、私にお時間を頂けませんか？」

「えっ？」

「正確には今週金曜の夜に……残業があるなら終わるまで待ちますので、私の話を聞いて頂きたいんです。食事でもしながら」

「え……。それは、ここでは話せないような内容なんですか？」

「少々長くなるんです」

「はぁ」

「一時間や二時間だと足りないかもしれない。ゆっくりできる場所で話したいものですから。本日はそのアポを取りに参りました」

どういうことだろう？

美夜子はあれこれ推理する。二時間以上かかる話で、ここでは話せなくて、ゆっくりできる場所で話したいこと？　まさか……

「あ、いや。決していかがわしいものじゃないですよ！　いわゆるナンパですとか、そういう目的で誘っているわけではありません！　断じて」

那須川は焦ったように声を上げた。

セクハラめいた雰囲気は微塵（みじん）もないし、どうやら嘘を吐いているわけではなさそうだ。

それに今の言葉を聞き、美夜子が予想しているのはまったく別の物だった。

もしかして、ヘッドハンティング？

可能性が高いのはそれしかない。もしかしたら日置繊維は総務部の人員が不足していて、美夜子の噂を聞きつけてヘッドハンティングしようとしているのかも。

これはなかなか大胆な手法だぞ、と美夜子は感心する。こうして副社長が直接会いにくれば断れないし、話を聞いてみようという気にもなる。ならば、条件だけでも聞いてみようか。今の職場に不満はないから転職するつもりはないけど、日置繊維が出してくる待遇に興味があった。給与はどれぐらいなのか、今の自分ならどれぐらいの役職に就かせてくれるのか……

そこまで考えてから、美夜子はうなずいた。

「わかりました。今週の金曜日ですね。残業は一時間ほどを予定しておりますので十九時に上がれます」

「えっ……いいんですか？」

那須川は自分で誘っておきながら、意外そうに言う。まるで断られるのを期待していたように。

美夜子はもう一度うなずき、「大丈夫です。お話をうかがいたいです」とはっきり告げた。

「ありがとうございます。ちょっと予想外でして、断られると思っていたものですから」

「一応お話はうかがいますけれど、お受けするかどうか即断はできませんが……」

美夜子が言うと、那須川は訝(いぶか)しげな顔で「即断？」とつぶやく。

那須川は数秒、何事かを考えてから、さらに言った。

「とにかく承諾(しょうだく)してくださって、ありがとうございます。少々込み入った話ですので、詳細はそのときに」

「はい。承知いたしました」

「あと、できればですね、このことは……」

「心得ています。一切口外(こうがい)しません。誰にも」

ヘッドハンティングの話を勤め先の人間に漏(も)らさないのは当然でしょ、と美夜子は思う。

このときなぜか那須川は呆気(あっけ)に取られた顔をしていた。しかし、すぐさまビジネスライクに「そうして頂けると助かります」と頭を下げる。

「当日の夜は、私が御社まで車で迎えにきます。到着しましたらお電話差し上げますので、六木さんは社内でお待ちください。本日は貴重なお時間を頂いて、ありがとうございました」

那須川は丁重(ていちょう)に言って、さっと腰を上げた。

◇　◇　◇

那須川と約束した金曜日がやってきた。

十九時きっかりに事務所の電話が鳴り、待ち構えていた美夜子は素早く受話器を取る。

「お電話ありがとうございます。ストラトフォード・エージェンシーの六木でございます」

「お忙しいところ恐れ入ります。日置繊維の那須川と申します」

受話器の向こうから低い美声が聞こえてきた。

那須川さんの声、渋くて素敵すぎる！　カッコイイなぁ……

那須川と話しながら、この人、声優さんになったらイイ線いきそう、と美夜子は妄想する。那須川ヴォイスがアプリで配信されたら速攻でダウンロードするのに！

そうして、二人はオフィスビルの社員通用口の前で待ち合わせし、電話を切った。

これから美夜子は那須川と食事に行く。今週はずっと、この日を待ちわびていた。那須川の用件が本当にヘッドハンティングなのか気になったし、もう一度彼に会うのが怖いようなうれしいような、ソワソワが止まらない。

「六木さん。デートっすか」

パソコン越しに見ると、前に座る小西が半眼になりニヤニヤしている……

小西聡子は二人の子供を持つ働きママで今年四十歳になる。年の割に若く見え、すっきりした顔立ちの美人だ。マネージャーとは名ばかりのなんでも屋で、営業もやるし事務もやるしスカウトもやるし、役員に交じって経営に関わる仕事もする。本人曰く「私はストラトフォードの雑役婦」だそうで、なんでもよく知っていて、モデルたちの扱いもうまく大変頼りになる。

小西は仕事に対しては非常に厳しい。逆に仕事以外は「なんでもオッケー」という、さっぱりした性格だ。おかげで二人はプライベートではよい友人だった。

「超絶イケメンとデートっす」

美夜子も小西を真似してニヤニヤ顔で答えた。

「ええ。今朝方より存じておりました。六木さん、いつも色気のないネズミ色のスーツなのに、本日は黒のお洒落ニット！　シックなオレンジのロングプリーツスカート！　パンプスもハンドバッグも大人っぽいやつだしシャラシャラのピアスまでして、ゆるふわ愛されコーデでしたから」

「……残念ながら、正確にはデートではないんです。ちょっと見栄張っちゃいました」

「なぁーんだ。デートじゃないのか」

「ちょっと男友達の……相談というか。私が聞く立場なんですけど」

那須川は男友達ではないけど、こうとしか言いようがない。口外禁止と言われているし、那須川と食事するなんて言ったら、小西に根掘り葉掘り聞かれそうだ。

「あちらがすごくお洒落な人なんで、こっちも妙に気合いが入ってしまうと言いますか」

美夜子が言うと、小西はしたり顔でうなずいた。

「あーなるほどね。美意識高い系の人と会うときって、そうなるよね」

「じゃ、そろそろ私、行きますね。お先に失礼します」

「お疲れさまー」

小西の声を背に事務所の出口へ向かう。エレベーターに乗りながら、彼氏とのデートというものに思いを馳せた。

彼氏かぁ。欲しいっちゃ欲しいけど、出会いが全然ないしなぁ……

彼氏いない歴は、かれこれ七年になる。就活に失敗して、二十歳で短大を卒業したあとの二年間、フリーターをやっていた。そのときにバイトしていたバーで知り合った人と一年だけ付き合った。最後は浮気されて、思い出すのもうんざりするほどさんざんな別れ方をした。それ以来、男性遍歴は真っ白でなにもない。

そもそも出会いが少なすぎるんだよねと、ため息が出てしまう。

二十二歳でハンドモデルにスカウトされ、ストラトフォード・エージェンシーに登録した。うちの事務所のモデルたちは全員女性だし、スタッフも女性が多く、男性は全員既婚者だ。撮影のとき、男性のカメラマンやスタイリストに会ってもせわしなく過ぎてしまうし、そもそも仕事の現場なのでそんな雰囲気になったことは一度もない。

――世の人は、どうやって出会ってるんだろ？

学生時代の友人が男友達を紹介してくれたこともあるけれど、その気になれなかった。出会いの場へ行くのが苦手だし、徒労感ばかりが募るので、いつしか足が遠のいた。

仕事には非常に満足している。たまに忙しいが基本的に定時で上がれるし、人間関係は比較的良好だし、パーツモデルたちをサポートする業務はやり甲斐もあった。他の芸能事務所にありがちな椅子の奪い合いもなく、のほほんとしたムードなのもいい。いい事務所に入社できてよかったと思っている。

――これで彼氏がいれば最高なのにと思うのは、贅沢かな？

社員通用口から外に出ると、すでに夜のとばりが下りていた。

季節は九月の上旬。今年の秋の訪れは早く、日が落ちると少し冷え込む。今日着てきた長袖ニットでちょうどいいぐらいだ。寒すぎず暑すぎず、四季の中で今が一番過ごしやすい。

なんとなく足を止め、出てきたオフィスビルを振り仰いだ。まだ人々は仕事中で、一階から最上階まで全フロアに煌々と明かりが灯っている。ビルの谷間を冷たい風が渡ってきて、スカートを揺らした。

京浜運河に面したこの界隈は、すごく綺麗だ。

前方に目を遣ると、運河に向かって延びる一本道の途中にポツンとセダンが停まっていた。辺りは静寂に包まれ、他に車は一台もない。時刻は十九時十五分。こんな時間に運河へ向かう用事も思い浮かばないから、人気がないのも当たり前かもしれない。

車のドアに背をもたれて立つ、長身の影が目に入った。

……那須川さん。

銀の街路灯に照らされ、すらりとしたスーツ姿の那須川が立っている。前会ったときと同じ眼鏡を掛け、髪はきっちり撫でつけられていた。彼はこちらの存在には気づいておらず、はるか遠くにあるビルとビルを繋ぐ空中通路をじっと見つめている。街路灯の明かりが、高い鼻梁から顎と喉仏の鋭角なラインを縁取っていた。

美夜子は時を忘れ、美しく整った横顔にしばし見惚れる。

すると、那須川はポケットからタバコケースを取り出し、一本咥えた。さらに顎を下げ、右手でオイルライターの火を点ける。大きな左手が炎を覆い、眼鏡のレンズがオレンジの炎を反射し、まっすぐな鼻筋と伏せられたまぶたが闇に浮かび上がった。端整な唇が美味しそうに吸い込むと、タバコの先端が明るく輝く。

那須川は目を少し細め、タバコをくゆらせた。

むちゃくちゃ絵になる人だなぁ、と感心してしまう。初めて会ったときも思ったけど、ものすごく大人っぽい雰囲気の男性だ。同じ三十五歳の男性なら事務所にもいるけど、もっとチャラチャラして幼いし、ちょっとあんな雰囲気は出せない気がする。那須川は格好つけている感じはなく、すべてが自然な動作なのに、抑えきれずにじみ出ているのだ。洗練された気品とか、成熟した色気のようなものが。

そのとき、那須川は美夜子に気づいたらしく、パッと体を起こして振り向いた。

美夜子も「あっ」と思って足を踏み出し、那須川に近づいていく。

二人の距離が縮まっていく間、那須川は氷のような眼差(まなざ)しで美夜子を捉(とら)えて離さなかった。美夜子の鼓動は一歩ずつ速くなり、体温が上がってゆく。

那須川のタバコから立ち上(のぼ)った白い煙が、風でふわりと横に流れた。

このとき、美夜子の内側で小さな予感が閃(ひらめ)く。

もしかしたら、この人のことを好きになるかもしれない……

しかし、それはごくごく微(かす)かなものだ。胸の奥のほうがチリッと疼(うず)いただけの。

美夜子はなにもなかったことにし、自(みずか)らの感情を無視して顔を上げた。

それから、美夜子は那須川の運転する外車に乗り、お台場(だいば)のホテルモントリヒトにやってきた。

那須川に導(みちび)かれ、エントランスホールからエレベーターに乗って高層階へ上がると、そこには度肝(どぎも)を抜かれるような空間が広がっていた。

どどーんと数フロアぶち抜きで、みやびな日本庭園が造り込まれている。それをぐるりとロの字に囲んだ廊下があり、料亭の個室が並んでいた。エレベーターは庭園の中心に到着し、点々とレセプションへ続いている庭石が目に入る。

割烹、泉爛亭。超有名な老舗料亭だ。お台場のホテルに支店があるのは美夜子も知らなかった。

那須川は常連らしく、レセプションで出迎えた和装の女将と気安く会話している。那須川がすごく頼もしく思えた。自分にとってこんな場違いな所に来て、連れの男性がテンパっていたらこちらもいたたまれない。その点、那須川はそつがなくエスコートも洗練されていた。

かくして、二人は個室に通される。

そこは言葉にならないほど、夢のような空間だった。

雪見障子の先に見える庭は、池の周りに松や紅葉などの草木が生い茂り、石灯籠が幻想的にぼうっと灯り、さっと差された和傘の真紅が鮮やかだ。反対のガラス張りの窓からは、はるか下界にお台場の夜景が広がっている。天井から吊るされた、和紙に包まれた球形の照明が窓ガラスにくっきり映り、夜空に浮かぶ満月と合わせると月が二つ浮いているように見えた。庭園も夜景もため息が出る美しさで、ここでいつまでも眺めていたい。

同じ部屋の両サイドの窓で、こんな別次元みたいな景色が見られるなんて！

そして、目の前には日本屈指のスペックを搭載した、見目麗しい紳士が座っているのだ。

眼福すぎるっ！　来てよかった！　来てよかったよーっ！

美夜子はしみじみと喜びを噛みしめた。めちゃくちゃテンションが上がってしまう。

まだなにも食べてないけど、ここから見える景色だけで満腹になりそうだ。

そこで、少しだけ那須川の経歴の話になる。

「出向？　なら、本来のご所属は日置物産になるんですか？」

美夜子が問うと、那須川はにこやかに答えた。

「そうです。新卒で日置物産に入社してからずっと繊維事業部にいまして、今も籍は日置物産にあります。うちはある程度の年次になると関係会社に役員として出向するのが通例なんです」

日置物産とは日置繊維の親会社である総合商社だ。日置繊維は、日置物産の繊維事業部が分社化したものと聞いている。

そっかぁ、生粋のエリート商社マンか。そりゃあ、こういう店にも来慣れてるよね……

「ところでこのお店、素晴らしいところですね！　お花も、家具も、窓からの景色もどれもこれも贅が凝らされてて、心をくすぐられるものばかりで」

感動が口をついて出てしまう。

「それはよかった。連れてきた甲斐がありました。六木さんのように素直に感想を口にしてくださると、私としても非常にうれしいです」

那須川はニコニコして言った。

そうこうするうちに料理が運ばれてくる。「僕は運転があるので呑めませんが、遠慮なくどうぞ」とお酒も勧められた。

ひんやりした本鮪が舌の上でとろりととろけた瞬間、美夜子はうっとりする。

うわあぁ……むちゃくちゃ美味しいっ！

鼻に抜ける微かな磯の香り。鮮度の高い鮪の旨味が口いっぱいに広がる。濃厚なコクのある脂質がなめらかに溶けていき、ほんのりした甘みと醤油のしょっぱさが調和していた。つるりと食道をとおり抜けて胃に収まり、ため息が漏れてしまう。

それを見ていた那須川は、ふっと相好を崩した。

「六木さん、とてもいい顔して食べますね」

「はっ。す、すみません。あまりにお造りが美味しすぎて、我を忘れてしまいました……」

「どうぞ、存分に我を忘れてください。今夜はそのために来たんですから」

「美味しいだけじゃなくて、もう本当に目に美しいですね。器とか飾りとかも上品で……」

「これは萩焼ですね。食材は全国から産地直送で仕入れているんですよ。甘鯛は今がちょうど旬だから、脂が乗っていて美味しいですよ」

向付は本鮪に甘鯛、さらに甘海老と真ダコが形よく盛られていた。夕焼けみたいな色の盆に据えられた一皿は、ずぶの素人が見てもすごさがわかる。味もさることながら見た目も美しく、眺めているだけでいつまでも飽きない。

「このお店のお料理には、魂が込められている。あるいは、命が懸かっている。そういうのが、はっきりわかりますね。一つの小さな器の世界を取っても」

那須川が美夜子の感嘆を代弁するように言った。

「はい。おっ、これはあきらかに全然違うぞって思います」

「ええ、板前さんの凄みが伝わってきます。何度も試行錯誤を繰り返し、極限まで高められた熟練の技みたいな……」

「そういう感じ、わかります。もう、感動が止まらないです！」

「六木さんの素敵な笑顔が見られて、僕もうれしいです」

そう言って、那須川は柔らかく微笑む。

那須川さんて、呼吸するように褒めてくれるよね……

うれしいような恥ずかしいような、ふわふわした心地で箸を進める。彼には同席する人を心地よくさせる才能があると思った。さすが商社マンは接待慣れしている。

甘鯛の切り身も絶品だった。白身の繊維を噛みしめると、じゅわっと甘みが口内に広がる。弾力ある歯ごたえで、少しあぶってある薄皮が堪らなく香ばしかった。ゴクリと呑み込むと幸福感が広がる。

那須川が選んだ日本酒も、驚くほど口に合った。淡い藤色の切子ガラスのぐい呑みを満たすそれは、涼しげに透きとおっている。口に含むと、目が覚めるほどキリッとした辛口で、清涼な水みたいな喉ごしだ。後味も爽やかで、しばらく余韻に浸った。

お酒を呑むと肴がぐっと美味しくなり、肴を食べればお酒がどんどん進む。那須川から「今夜は一切遠慮しなくていい」と言われ、安心感もある。素晴らしい空間もあいまって退屈な日常を忘れ、心ゆくまでお酒と料理を堪能できた。

「今の懐石料理は宴席風のものがほとんどですが、もともとは茶懐石といって茶の味を生かすためのものだったらしいですね」

那須川は美しく箸を使いながら言う。

「へぇえ、茶懐石って……茶道とか茶の湯とか、そっち系ですか？」

「ええ、そうです。このお店のような茶寮も、茶道の精神にならっているのかもしれないな」

「茶道ですかぁ。あまり馴染みがないかも」

「私も茶道に詳しいわけじゃないですが、こういうのはすべて繋がっているなと思います」

とっさに意味がわからなかった美夜子は聞き返した。

「繋がっている？　お料理とかがですか？」

　那須川はうなずき、補足する。

「茶寮って一種の空間芸術なんでしょうね。料理だけじゃなく、和室の建築や眺望、家具や調度品、掛け軸や生け花といった装飾、お盆やお椀といった食器からお酒の種類まで……それぞれに一流のプロがいて深い歴史や流派があり、個室を中心として放射状に道が延びている」

「すべてが繋がっている……？」

「そういう風に感じませんか？　まるで人間の世界そのものだなと。人工的なものと自然なものが調和して」

「ううー。私には難しくて、気後れしちゃいます。たくさんの人の努力が積み重なった場所に、私みたいな人間がいていいのかなって。自分がふさわしくない気がします」

「いいですね。私はそういう考え方が、非常に好きです」

「えっ……」

　那須川の「好き」という言葉に、ドキッとしてしまう。もちろん深い意味なんてないのはわかっているけど……

「六木さんのように謙遜する感覚、とても大切だと思います。慎み深い人が好きです。個人的に」

「そ、そうですか」

「こういう店は一種の聖域なんです。神社仏閣のような聖域にも参拝の作法があるでしょう？　ここも同じです。職人が魂を削って築き上げたものを前に、畏敬の念を抱く。人間として、とても自然で重要な感覚だと思います。私も尊敬の念を抱きますし、やはり同席している人にも同じ感覚でいて欲しいですね」

「誰でも自然とそうなりませんか？　こんなにすごい場所なんだし……」

美夜子の言葉に、那須川はおかしそうに噴き出した。

「誰でも！　そんなわけないですよ！　むしろ、土足で踏みにじる人間が多いですよ」

「えええ！　そうなんですか？　そんなことないと思うけどなぁ……」

「残念ながらね。この聖域を偉そうに分析したり、茶化して馬鹿にしたり、無粋な人がいますよ」

那須川の辛辣な物言いに、美夜子ははっとして彼の顔を見る。

一瞬、那須川の刺すような目が残忍に光った。まるで首筋に刃物でも当てられた如くヒヤリとする。初めて会ったときから冷酷さを感じていたけど、今初めて目の当たりにした。

同時に、綺麗な男の人だと改めて思った。ほんの一瞬見せた冷酷な一瞥さえも、怖いのに惹きつけられる。

「失礼いたしました。くだらない話で私がこの聖域を侵すところでした。さあ、どうぞ」

那須川は柔和な笑顔に戻ると、とっくりを持ち上げて傾ける。美夜子は「ありがとうございます」と言いながら、それを受けた。

「六木さんが素敵な方でよかった。料理もまだまだこれからですし、時間はたっぷりありますから、今夜はとことん楽しんでください」

会食は最後まで進行し、抹茶ケーキと栗のムースと梨が運ばれてきた。ジューシーな梨は噛んだ瞬間、果汁が派手に飛び散る。すでに満腹だったのに、甘いデザートのなめらかな舌触りに、気づくと完食していた。

そのあと、二人で温かい煎茶を呑みはじめたが、那須川はなかなか本題に入らない。とうとう美夜子は痺れを切らして言った。

「あのー、そろそろご用件を聞かせてもらえませんか？」

「そうですよね。そろそろお話ししないといけませんよね……ここまで来たんですし」

那須川は眼鏡を掛け直して一息吐くと、覚悟を決めたように口を開く。

「六木さん。できれば、約束して欲しいのです。ここで私から聞いた話を誰にも口外しないと。すみません、やっぱり私は臆病者で約束がないとお話しできない。もし、それが無理でしたら、ここでお開きにしましょう。今夜のことは忘れてください。ご自宅までお送りします」

「えええっ……そんな！」

内心超焦りまくる。ここまで焦らされて肝心の用件が聞けないなんて！

那須川の様子からすると、ヘッドハンティングではなさそうだけど――

「約束します！　口外しないと誓います。なので、お話を聞かせてください！」

その言葉に那須川は神妙にうなずく。

「すみません、六木さん。恩に着ます。では、ここからのお話はご内密に願います」

「承知しました。お約束します、必ず」

那須川は湯呑みを取ってぐいっとあおると、ふぅっと息を吐く。そして、襟元のネクタイを左右に揺さぶって緩めた。

「ミューテーションというブランドをご存知ですね？　ジュエリーの」

ようやく那須川は語りはじめる。

「ミューテーション？」

美夜子はきょとんとオウム返しし、しばらく考えたあと、あっと思い当たった。

「一度、仕事をしたことがあります。ハンドモデルの。ただ、その頃はミューテーションという名前じゃなくて、ジュエリー・サニシという名前だったと思います」

確か今から四年前の話だ。ちょっと印象的な撮影だったから覚えている。

「ええ。そのジュエリー・サニシのことです。今は名前が変わって、ミューテーションというブランドに生まれ変わりました。コンセプトも変わって、二十代をターゲットにしたいわゆるプチプラのアクセサリーを主に手掛けています」

「そうなんですか。当時は確か高級ブライダルジュエリー専門でしたよね」

「そうです。そして、株式会社ジュエリー・サニシは日置織維傘下の会社です」

「あっ。そうだったんですか！　それは知らなかったです。撮影に行くとき、その企業がどこの系列会社かまでは調べないので……」

「うちの関連会社なんて山のようにありますからね。モデル事務所に仕事を依頼するとき、うちの社名で直接契約することもあれば、グループ会社と直接契約されることもあるでしょう。直接契約していない場合も、グループ企業が広告を作るとき、うちの営業がアドバイスやコンサルティング的なことをしているんですよ。マーケティングなんかも含めてね」

「ああ、そういうことなんですか」

那須川は持ってきていたブリーフケースから透明なフィルムに入った一枚の写真を取り出した。

それはA3サイズで、水面のような質感の黒をバックにほっそりした二本の手が写っているものだった。肘の辺りで両腕が重なるようすっと伸ばされ、両手は咲きほこる花のようにふわりと開き、指先はなにかを求めるように空中で静止していた。手首から腕までツタみたいにネックレスがくるくると絡みつき、涙の形をしたダイヤが垂れ落ちて光っている。白銀に輝くプラチナと上品なパールの粒が交互に連なり、宝石でできた手袋をまとっているようだ。

「あっ。これ、私ですね。懐かしいな」

恥ずかしさが込み上げ、美夜子の頬は熱くなる。

「いい写真ですね」

那須川が儀礼的に褒めた。

「でも、すっごく恥ずかしいですね。実は私、自分の作品ってあまり見ないんです」

「ええ？　なぜ？」

「なんかもう無性に、異様に恥ずかしいんですよね。撮影でチェックのときは必要なので見ますけど、それ以外は極力見ないようにしています。恥ずかしさに耐えきれないんで……」

那須川は驚いた様子で、まじまじと美夜子を見た。

「……凡人には理解不能ですね」

那須川の言葉に、美夜子は困って眉尻を下げる。

「説明が難しいんですけど、変な話、ちょっと裸を見られる感覚に似てるんです。舞台の上で演技して、汚い部分も綺麗な部分も自分自身を全部さらけ出して、舞台を降りたあとそれについて冷静に分析されたり批評されたりするのって、すごく嫌じゃないですか。それと同じです、たぶん」

「なるほど。今のたとえでわかる気がしました。きっと魂を懸けてらっしゃるんでしょうね。ここの茶寮の料理人たちと同じように。私もここの料理人たちが精魂込めて築き上げた聖域について、分析したり茶化したりする輩は大嫌いなので」

「まあ、ここほど高級感はないですし、聖域ってほどでもないですし、料理人の方々と並べて語るのもおこがましい気がしますけど……。一応私なりにハンドモデルの仕事に魂を込めているので」

「よくわかりました」

那須川はうなずいて、写真をブリーフケースに戻した。

美夜子は心からホッとして言う。

「今の写真、よく覚えてます。カメラマンの人がちょっと印象的な人で……」

「ええ。耳の聞こえない男らしいですね。私は直接会ったことはないですが」

そっか、とようやく美夜子は合点がいく。話というのは、ハンドモデルに関することだったんだ。けど、クレームじゃないとしたら、なんなんだろう？　仕事の話なら営業経由になるはずだし……

「それで、その写真がどうかしたんですか？　なにか問題があったんでしょうか」

美夜子が問うと、那須川はようやく口を開く。

「四年前、ちょうど私は日置繊維の副社長に就任したばかりでした」

◇

那須川が初めて写真を目にしたのは、日置繊維の副社長に就任して間もなくだった。それを持ってきたのは、当時の日置繊維営業部営業第一課長の手島という男だ。

今度、日置繊維傘下のジュエリー・サニシが日本橋に販売サロンをオープンさせる。その宣伝用の写真が役員それぞれに配られたのだ。

日本橋ねぇ……。

ざっと企画書に目を通し、どこかの企業もとっくにやっている陳腐な企画だと思った。恐らく売れないだろうと当たりはつく。しかし、この企画に口を出す気はない。批判だけなら小学生でもできる。那須川は役員なのだから、それでも成功させるためにうまく部下たちを動かさなければ。棋士にでもなった気分で、どの駒を動かそうか考えを巡らせた。

アパレル業界は商社に乗っ取られたと、よく耳にする。

デザイナーの言い分はこうだ。商社マンは美やデザインやアートを理解しない。数字だけですべて動かそうとする。そのせいでアパレル業界のクオリティは下がるいっぽうだと。デザイナーたちから向けられる敵意は、ひしひしと伝わってきた。

デザイナー連中の理想論にはうんざりだ。美やアートやデザインが、なんのためにあるのか？　一般大衆を幸せにするためだ。大衆に供するために存在するのだ。アートだけを極めたけりゃ、業界から退いて引きこもって好きなだけ制作に打ち込めばいい。誰も見やしないし、誰も興味を持たないはずだ。どうせ孤独に耐えかね、間もなく戻ってくるだろう。なにかを発信するとはすなわち、受信者の存在が不可欠なのだ。受信者を顧みずに好き勝手作ってそれを受け入れろとは、どういう暴論だよ。そんなこと物理的に不可能だろう。

　しかし、彼らの言い分もわからないでもない。崇高な理想や精魂込めたデザインを金だとか流行りだとかで踏みにじられれば、嫌な気分になるだろう。しかし、我々がいなければ彼らは宝石一つまともに消費者に売れない。

　かけ離れた理想と現実の狭間で、血反吐を吐いているのは彼らだけじゃない。那須川だってそうだし、どの業界だってそうだろう。誰もが作りたいものと、求められるもののギャップで苦しんでいる。映画も音楽もドラマも、建築や飲食店だってそうだろう。

　そんなことをつらつら考えながら、写真を一枚ずつ眺めていった。写真は全部で二十二枚あり、ネックレスをした首元がアップで写っていたり、ティアラを被った頭部が写っていたり、指輪やブレスレットからイヤリングまで商品が引き立つように撮られていた。Noble and Luxury のコンセプトに沿った、なかなかいい写真だ。それなりに力のあるカメラマンが撮影したんだろう。

二十二枚すべてに目を通し、シュレッダー行きの書類入れに入れようと手を伸ばす。さて、今後の事業方針をどうするかなと考えながら。

しかし書類入れの箱に入れようとして、ふと手が止まった。

そして、なぜ手が止まったのか自分でもわからず、首をひねる。

そうだ。なにかちょっと引っ掛かるものがあったからだ。今の写真に。

もう一度写真を手元に戻し、最初から一枚ずつ見直していく。どれだったか……この中の一枚が妙に心に引っ掛かった。

それは十六枚目にあった。宣伝用に特別制作された非売品で、一カラットあるダイヤモンドのネックレスが写っている。肘から指先まですっと伸びた二本の腕に、くるくると絡まるネックレス。社運を賭けて作られただけあって、ノーブルとラグジュアリーを体現した見事なネックレスだ。プラチナの白銀とパールの乳白色がダイヤモンドをよく引き立てている。

しかし、気になったのはネックレスではなく腕のほうだった。

なんの変哲もない腕だ。綺麗だがモデルを撮っているんだから当たり前だし、他にこれといった特徴はない。なぜ、こんなものが気になったんだろう？

……なんだ？

眼鏡を外して目をこすり、もう一度掛けてしげしげと見直す。一瞬、なんだか見たことがあるような気がした。非常に馴染み深く、懐かしいような……

しかし、そんなことあるはずがない。腕の部分だけを「見たことがある」などとは。誰かの腕の記憶なんて一切持っていない。だが、既視感を覚えたのは確かだ。しかも、かなり強烈に。

写真の両腕は肘の辺りで重なり、手先にいくにつれて離れ、指先は大きな玉をふんわりと包むような形を作っていた。皮膚の表面はなめらかでキメが細かく、発色が実にいい。よく手入れされた爪は桜色につるりと光沢を放っている。

デスクの吸着ボードに写真を貼り、顔を離してじっくり眺めた。無心で、精神を集中させる。さっき意識に浮かんだ奇妙な感覚を、もう一度掘り起こそうとした。

……ん？　なんだ？

なにかが近づいてくる気配。

途方もないなにかが、だんだん迫ってくる。ずっと遠くのほうから、音もなく徐々に近づいてくるのだ。

ものすごくもどかしい感じがした。じれじれしてもどかしく、頭を掻きむしって身悶えたくなるような。長らく忘れていたとても大切なことを、もう少しで、あとほんの少しで思い出せそうな……

……なんなんだ？

ゴクリ、と唾を呑んだ音が大きく耳に響く。

脈が一拍打つごとに速くなっていく。不安と恐怖で動悸がし、これ以上見続けると危険な気がするのに好奇心が抑えきれない。喉の奥のほうが震え、息苦しさを覚えながらも写真を見つめ続けた。

二本の白く美しい腕が、立体感を持って眼前に迫ってくる。

そのことがとてつもないほど恐ろしく、尋常じゃない感情の波が引き起こされた。

おっ、おいっ、なんだよこれっ……！

たまらず、大きく息を吸う。あまりに驚いて悲鳴を上げそうになった。

そのとき。

「那須川副社長！」

いきなり声を掛けられ、飛び上がった。はずみでオフィスチェアが軋んで大きな音を立てる。フロア中の社員がこちらを一斉に振り返った。

顔を上げると、手島が怪訝そうな顔で前に立っている。

「副社長、その写真がどうかしましたか？」

「えっ……？」

「いえ、さっきからお呼びしているのに全然気づかれない様子で、写真をじっと凝視されていたので……」

「あっ……」

瞬時に意識が現実に引き戻される。ここは日置繊維のオフィスで、今は昼の十四時で、これからオンライン会議があるという現実に。

「大丈夫ですか？　すごい汗が……」

「あ、す、すまん。ちょっと考え事をしていた。大したことじゃない」

冷や汗をかきながら、どうにか答えた。そして、写真を取り上げて言う。

「手島、ちょっとこれ見てくれないか？」

「まさか、なにか問題がありましたか？　傷があったとか？」

手島は険しい顔で写真を受け取り、しげしげと眺めた。

「違う違う。いいからもっとよく見てみろ」

手島は眉間に皺を寄せ、さらに写真へ顔を近づける。

「……なにか感じないか？」

恐る恐る問うと、手島は写真を縦にしたり横にしたりして首を傾げた。

「……？　いえ、自分にはわからないです。すみません、なにかお気づきの点でも？」

その回答に呆然とし、血の気が引いていく心地がした。

手島にはわからないのだ。

「どうしたんです？　なにかご様子が変ですよ……？」

心配そうに聞いてくる手島に、「いや、大丈夫だ。問題ない」と答えた。

それを聞くと手島は、ほっとしたようにうなずく。

「会議、各拠点と繋がりました。じきにはじまります。行きましょう」

「ああ」

素早く写真をデスクに伏せ、立ち上がる。

手島と肩を並べて歩きながら、どうにか呼吸を整えて動揺を抑えた。手島が声を掛けてくれてよかった。でなければ、悲鳴を上げていたかもしれない。それぐらい心底びっくりしたのだ。

いったいあれはなんだったんだ……？

会議がはじまる頃には脈は落ち着き、ようやく平常心を取り戻す。こんなに驚いた経験は生まれて初めてかもしれない。まったくなんてザマだよ。ちょっと疲れているのかもしれない。

しかし、さっき襲われた得体の知れない恐怖が、胃の裏側にこびりついて消えなかった。

会議を終え、ふたたび席に戻った那須川は、爆発物でも処理するみたいに例の写真を封筒に入れ厳重に封をした。封筒に入れるとき、絶対に写真が目に入らないよう注意した。昼間みたいな事態になったら大変だ。

その日は一日中、写真のことが頭から離れなかった。結局、写真は家に持って帰ることに決め、残りの二十一枚はシュレッダーに掛けた。他にも同じような構図の写真が何枚かあったが、妙なことになったのはあの一枚だけだ。

いったいなぜなんだろう？　と首を傾げると同時に、好奇心を刺激された。

この月曜日を境に、那須川の人生は劇的に変わり果ててしまう。

写真を家に持って帰ったが、封を開けるのに数日を要した。開けようとすると尋常じゃない恐怖が蘇り、躊躇してしまう。仕事も忙しく帰宅したらベッドに倒れ込む日々で、余計なことを考える余裕もなかった。写真は神楽坂にある自宅マンションのデスクの引き出しに入れ、放置した。

封を開けられないまま翌週に入り、火曜が過ぎ、水曜が過ぎ、木曜になる頃には『このままだとマズイ』と思いはじめる。写真が気になって仕事に集中できない。とっとと開封して、あれがいったいなんなのか真相を確かめなければ。

そうして、ようやく週末がやってきた。

土曜日は早起きして朝食を食べ、スポーツジムでみっちり汗を流した。帰りはスーパーに寄って食材を買い足す。基本的に外食だが、料理が好きなので休日は自炊するし、平日も余裕があれば朝食を作る。買った食材を使い、ランチはかぼちゃのキッシュとチキングラタンを作ることにした。

オーブンレンジがキッシュのチェダーチーズをじりじりと焦がしている間に、那須川は封筒を開けて例の写真を取り出した。

書斎の、といっても六畳の洋間に本棚とデスクを置いただけだが、デスクのボードに写真をセロハンテープで貼り、電気スタンドのスイッチを入れる。ライトが写真に当たるように位置を調節し、リクライニングチェアに座ってそれを眺めた。

危惧していた混乱は起きず、落ち着いてじっくり写真を眺めることができた。

素直に、とても綺麗な腕だと思った。腕だけじゃない。手首から手の甲、指先まですべてが素晴らしい。肘から手首に向かって、しゅうっと細くなっていく流麗なライン。手首の骨の控え目な凹凸。ふっくらした手のひらと、長く伸びた指はうっとりするほどしなやかだ。触れたくなるほど肌が白くなめらかで、関節の皺の一本一本も計算して刻まれたように芸術的だった。桜色の爪は艶やかに光を放ち、つるりとした指の腹は触れてもいないのに、むにゃりとした触感が伝わってくる。

ぞわりと、臍の下が疼く感じがした。

……なんだ？

やっぱり既視感がある。よく知っている人の腕なのか？　だから、こんなに強い既視感に襲われるんだろうか。

誰の腕なんだろう?

それを調べるのは難しくない。しかし、那須川は長い間そこで写真を見つめていた。ひどく心地よかったからだ。

ピーッピーッとオーブンレンジが鳴り、キッシュが焼き上がったことを告げる。そこで、ようやく我に返った。

キッチンまで行ってキッシュを取り出し、グラタンと白ワインと共に書斎まで運び、写真を見ながらそれらを食べた。写真はどれだけ見ていてもまったく飽きない。本を読んだりテレビを観たりするより、手を見ながらのほうが食事の美味しさが増す気がした。

手が宝石を引き立てるというより、宝石が手を引き立てている。この写真の主役は宝石ではなく、手のほうだろう。

食べ終えてからもワイングラスを傾けながら写真を眺めていた。やがて太陽が西に傾いたとき、そろそろ動かなければと思った。それでも、腰を上げるのにかなりの時間を要した。まるで手の持つ魔力に縛られてしまったみたいに。

誰の手なのか調べてみるか。

好奇心に衝き動かされ、椅子から立つ。スマートフォンを取り出し、少し迷ってから電話を掛けた。

五回コール音が鳴り、手島が電話に出る。

「那須川副社長？　どうしたんですか急に。なにかトラブルですか？」

受話口から手島の緊張した声が聞こえてきた。

「いや、すまない。トラブルじゃないんだ。君に一つ頼みたいことがあるんだが……」

那須川は通話口に言った。

「頼みたいことですか？」

「先週の頭にジュエリー・サニシの宣材写真をくれただろう？」

「ええ、お渡ししました」

「あれのデータを至急送って欲しい。僕のプライベートのアドレスのほうに」

「承知しました。やはりなにか問題があったんでしょうか？」

「問題があれば受け取ったときに話してる。あれのモデルが誰なのかわかるか？」

「えーっと、全員ですか？」

「できれば」

「いや、ちょっと個人名までは。ですが、全員ストラトフォード・エージェンシーのモデルたちです。あの事務所のことはご存知かと思いますが」

「ああ、ストラトフォードなら知ってる。うちがサニシに紹介したんだっけな」

「制作はサニシの広告宣伝部の者がやりました。撮影は確か個人のカメラマンに委託したと思います。ポートレイトの撮影では有名な、耳の聴こえない男です。彼か、もしくはサニシの広告宣伝部に聞けば、どの写真がどのモデルのものかわかると思います」

ここで一瞬、迷う。どこまで手島に調べさせるか、それともすべて自分で調べるか。

「どうもありがとう。休日に悪かった」

そう言うと、手島は丁重に聞いてきた。

「モデルの個人名まで私のほうで調べなくてよろしいですか？」

「いや、いい。必要であれば僕が調べるから」

「しかし、なんでまた今頃になって……」

「君は知らなくていい」

「承知しました」

手島はあっさり引き下がる。日置グループの人間は上司の命令には絶対服従だった。悪しき習慣だが、こういう場面では非常に役に立つ。

「ありがとう。それじゃ、また月曜日に」

「はい。お疲れさまでした。失礼いたします」

「お疲れさま」

那須川は、そう言って電話を切った。

とりあえず、今日はここまでだな。週明けを待って、サニシの者になにかのついでに聞くのがいいだろう。

手島は仕事の早い男で、三十分と経たずに写真データの圧縮ファイルが送られてきた。

例の手のファイルはすぐにわかった。こうして画像を並べてみると、あきらかに異彩を放っている。目を引くし、まったく異質で、それはネックレスの写真の振りをして全然違うものを表現している……そんな風に見えた。ネックレスの写真に擬態（ぎたい）した別のなにか……

それとも、こんな風に見えるのは僕だけなのか？

パソコンだと画像を拡大できる。ズームしながらあちこち見つつ、つるりとしてキメの細かい皮膚だと感嘆（かんたん）する。角質はキリッと整い、毛穴は透明で、まさに透（す）きとおるような肌とはこのことだ。表皮は水分を含んでみずみずしく、適度な脂分が光を反射してきらめき、それらが流れるようになめらかなのだ。

那須川はうっとりと肌質の美しさを堪能（たんのう）した。清らかで神聖な肌であると同時に胸がドキドキするような、艶（つや）のある肌。

そうだ。この手には、したたるような色気がある。もやがかかって見えるほど、すごく官能的で、あらぬ妄想を掻き立てるような……

股間が熱く燃えるような心地がする。猥褻（わいせつ）画像をこっそり見るような背徳感に襲われながら、つぶさに写真を眺め回した。

……触れてみたい。この手に触れたら、どんな心地がするだろう？　質感はどうだろう？　つるつるしてるのか、さらさらしてるのか。冷たいのか、温かいのか。きっと痺れるような刺激を起こしてくれるに違いない。そして、できれば舐めてみたい……濡れた舌を皮膚の表面にじわじわと這わせる感触。それは、ため息が出るような妄想だった。

ほっそりした美しい指が、こちらに向けて伸ばされる。その硬い爪の先を、そっと唇で挟む。ひんやりした指の腹を唇の表面で優しくなぞり、つるっと口腔に導き入れる。興奮で喘ぎながらそれを舌で絡め取り、しゃぶり回す……

硬い指に口腔内を掻き回されるのを想像しながら、異様に昂っていた。脈拍が速くなり、口内の粘膜から唾液が溢れ出す。急速に体中の血流がぐぅっと股間に集まっていって……

危うく勃起しそうになり、ハッと我に返った。

「？」

な、な、なんなんだっ……？　ちょっとおかしいぞ！

頭から冷水を浴びせられたようになる。かつてないほど変態的な妄想に自分でおののいた。とっさにパソコンに表示していた画像上のバツボタンをクリックし、写真の画面を閉じる。

おいおいおいおいおい、勘弁してくれよ……。手を相手に、いったいなんで欲情してるんだ？　そもそも僕にそんな趣味なんてなかろうが。僕が欲情するのは女性の裸体であって、断じて手や指じゃないぞ。

一瞬、アブノーマルな世界へ行きそうになってヒヤヒヤした。腋の下に冷たい汗をかき、窓を見てぎょっとする。

外はすでにとっぷり日が暮れていた。時計を見ると、もう十九時前を指している。

「なんてこった……」

手島に電話したときは十六時前だった。三時間以上もひたすら写真を眺め回していたことになる。時間の経過にまったく気づけなかった。

「あきらかにおかしいだろ……」

不可解な己の挙動にゾッとする。このとき本能的に『これ以上この写真に関わるのはマズイかもしれない』と感じていた。

……疲れているのかもしれない。

妥当な推論だった。ずっと仕事が忙しかったし、今日はジムで体を痛めつけたし、自分でも気づかぬうちに限界を超えていたのかもしれない。

今夜は早く寝よう。そして、明日はのんびり過ごそう。写真のことは忘れよう。そう決意し、すぐさまパソコンをシャットダウンした。

しかしその夜、写真の手が自分の体を隅々まで愛撫する淫らな夢を見て——結局、日曜日も丸々写真を眺めながら過ごした。

月曜に出社するとき気が重かった。土曜の夜に淫らな夢を見たこと。日曜日は写真をオカズに自慰に耽る自堕落な過ごし方をしたこと。それらに対する罪悪感で胃が重い。貴重な休日が写真によってすべて潰された。

勤務中も気はそぞろで、例の手のことを思い続けた。縮小した画像をスマートフォンに入れてきて、こっそりそれを何度も眺める。写真を見ていると心がひどく落ち着いた。しかし、あまり長時間眺めていると淫らな気分を誘発されるので、そうなる前に画面を閉じた。

表面上は何事もなかったように会議に参加し、意見を請われれば発言し、レビューを聞いて懸念事項をメモした。席に戻って社内システムを起動し、溜まっていた稟議データに目を通し、決裁ボタンを押した。部下からプロジェクトに関する相談を受け、繊維事業部時代に取り引きしていた会社を紹介し、親会社の役員に向けた報告書を作った。

手の持ち主はジュエリー・サニシの広告宣伝部に聞いてすぐ判明した。

名前は六木美夜子。ストラトフォード・エージェンシー所属のパーツモデルで、本業は同事務所の総務らしい。勤続二年、年齢は二十代だと聞いた。それ以上はわからない。顔写真や生年月日が知りたければ別の機関に調査を頼むしかない。

さんざん迷った挙句、興信所に六木美夜子の調査を依頼した。よく結婚前に行われる身辺調査と同じようなものだ。

調査には二か月を要した。那須川は受け取った調査結果報告書の白い封筒を、夜中に自宅のリビングで開いた。

初めて見た六木美夜子はすっきりした顔の若い女性だった。美人の部類に入るだろう。顔写真をつぶさに眺め、履歴をひととおり読んでから、これはまずいかもしれないと思いはじめていた。

六木美夜子は残念ながら嫌いなタイプではなかった。はっきり言って、恋愛対象の範囲内だ。冷たそうだが綺麗（きれい）な人だし、三十一歳の自分と七歳年下の彼女が仮に恋人同士だったとしても、なんら不自然ではない。

――僕は日夜この女性の手を見て、淫（みだ）らな妄想をしていたわけだ……

報告書にはこうある。女子高卒。そのあと都内の短大に行き、卒業後は二年間フリーターをやる。そのあと現在の事務所に入社。なぜモデル事務所で総務をやっているかはわからない。事務能力を買われて事務所にスカウトされたのかもしれない。

情報を取り寄せてよかった。あの謎の手にはちゃんと持ち主がいて、一個の人格を持ちひたむきに人生を生きている。やはり彼女をこんな風に貶（おとし）めるべきじゃない。仮に妄想の中だけで、誰に知られることはないとしても。

もう、やめよう。こうして身元もわかったことだし、一連のことは自分だけの秘密にし、まともな世界に戻ろう。ストラトフォード・エージェンシーの社員なら、いずれ会うかもしれないし……

そう決意して立ち上がる。報告書はデスクの鍵付き引き出しに厳重にしまった。二度と見ることはないと思いながら。

しかし、物事はそう簡単に運ばなかった。気づくと手の肌感に思いを馳せる日々が続く。まるで自分の目を盗むように、こそこそスマートフォンの画像を眺め、家に帰ってから背徳感に襲われながらパソコンの前に座り続けた。『このままだとマズイ』と冷や汗をかくのはいつも、精を放ったあとだ。

しかし、どんなに落ち込んでも妄想は広がり、飽くことなく繰り返してしまう。

土日は寝室に手の写真とノートパソコンを持ち込み、朝から晩まで心ゆくまで手の妄想を堪能した。食事は冷凍食品を買い込み、なるべく短時間でエネルギーを補給し、手の妄想にかける時間を最優先にした。

人が堕落するときは、こんな感じなんだろうか？

自分は決して手フェチじゃない。そのことは自分が一番よくわかっていた。しかし、ノーマルな男を妙な世界に引きずり込んでしまうほど、手の魅力が激烈なのだ。

まるで濁流に呑まれるように、あっという間に変態の世界へ連れていかれた。まさかと思って他の女性の手も見てみたが、こんな風におかしくなったことはない。那須川がおかしくなるのは六木美夜子の手に対してだけ、ということになる。

そのことがいったい、なにを意味するのか……

そんなこと、まったく想像がつかない。自分でどうすることもできないまま、媚薬を呑まされたみたいに夢と現をさまよい続けた。

いつの間にか好きだった料理も作らなくなり、自宅で食べるときは冷凍食品か出前ばかりになった。毎夜の如く淫らな手の夢を見て、休日は引きこもりがちになり、スポーツジムにも行かなくなった。ゴルフも飲み会も社交的な誘いは理由をつけて断り、取引先には呆れられ、友達も失い、仕事のクオリティもだだ下がりに。それでもどうにかゾンビのように生き続け、気づけば三年が経過していた。

那須川は写真のせいで、別人になり果ててしまったのだ。

しかし、これらの事実を六木美夜子にそのまま話すわけにはいかない。知られたらマズイ部分はうまく誤魔化さなければ。

だから、「手がすごく気になって仕方なかった」「手の夢をよく見た」「会社の人脈を使って君のことを聞いた」と、核心部分はぼかして話をするしかなかった。

◇　◇　◇

那須川の話を聞き終えた美夜子は、猛烈な恥ずかしさに襲われていた。恥ずかしいというか、うれしいというか、照れくさいというか、驚いたような恐れ多いような雑多な感情が渦巻く。

ちょ、ちょ、ちょっと、ちょっとちょっと待ってよ？　ちょっと待ってよっ！

美夜子は頭を抱えた。混乱したり動揺したりすると、ついこのポーズをしてしまう。上目遣いでチラリと見ると、那須川はホッとしたように眼鏡を外している。たぶん長い話を終えて肩の荷を下ろした気分なんだろう。オールバックにしていた前髪が数本、額に垂れて少し若く見えた。那須川は美夜子の混乱には、まったく気づいていない。

――那須川さん、今自分で話したことの意味、わかってないのかな……

バクバクと心臓が口から飛び出そうだ。頬が急激に熱くなり、両手で頬を押さえて下を向く。赤い顔を彼に見られたくなかった。

彼はこう言った。手をひと目見てから忘れられなくなった。朝から晩まで手のことばかり考えていた。手のことが気になりすぎて仕事が手につかず、情緒不安定になった。手はとても綺麗だし、肌の質感も素晴らしい。これまで見たことがない芸術的な手だと思う。手の画像をスマホに保存し、繰り返し眺めている……

そ、そ、それってつまり、つまり……

うつむきながら唾（つば）を呑むと、ゴクリと耳に響いた。

——つまり、私の手の熱狂的なファンってことで、いいんですかね？

いや、でもどうだろう。そうなの？　そうだよね？　普通に考えたらそうだよね？　なんか私の手に恋してるみたいになってるもんね？　じゃないと、こんな風にお金と時間を掛けてわざわざ会いにこないよね？　彼の長い話を一言でまとめると『あなたの手が好きで好きで仕方ありません』ってことになるような、ならないような……

うんうん。それで間違いないぞ。しかも、彼はそのことに自分でまったく気づいていないみたい。ものすごく頭がよさげで、なんでも知ってる人みたいに見えるのに、まるで恋を知らないみたい。それで心配になって『こんな症状が出るんですけど病気でしょうか？』と病院に来た患者のようだ。『ふーむ、恋の病（やまい）は治せませんな』とか言えばいいのかな？

いや、でもちょっと待てよ、と思い直す。

——私の「手の」ファンなのであって、私のファンじゃないんだよね？　そうだよね？

彼が恋しているのは私の手の部分だけで、私の人格や容姿は一切含まれないわけで……。

そうだ、そういうことだ。別に照れる必要なんてないか。

そう思うと心拍も落ち着いてきた。よく考えたら過去にも同じことがあった。手のグラビアやプロモーションビデオを見た視聴者から『素敵な手ですね』とファンメールを頂くのだ。所属モデルたちは皆ＳＮＳをやっているから、そこへメッセージを送ってくる人もいる。

この業界はなかなか奥が深く、売れっ子モデルになると非公式のファンクラブまである。

これはきっと、そういうのと同じようなものだ。那須川がおかしくなるのは美夜子の手に対してだけというから、厳密には手フェチでもないんだろうけど、持ち主が誰であれ手に対する執着を持っているのは間違いない。彼の話を聞く限り、芸術的な興味があるだけで好意はないらしいけど……

悪い気はしない。これまでの人生、なにより手を大切にし、すべてを賭してきた。他人から見ればくだらないだろうけど、自分なりに手の表現について考え続け、情熱を燃やしてきたのだ。だから、あらゆる賛辞の中で、手を褒められるのが一番うれしい。それが芸術的な興味だろうが、なんだろうが。

——それに、那須川さんてすごく素敵だし魅力的だし……

彼はこれ以上ないほど紳士的に事を進めてくれた。ちゃんと自分の立場と身分を明かし、きっちり会社経由でアポを取り、こちらに断る猶予も与えた上で素晴らしい席を用意した。権力を行使すれば美夜子を支配することもできたはず。それをしなかったのは、優しさと誠実さだと思う。こちらの人格を踏みにじったり傷つけたりしないよう、細心の注意を払ってくれた。

普通なら、彼みたいな立場の人と関わる機会はない。若くして大会社の副社長に就任し、世界を股にかけるような仕事をしている彼とは住む世界がまったく違うから。

美夜子はシルクの手袋をした手を、祈るように組んだ。この手が繋いでくれた縁なのかなと思う。ここまでされて彼に惹かれないでいるのは難しい……

「実はまだ、この話は終わりじゃないんです」

おもむろに那須川は言った。

「え？」

美夜子は小さく目を見開く。

「写真のモデルがあなただと判明したとき、あなたに会う気は毛頭なかったんです。あなたの名前は僕だけの胸にしまって生きていこうと思ってました。だから、あなたの存在を知ってからの数年間、ひどい状態のまま耐え忍んできたんです」

「じゃあ、なぜ、今になって会いに来られたんですか？」

「実は僕にきっかけをくれた、とある人物がいるんです」

「とある人物？」

美夜子が聞き返すと、那須川はうなずく。

「そいつが僕に助言したんです。あなたに会いに行ったほうがいいと。あなたに会わない限り、このひどい状態は続くぞと」

「それは……私の知ってる人ですか？」

美夜子の問いに、那須川は首を横に振った。

「いえ、僕の個人的な友人です。僕の大学時代の同級生で……」

こうして、那須川は続きを語りはじめる。

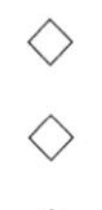

その男の名は魚住祐と言う。

那須川と祐は帝都大学の法学部で同級生だった。クラスは別々で、一年二年の必須科目の講義のときに、那須川は大講堂で祐の姿を見かけていた。

それぐらいの年齢にはありがちかもしれないが、祐はズバ抜けて目立つファッションをしていた。那須川も当時ファッションに対して並々ならぬ興味を持っていた。海外のものも含め主要なファッション誌はあらかた購読していたし、ハイブランドからストリートまでのトレンドを頻繁にチェックし、力のありそうなデザイナーやパタンナーの名前まで憶えていた。いつかアパレルに関わる仕事がしたいと考えていたから。

初めて祐と話したのは、大学三年のときだ。

その頃にはうっすらと繊維商社に就職しようと決めていて、あとは速やかに単位を取るだけだった。刑事訴訟法のゼミを選び、そこで祐に会った。間近で見た祐はひょろりと背が高く、女のように線の細い美貌の持ち主。目だけやたらギラギラ鋭いのに、笑うと非常に無邪気で、笑顔が印象的な男だった。

彼の身なりから予想していたとおり、やはり祐もファッションに興味があるらしく、二人はすぐ意気投合した。

在学中の祐は熱心に作曲し、その曲でダンスを踊った動画をネットに上げていた。祐はギターも弾けたしドラムも叩けたし、歌わせてもすごく情感豊かだった。しかも、文化人類学とか民俗学とか哲学とか、人類の謎に迫るような分野に造詣が深かった。

だから、卒業後はネットとストリートで歌い手になると言った祐を誰もが笑ったが、那須川はなるほどいいなと感心し、自由人の祐らしいとうらやましく思った。

祐とは一度だけ大喧嘩をしたことがある。

それは、進路の話をして那須川が「商社に行く」と言ったときだ。祐は驚愕に顔を歪め、「正気か?」と聞いてきた。祐のリアクションに純粋に驚いたが「正気だ」と答えた。するとと、祐はまるで裏切りにでも遭ったみたいに憎々しげな、軽蔑に満ちた表情をしてこう言った。

「信じられない。おまえがそんな臆病者だったなんて。もっと勇気がある奴だと思ったのに」

「なんだって？」

正直、商社に行くことがなぜ臆病者になるのか、さっぱりわからなかった。しかし、現実に祐は猛烈に怒っているのだ。激怒していると言っていい。

「就活なんてただの洗脳だろ。一部の大企業が利潤を得るための茶番じゃねぇか。それに踊らされてるのは金の亡者に成り下がった奴隷どもだ。自分自身で生きることを放棄して、金と権力に依存する臆病者だっつってんだよ！　おまえはそんなこともわからないバカなのかよ！」

祐の言葉に、カチンときた。

同時にこうも思った。祐の家は都内に大邸宅を構える資産家で、金に困ったことがないんだろう。だが、僕は違う。北海道にある僕の実家は決して裕福ではない。こいつはお坊ちゃまだから、そんな理想論が言えるのだ。

「おまえの言いたいこともわかるけど、どんだけ御託並べたって世の中カネで動いてんだよ！　これは洗脳だろう、これは正しくないだろう、これは理想的じゃないだろうってわかっていたって、ある程度妥協して大衆に寄り添っていかなきゃ、やっていけないだろ？」

「はぁ？　妥協ってなんだよ？　だから、それが洗脳だっつってんだろ！　目ぇ覚ませ。〝ある程度の妥協〟なんてない！　少しでも妥協したら終わりだ。俗に迎合したらおしまいだって言ってんだよ！」

「目を覚ますのはおまえのほうだよ！　おまえがいくら曲を作ったって、それを聴く人がいなきゃ意味ないだろうが」

「意味なんてどうでもいい。オレはオレの好きな曲を作るだけだ。聴衆なんていらない」

「嘘吐くな。おまえは誰かに聴かせたいはずだ」

「だからなんだよ？　オレが誰かに聴かせたかったとして、おまえみたいな臆病者じゃない。おまえがやってることは、レコード会社に媚びへつらって好きでもない曲を書いて聴衆に金を配って聴きに来てくださいと土下座して回るような行為だぞ。わかんないのか？」

「論理が飛躍しすぎなんだよ。おまえが作曲で使ってるそのパソコンは誰の金で買ったんだよ？　ギターは？　ドラムは？　全部おまえの親の金だろうがよ！」

この言葉はかなり効いたらしく、祐はぐっと黙り込んで、すごい形相で睨みつけてきた。

しかし、那須川もかなり怒っていた。祐が歌い手になると決めた進路を心から応援していた。那須川とは進路がまったく違うけれど、祐の決断と人生を尊重しているつもりだった。それなのに祐のほうは那須川の決断と人生に土足で踏み込み、めちゃめちゃに貶めてきたのだ。そのことに傷ついたからこそ猛烈に怒っていた。

二人は参号館と呼ばれる、今は使われていない旧校舎の二階にある小さな講義室で睨み合っていた。

「僕の人生は僕が決める。僕の領域に土足で踏み込むな」

那須川は冷ややかに言った。那須川は基本穏やかな人間だが、他人からプライベートに土足で踏み込まれることを絶対に許さなかった。相手が家族でも友人でも容赦しない。他者からの干渉をヘラヘラ許していたら、自分の人生なんて生きられない。

すると祐は、飲み終わったコーヒーの空き缶を力任せに床に叩きつけた。空き缶はけたたましい音を立てて弾んで転がり、講義室の壁に当たる。

「踏み込まないさ。もう二度と話すこともない」

祐はそう言って鬼気迫る顔で睨みつけた。

「十年後、おまえは自分で自分が手に負えなくなって、絶対に後悔する。忘れるなよ。おまえのその臆病さが、いつかおまえを殺すだろう」

祐は不吉な予言みたいに宣言すると、講義室から出ていった。

それから祐とは卒業まで二度と口をきくことはなかった。学内で見かけても、ゼミで会っても、絶対に目を合わせなかった。そのあと、那須川は無事に日置物産の内定を勝ち取り、帝都大学を卒業した。

今思えば、お互い若かったんだろう。若い頃は他人との距離感を間違えて干渉しすぎたり、傷つけたり傷つけられたり、そういうことがよくあると思う。今ならそういう失敗があったっていいと許せるのに。このときもう少し大人だったら、もっと別の結末があったのかもしれない。

しかし、祐とはそれっきりで会うこともなかった。

――おまえのその臆病さが、いつかおまえを殺すだろう。

祐の呪いの言葉を忘れることはなかった。折に触れて何度も思い返し、祐はなぜあんなことを言ったんだろうと考えた。特に根拠なんてなく、単に嫌がらせをしたかっただけなのか……

だんだん歳を取るにつれ、そのことを思い出す回数も減っていった。目先の仕事に忙殺され、それどころじゃなくなったのだ。

そうして、十二年の歳月が流れた。

スマートフォンには祐の電話番号が残っている。大学を卒業してから数えきれないほど機種変更したりキャリアを変えたりしたが、祐の電話番号だけはなぜか消せなかった。

祐に電話するのに迷いは一切なかった。普通なら絶対に電話しない。しかし、今はそんなプライドを守る余裕さえなかった。

おまえのその臆病さが、いつかおまえを殺す……

今の那須川はまさに祐の言葉どおり、完全に殺されたも同然なのだ。肉体的に殺されたわけじゃない。精神的に殺された。あの写真を見た瞬間に。商社マンとして精力的に仕事をこなし、スポーツジムで体を鍛え、より完成度の高い人間を目指して努力していた那須川は、もうどこにもいない。

祐の電話番号は変わっていなかった。突然の電話に祐は驚かなかったばかりか、待っていたかのように『遅かったな』と言った。少々面食らったが『話がある』と言うと、祐は『いいよ』と二つ返事でOKし、待ち合わせの場所と日時を決め、余計なおしゃべりはせずに電話を切った。

数日後、二人は懐かしのJR御茶ノ水駅近くの聖橋で待ち合わせした。御茶ノ水には大学のキャンパスがある。

ひさしぶりに見た祐は、驚くほど変わっていなかった。

「おっさんになったな」

那須川を見るなり、祐はニヤリとして言った。

「おまえが変わらなさすぎなんだよ」

那須川はそのまま感想を述べた。

二人は小川町にある古ぼけたカフェに入った。紅茶を専門とするカフェで、大学時代、祐はここのアールグレイが絶品だと足しげく通っていた。店主は当時よりぐっと老け込んだが元気そうで、なんとなくうれしい気持ちになった。

テーブルを挟んで目の前には魚住祐。昔と変わらぬ店の雰囲気と紅茶の味。十二年前にタイムリープした気分で、那須川はアンティークのソファに腰を落ち着けた。

社会人同士がひさしぶりに会ったときに交わされる「仕事はなにやってるんだ」とか「結婚したのか」とかいう一般的な会話は皆無だ。そうだ、祐は昔からそうだった。

祐はソファにふんぞり返って脚を組み、ひじ掛けに腕を載せて頬杖をつくと偉そうに言った。

「なんか持ってきたんだろ？　出せよ」

ドキリとした。

祐にすべてを見透かされているようでヒヤリとする。しかし、そんなはずはないと思い当たった。

話があると呼び出された場合、なにか出せと言っておけば当たる確率は高い。カマを掛けているんだろう。昔から勘が鋭いのかふざけているのか、どちらかよくわからない奴だった。

説明するのも面倒なので、とりあえずド直球ストレートでいくと決めた。ブリーフケースから例の写真を取り出し、紅茶のカップを避けてテーブルの上に置く。

祐は黙って写真を取り上げた。そして、背もたれに寄りかかり、それをじっくり眺めた。

一ミリも表情を変えない祐の顔を見ながら、じっと待った。無性にタバコを吸いたくなったが、二十五歳のときから禁煙しているので我慢した。最近はもうタバコのことなんて思い出しもしなかったのに。

祐はかなり長い時間、熱心に写真を眺めていた。窓の外は日没間近で、本郷通りを車のヘッドライトが照らしだしては去っていく。季節は春で、ちょうど桜が終わりかけの頃だ。土曜の夜のこの辺りはまったりとしていると同時にワクワクするような、なんとも言えない雰囲気が漂う。それとも、学生時代の記憶がそう感じさせるのか。

「エッロ。すっごい、どエロいね、この手」

祐は感心したようにうなずき、つぶやく。

「こんなにエロい手、生まれてこのかた見たことないや。ヤバイ、勃ちそー」

祐の言葉に、鼓動が強く胸を打った。

……こいつにはわかるのだ。

強い驚愕と恐怖のような感情に襲われ、心臓がドクンドクンと勢いよく血を巡らせる。両肘をテーブルに載せて両手を組み、必死で動揺を抑えた。なぜか昔から祐に弱みを見せるのが嫌で、動揺したり傷ついたりしても隠す癖があった。

祐はゆっくりまばたきを一回すると、写真を返しながら言った。

「で、調べたわけか」

……調べただって？　なぜ僕が興信所に調査を依頼したことまで知ってるんだ……？

内心慌てふためき、腰を浮かしかけた。しかし、ここでふと冷静になる。いや、そんなことまで知っているはずはない。たまたま言い当てただけだ。

祐は尋常じゃなく感性が鋭いから、相手の表情や前後の話の流れを読み取ってアタリをつけるのがうまいんだろう。

このとき、祐にこの相談を持ちかけて正解だったと、確かな手応えを感じた。やはりこの件を理解できるのは、こいつ以外いない。他の奴じゃ全然ダメだ。こいつじゃなければ。

「……一応。名前と勤務先ぐらいは」

とりあえず答えると、祐は冷笑して言った。

「嘘つけ。本当は年齢も住所も顔写真まで調査済みだろうが」

ズバリ言い当てられ、頬が熱くなっていく。

祐は小馬鹿にしたように首を傾げて目を細め、言った。

「だから言っただろ？　あのとき逃げ出したから、今そんなにコソコソする羽目になってるんだよ」

「逃げ出した？　なんの話だよ。僕がいつ、なにから逃げたんだ？」

内心もしかしてあの大喧嘩した就活の話だろうか、と思いながら聞いた。

「わかってるだろ？　おまえは自分の人生を生きることから逃げ出しただろうが」

「その話か。僕は逃げてなんかないし、ちゃんと僕の人生を生きてる。逃げ出したのはおまえのほうだろうが」

「ま、その話はもういいや。どうせ平行線だから」

祐はさらりと言って視線を逸らし、紅茶を一口啜った。

「で、オレになにして欲しいの？」

祐の言葉で、妙な敗北感に打たれて唇を噛む。しかし、そんな勝ち負けとかプライドにこだわっている場合じゃない。祐に土下座してでも突破口を見出さねば。もう一刻の猶予も許されないのだ。

「妙な夢を頻繁に見るようになった。性的な……手の夢なんだが。そのせいでここ三年まともに眠ってない」

正直に打ち明けた。祐は「続けて」とばかりに黙ってうなずく。

「朝から晩まで手のことが気になって仕事に身が入らない。どうにか誤魔化してこなしているが、実害が数字に出るのも時間の問題だと思う。この手に対してしか、その……勃たなくなった。趣味も嗜好もがらりと変わった」

「ふーん」

「カウンセラーか心療内科にかかろうかと思ったが、真っ先におまえの顔が浮かんだ」

「おまえの間違いだらけの選択肢の中で、そこだけ合ってる。唯一の慧眼（けいがん）だな」

祐の偉そうな物言いにカチンときたが、耐えた。

「おまえに言われた言葉がずっと忘れられなかった。十年後に僕の臆病（おくびょう）さがいつか僕を殺す、と」

「そんなこと、言ったっけ？」

祐がとぼけて首をひねるので、強めに声を上げた。

「言っただろうが！　忘れたのか？　おまえの言うとおりになったんだよ！　実際には十二年後だし肉体が死んだわけじゃないが、今の僕は死んだも同然だ。毎日ゾンビみたいに生きてる」

「オレがした予言じみたことと、おまえがそんな風になったのは、全然関係ないよ」

「そんなことわかってる！　けど、そのことについてもう少し詳しく話が聞きたいと思ったんだ。おまえはその……僕が理解していない領域のことまで、知っているようだから」

「そんなことないよ。知識の量で言えば、オレよりおまえのほうが多いよ」

祐は手にした四角いオイルライターをもてあそびながら言う。

「知識の量じゃなくても、こういうワケのわからん分野におまえは造詣が深いと思ったから。僕よりもはるかに」

それを見ながら言う。くそっ、どうしてこんなにタバコが吸いたいんだ？

「造詣が深い、ねぇ。ふーむ」

祐は四角いオイルライターを投げ上げては、キャッチする動作を繰り返した。それを目で追いながら喫煙衝動を堪える。

すると祐は、おもむろにポケットからくしゃくしゃになったタバコを取り出し、一本差し出しながら言った。

「我慢するなよ」

思わず、受け取っていた。あまりにも真剣な祐の瞳に驚きながら。タバコを手に呆然としていたら、祐が四角いオイルライターで先端に火を点けたので、慌ててそれを吸い込む。

ひさびさに吸ったメンソールは五臓六腑に染み渡った。

祐はそれを満足そうに眺めながら言う。

「オレにできることはなにもないよ。おまえが思ってるほど、オレはなんでも知ってるわけじゃない」

「……そうか」

「真相を自分で確かめてみれば？」

「えっ？」

「だから、おまえをそうさせたものの正体がなんなのか、確かめてみろよ。おまえの目で、おまえ自身で、しっかりと真実を見るんだ」

「真実を見る……」

「そう。一番見たくないものを見るかもしれない。知りたくないことを知るかもしれない。それでも見ないよりはマシだ。わかるか？」

「わかる……ような、わからないような」

真相を確かめろという言葉は理解できた。どうやら、六木美夜子に直接会う必要があるようだ。そして、彼女に手を見せてもらわなければならないらしい。

「今度は逃げるなよ。絶対に」

祐は那須川の目をまっすぐ見て言う。

「逃げないよ。もう僕には失うものなんてなにもないんだ」

「奇遇だなぁ。オレも失うものなんてなにもないよ」

「おまえは昔からだろうが。僕はおまえのそんなところがうらやましかったよ。今も昔も」

それを聞いた祐は、ひどくおかしそうに微笑む。

祐の笑顔は十二年前と変わらず、純真無垢（じゅんしんむく）だった。

――これが、今から一年前の話。

目の前に座った六木美夜子に向かい話を終えた那須川は息を吐き、湯呑みを取り上げ一口呑んだ。

煎茶はとっくに冷め、ぬるい液体が喉元をとおりすぎる。美夜子は、驚愕の表情で自らの口を押さえたまま固まっていた。

祐の助言に従い、こうして六木美夜子に会っている。祐の話を聞いてから彼女に会うまで丸々一年を要した。仕事が忙しかったのもあるが、今一つ勇気が出せず、彼女にどう説明してアポを取ればいいのか悩みに悩んでいたからだ。

那須川は三十五歳になり、もう説明なんてなるようになれと開き直り、ようやく連絡を取った。

あの日、祐とは本当にそれだけ話して、すぐ別れた。お互いの近況報告もなかったし、次に会う約束もしなかった。いい年した大人が二人、酒も呑まずに別れるなど有り得ない話だが、祐らしいなと思う。

祐は去り際に『これをおまえにやる』と言って、四角いオイルライターをくれた。お互い口に出していないけど、あの大喧嘩に関しては和解に近づいた気がしている。

まあ、いつかまた奴とは会うこともあるだろう。今はとにかく目の前の彼女に集中しなければ。

「えーっと、ちょっと待ってください。お話をもう一度整理してもよろしいですか？」

彼女は両手で頭を抱えながら言う。

「どうぞ」

那須川は言って、湯呑みを茶托にコトリと戻した。

「途中まではわかったんです。私の手の写真を見てから、那須川さんがおかしくなり、私のことを調べて知った。けど、今のお友達のくだりが……」

「魚住祐？」

「そう。その魚住さんという方が十三年前、大学生だったとき、就活しようとした那須川さんに向けて言った言葉が……なんでしたっけ？」

「おまえのその臆病さが、いつかおまえを殺す」

「そうですそれです。それがなぜ写真の件と繋がるのかが、今いちわからないんです」

「おまえを殺すとは、僕が死ぬということですよね？」

「ええ。それはわかります」

「死ぬというのは、一つのたとえだと思ったんです。現実に心肺停止状態になって死亡する意味じゃない。精神的に死ぬという意味です。つまり、これまでの僕が死んでしまったかのような状態になるという意味です」

「ご自身が一度完全に死んだと感じるぐらい、そんなに変わってしまったんですか？　写真を見る前と、見たあとで」

「そうです。写真を見て、祐の予言どおりになったわけです」

那須川がはっきりうなずくと、美夜子は少し脅えた目をした。それでも美夜子は言葉を続ける。

「魚住さんとは喧嘩別れしたけど、去年、那須川さんから連絡してひさしぶりに再会した。そのとき私の手の写真を見せたら、魚住さんは手の持ち主に会ったほうがいいとアドバイスしたんですね？」

「かいつまんで言えば、そういうことです」

「事務所の応接室でお会いしたとき、手のモデルをしてるのかと聞かれましたが、那須川さん本当はご存知だったんですね……」

「申し訳ない。あの場でいきなり知っているとも言えなくて」

「やっぱりなにか腑に落ちないというか、えーっと……」

美夜子は難しい顔をして考え込んでしまう。

「魚住さん、他になにか言ってませんでした？　私の写真を見て、なぜ手の持ち主に会ったほうがいいなんて思ったんだろ」

「それは僕にはわからないんです。ちょっと変わった奴でして、たまにすごく鋭いことを言うんです。本人に自覚はないようですが……」

「そっかぁ、なるほど。那須川さんもよくわかっていないから、私にもよくわからないんですね……」

「すみません。そういうことだと思います」

「今も夜、眠れないんですか？」

「ええ。妙な夢も見続けています。だんだんひどくなっているみたいで」

那須川は座卓に両肘を載せて手を組み、今夜一番伝えたかったことを口にした。

「僕が思うに、あなたの手はかなり特殊というか、ただの手ではない感じがするんです。五感を超えて訴えかけるなにかがある」

「そ、そうですか？」

「ただ綺麗とか美しいだけではない。なにか特殊な技法が使われている気がします。それが素人の僕には、なんなのかわからないけれど……」

「あのー那須川さん」

「はい？」

「他になにか伝えていない情報ってあります？　私にちょっと言いづらいとか、社会的に障（さわ）りがあるから言えないとか……」

彼女の言葉に、ドキリとした。

……まさか。僕の淫（みだ）らな妄想に気づいているのか？

いや、そんなはずはない。妄想なんて他人に知られるはずがない。大丈夫だ。

「いえ、特に隠していることはありません。今、六木さんにお話しした内容がすべてです」

性的な情報は隠したが、そこまで正直に言う気はなかった。全部しゃべったら彼女はショックを受けるだろうし、セクハラで訴えられてもおかしくない。その辺は、きっちりわきまえて行動しなければならない。

「そうですか……」

彼女は少しがっかりしたように肩を落とす。

時刻は二十一時を過ぎた。

このとき、美夜子は密かにドキドキしていた。

――もしかして那須川さん、私のあの秘密に気づいているのかも……

実は美夜子には手に関してひた隠しにしている秘密があり、どうやら彼がそのことに勘づいている可能性があるのだ。

――あなたの手はかなり特殊というか、ただの手ではない感じがするんです。五感を超えて訴えかけるなにかがある。

　那須川はそう言った。さらにこうも言った。

――ただ綺麗とか美しいだけではない。なにか特殊な技法が使われている気がします。

特殊な技法。

　那須川の表現は言い得て妙だ。美夜子は確かに手の撮影のとき、ある特殊な技法を使っている。それはパソコンのアプリケーションで写真を加工するとか、機材を使って光の当て方を工夫するとか、そういう種類のものではない。そういう加工はあらゆる写真に施されている。美夜子の使っている技法とは、もっと特殊なものだった。

　最初はパーツモデルたちは皆、この技法を使っているんだと思い込んでいた。というより、この技法を使えるからこそパーツモデルになっていると思っていた。

　しかし、数人に聞いてみたところ、そんな技法を使っているのは美夜子だけで、他に一人もいそうにない。しかも、話を聞いた相手からは変人でも見るような目をされ、さんざんな目に遭った。それに懲りてこの話は胸の中にしまい、誰にも話さないでおこうと決めた。

　しかし一度だけ、すごくセンスの鋭いカメラマンに指摘されたことがある。先ほどの、ジュエリー・サニシの写真を撮ったカメラマンだ。彼は耳が聞こえなかったので、そのことについて深く話すことはなかった。筆談でその秘密にやんわり触れられ、美夜子は驚いたのだ。

那須川さんも気づいてるのかもしれない。私のあのことに……

それは怖いような恥ずかしいような、心躍る予感だった。誰にも理解されないと寂しく思っていたあのことを、彼なら理解してくれるかもしれない。そんな期待で美夜子の胸は、はちきれそうだ。

けど、そんなことが有り得るの？　可能なの？　本当に？

正直、こういう話は他人とはわかり合えないとあきらめていた。パーツモデル仲間だけじゃなく、母親に話そうとしたこともある。けど、母親はのんびりした鈍い人だから『美夜子の言うこと、わかったようなぁ、わからないようなぁ』と誤魔化されてしまった。

例の耳の聞こえないカメラマンとはそれ以降連絡を取っていないし、彼が秘密を誰かに話すこともないだろう。話したところで理解されるとは思えない。

那須川は手のファンであるというより、手に関する謎に惹かれたんじゃないか。彼はまさか手の撮影に関して特殊な技法があるなんて知らないから、自分でワケがわからなくなっているのかも。

――どうしよう。あのこと、那須川さんに話してみようか？

彼なら理解してくれるかもしれない。しかし、これまでみたいに変人扱いされ、嫌われてしまう可能性もある。

それでも、この時点で那須川に打ち明けようと心に決めていた。

美夜子の中には常に、この技法を誰かに知って欲しいという強い衝動がある。だからこそ、パーツモデルをあきらめずに続けていた。美夜子の一回一回の撮影は『この秘密に気づいて欲しい！』という強い想いを、魂を込めて手で表現しているに尽きる。那須川はそれを見て取り、技法の存在に気づいた希少な人物かもしれない。

美夜子にとって、この秘密は非常に重要なものだ。一つの信仰と言い換えてもいい。この技法を信じているし、とても大切に思っているし、誰にも侵(おか)されたくない。それは美夜子にとって生きる原動力だった。だから、話す相手も慎重に選びたい。那須川はこの話をするに値する人物のように思えた。

「那須川さん」

美夜子が声を掛けると、那須川は顔を上げて眼鏡を掛け直した。

「はい？」

「今夜、那須川さんは真相を確かめにきた。つまり、私の手を直接見にきたということでよろしいですか？」

「ええ。端的に言えばそういうことです。その理由を正確に説明しようとしたら、こんなに長くなりました」

「わかりました。今からこの場で、手袋を取って私の手を那須川さんにお見せします」

「ご理解頂きまして助かります。実はアポを取りにいったときに手袋を取ってもらおうかと悩んだんですが、あなたの顔を見て、これはちゃんと経緯を説明してからのほうがいいと思い直したんです」

「お見せする前に、二つ約束して欲しいんです。一つは、私の手を見たからといって那須川さんの症状が改善するとは限らない、そのことをご了承頂くこと。もう一つは、このことを誰にも言わないで欲しいんです」

「承知しております。僕もあなたのせいでこうなったと恨んでいるわけじゃなく、僕自身の問題だと思っています。手を一度拝見したら気が済みますので、あとは自分なりに対応を考えますからご安心ください。なにもあなたに症状を治癒してもらおうなんて思ってませんから。そこまで図々しくないです」

「よかったです」

「もちろん秘密も守ります。それにこんな込み入った話を第三者が理解できると、そもそも思いませんから」

「ありがとうございます。ならば、安心してお見せできます」

「あなたをなるべく傷つけないよう礼儀正しく進めようとしたら、こんなに回りくどい形になってしまいました。そのことは申し訳なく思っています。ですが……」

那須川は両腕を組んで首を傾げ、言葉を続けた。

「どうしても、手を見せてくださいと、その一言が言えなくて。もしあなたに、どうして？　と聞き返されたら説明できないぞと思ったんです」

「一番適切な方法を取って頂いて感謝しています。それに、那須川さんが私の手の写真に惹かれたわけがご自分でよくわからないと感じられたのには理由があるんです」

「えっ？」

那須川は眼鏡越しに目を見開いた。

「ちょっと言葉で説明するのは難しいので、見たほうが早いと思います。今からそれをお見せしますね」

美夜子は言いながら、ニットの両袖をまくりあげた。ベージュ色のシルクの手袋に包まれた両腕が姿を現す。両方の手袋を脱ぎ去り、手の甲を上にして揃え、那須川のほうへ差し出した。

那須川は視線を落とし、美夜子の両手を凝視する。

数秒の沈黙があった。

美夜子は那須川の表情の動きを一ミリも見逃すまいと、じっと彼の顔を観察する。

すると、那須川は目に見えてガッカリした顔をした。失望が強すぎて眉間に皺まで寄っているぐらいだ。

「ありがとうございます。よくわかりました。もう結構です。僕の勘違いだったみたいだ」

那須川は、あきらめたように言った。

予想どおりのリアクションだな、と美夜子は思う。ここからは少し勇気がいる。けど、恥ずかしさをかえりみずに打ち明けてくれ、素敵な場を設けてくれた彼に報いなければ。

美夜子は覚悟を決めて言った。

「待ってください。那須川さん、実はまだ続きがあるんです」

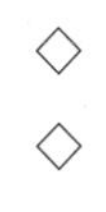

このとき、那須川は尋常じゃない失望に襲われていた。

——僕があんなに時間と手間を掛けて求めた手は……この程度のものだったのか！

実際に見た六木美夜子の手は大したことはなかった。本当に全然大したことはなかった。写真と比べると別人かと思うほど、手にはなんの魔力も宿っていない。確かに肌はなめらかでほっそりした綺麗な手だ。しかし、ただそれだけだった。

——僕はこんなにくだらない、ただの手を見るためだけにあれほどの時間を費やしたのか……

正直、失望が強すぎて声も出せない。絶望したと言ってもいい。何度目を凝らしても、あの写真を見たときのような、存在がぐいぐい迫ってくるどうしようもなく性的に刺激される魅力は皆無だった。

失望のあまり気分が悪くなってきた。早々にこの場を立ち去ろうとした瞬間、彼女は「まだ続きがある」と言ってきたのだ。

「続き？」

半信半疑で那須川が問うと、美夜子はうなずく。

「さっき那須川さん、私の手はなにか特殊な技法が使われている気がするとおっしゃいましたね？」

「え？　あ、ああ、言いましたが」

それはまったく勘違いでした、とも言えず、そこで言葉を切る。

「実は那須川さんのおっしゃるとおりなんです。実は私、撮影のときにある技法を使っているんです」

「なんだって？」

「ちょっとあることをして、手をある状態に持っていくんです。撮影用の手というか」

「撮影用の手？　ってことは、今の状態でそのまま写真を撮っているわけじゃないんですか？」

「そういうことです。今は普通の状態ですが、撮影のときはかなり違うと思います」

美夜子の言うことが今一つ呑み込めず、那須川は困惑した。

「どういう意味です？」

「ここなら、誰もいないので、たぶんいけるかな……」

美夜子は室内を見回しながらつぶやく。

……いける？　いけるってどこに？

美夜子がなにをしようとしているのか見当もつかない。美夜子はもう一度ニットの袖をまくり上げ、もぞもぞと座椅子に座り直した。

「なにをするつもりなんです？」

那須川の質問に、美夜子はすっと目を閉じてこう答えた。

「演技をするんです」

「演技？」

美夜子はうなずき、さらに言う。

「ちょっとうまく言えないんですけど、精神をすごく集中させて、手を本来の姿に戻すんです。意識の深いところまで下りていって、そこから溢れ出している流れみたいなものに、手を乗せるんですよ」

「乗せる？　流れ？　おっしゃる意味がよくわからないんですが……」

「演技するときの感覚を言葉にすると、そんな感じなんです。今からやってみるので、ちょっと黙っててもらえますか？　ごめんなさい、すごく集中しないとダメなんです」

美夜子の強い口調に、那須川は意味がわからないながらも口をつぐんだ。

そういえばバレエダンサーなんかが踊る前に目を閉じてしばらく祈ったりするが、あれと同じだろうか？　ハンドモデルも撮影前にこんな風に精神統一して祈るのか……？

まあ好きにやらせてみるか、と那須川は様子を見守った。

「この……下りていく瞬間、すっごく怖いんです。顎が震えて歯がカチカチ鳴っちゃうぐらい。冷たくて暗くて自分が死んじゃうような、強い恐怖を伴います。なんでこんなに怖いのかわからないんですけど……怖い……」

美夜子は目を閉じたまま、ぶつぶつ言う。そして、那須川のほうへ両方の手のひらを向け、五本指をピッと大きく広げた。

「たぶん、裸になるのと同じなんだと思います。人前で裸になってすべてをさらけ出すのって、とても怖いでしょう？　だから、どこでもできるわけじゃないんです。撮影所とか閉じられた場所で、安心できる人の前じゃないと」

「はあ、まあ」

――裸。

そんなもんなのだろうか？　たかが手を見せるだけのことが？

そのとき、ふと部屋が暗くなった。

とっさに停電かと思い、天井を見上げる。しかし、そこには変わらず丸い照明が光っていた。

……？　なんだ気のせいか。

視線を美夜子に戻し、ドキッとする。

……えっ？

彼女は目を閉じたまま、するっと両手を引いた。

そして、右手を口元に持っていき、親指の付け根にふわりと唇をつける。柔らかそうな唇が、むにゃりと潰れた。ほっそりした手指の運びが流麗で、空気中に指の残像があるように見える。

思わず眼鏡を外し、目をこすった。もう一度掛け直し、目を凝らす。

彼女の口元で、心臓が鼓動するように右手が閉じたり開いたりした。小指から順番に一本ずつ折れていき、手のひらに収まる。ふたたび、人差し指から一本ずつゆっくりと開いていく……その繰り返し。

握りかたは軽やかで、楽器を演奏しているみたいだ。耳に聴こえない旋律を、慎重に奏でているような……

聴こえるはずのない音色に、耳を澄ませてしまう。

空気の粒子が重くなり、色気を帯びた気がした。

反対の左手が頬をするすると撫で下ろし、唇で止まる。四本の指の隙間から、ローズピンクの唇がぷわっと開かれるのが見えた。唇の合間からのぞく、真っ白な歯が微かにきらめく。

不意に、潤った唇と濃厚な口づけをするイメージが去来した。

彼女の唇に吸いつかれ、リップグロスの甘い香りが鼻孔を掠める。口を開けて舌を挿し入れると、小さな舌がおずおずと絡みついてきて……。

な、なんだ？

心拍が急激に上昇し、顎から喉にかけて震えた。

妖しく蠢く右手から目が離せない。彼女はゆっくりまぶたを開け、こちらをじっと見つめた。陶酔したようなとろんとした瞳に、心をグッと掴まれる。さっきまでとは別人のような妖艶さ……。

なんだ？　なんなんだ？

息もできないまま、彼女の媚態に釘付けだった。左手がマスクみたいに彼女の口元を覆い、扇情的な眼差しに胸を熱く抉られる。右手を口の前でただ動かしているだけなのに、とんでもなくいやらしかった。ハンマーが肋骨の内側を叩くように、鼓動が胸を強く打つ。

落ち着けよ。これは演技だ。手の演技。ビビるほどのものじゃない……

しかし、理性がどんなに冷静に分析しても己の肉体の変化は止められない。

目は一点に固定され動かせず、脈は速まり息苦しくなり、体中の血液がざわざわと股間に流れてゆく。崇拝か羨望か、恐怖か情欲か、自分でもわからない情動の大波が身の内で渦巻く。

表情が……表情だけで、こんなにも変わるものなのか。こんなにも、艶っぽく……

彼女の右手が、空気中の透明な糸を手繰るように、小さく弧を描きはじめた。誘うようにくるくると舞い、旋律に酔いしれたように彼女は目を閉じ、首をぐうっと真横に傾けた。顎先まである美しい髪が、サラサラ流れて頬と鼻先を覆い隠す。

那須川は、はっと背筋を伸ばした。

……なにかが、近づいてくる。

那須川は敏感に察知した。この感覚は身に覚えがある。四年前、手島から渡されて写真を見たときと同じだ。オフィスのデスクで写真を眺めていたら、とんでもないものが迫ってくる感じがして……

今度は恐怖はない。しかし、まるでヘビに捕食されるカエルのような心地だった。しなやかな手から発せられる、強烈な磁場のようなものに、じわじわ呑まれていく。

食べられるときの生き物はこんな気持ちなのか？　意外と怖さはなく、安心して身を委ねていくような……

するると、両手はさっと口元から離れる。そして顎の前で手のひらを合わせた。一本一本の指がぴっと伸び、完璧な合掌の形を作る。彼女はまぶたを閉じたまま仰ぐように顎を上げ、唇を少し開いてすうっと息を吸った。尖った顎から喉にかけての肌がなめらかで、つるりとした陶器のような鎖骨の凹凸が美しい。

真っ白な首筋に噛みつきたい、強い衝動に駆られた。

両手は首の前でクロスし、自らを絞めるように首を掴んだ。クロスした形を保ちつつ、両手はじわじわと鎖骨のほうへ下りていく……

大きな蜘蛛が首筋を這うみたいだ。手と首のすべすべした肌の質感と、彼女の唇から漏れる吐息に、官能を煽られる。

あ……あぁ……ま、まずい……

那須川は顔をしかめ、片目を閉じる。

座卓の下で、股間のものは硬く勃ち上がっていた。それはボクサーブリーフからはみ出て、スーツを勢いよく押し上げている。こんなときにこんな場で、こういうのは非常にマズイ。理性ではわかっているが、どうしても肉体の欲求を抑えきれない。

彼女の両手はゆっくりと鎖骨をとおりすぎ、膨らんだバストのほうへ滑っていく。手の動作がひどく淫靡で、ゾクゾクッと鳥肌が立った。細い指がそろりそろりと、乳房の頂(いただき)を愛撫(あいぶ)するイメージに襲われる。

下肢(かし)がじんわり熱くなり、股間のものがずくずく疼(うず)いた。

クロスした手はバストの前でピタリと止まる。手首がくるりと内に一回転し、両腕がすっと前に伸ばされ、まるで雨を受けるような形を取る。両手が那須川のすぐ目の前に迫りくる。

至近距離で艶(なま)めかしい手指を見て、軽く目眩(めまい)がした。エロティックな雌(めす)の香りが、鼻(び)孔(こう)をよぎった気がする。

彼女は陶酔(とうすい)した瞳のまま、クスッと笑って言った。

「那須川さん。これが、演技中の手です」

淫(みだ)らな声が鼓膜から、とろりと入り込んでくる。それが脳髄(のうずい)を溶かし、股間の芯まで染(し)み渡る心地がした。

「わかりますか?」

甘い声が誘うようにささやく。

那須川の脱力した肘(ひじ)が当たって湯呑みが落ちた。あぐらをかいた太腿(ふともも)に、バシャッと煎茶(せんちゃ)がかかる。湯呑みはそのまま掘りごたつ式の床を転がった。

今や完全に勃起していて、ぬるい液体が下着まで染(し)みてくる。しかし、まったく気にならない。

「あ、ああ……」

馬鹿みたいな声しか出てこない。

目の前の彼女は完全なる別人に変貌していた。激しいセックスをしている最中みたいに、頬は上気し瞳は潤み、濡れた唇は物欲しそうに開かれている。吐く息も吸う息も色っぽく、その声は発情した雄を誘っているかのようだ。

「これが、手を流れに乗せて解き放った状態です。撮影のときはこんな風に撮ります。ちょっと恥ずかしくて、裸を見られるような感じなんです」

彼女はまぶたを伏せ、ため息を吐くように言った。

ものすごくエロい声だと思った。もっとずっと聞いていたい……たぎる劣情を座卓の下に隠しながら、荒くなる呼吸を必死で抑えた。

なぜだろう？　いやらしい裸体を見たわけじゃない、いかがわしい行為をしたわけじゃない、ただ手をひらひら動かすのを見ただけなのに、濃厚な口淫でもされたように大変なことになった。自分でも、どうしてなのかわからない。為す術もなくただ股間を硬くし、体中に熱い汗をかいていた。

座卓を挟んでいてよかった、それだけは強く思う。もっと近くで見ていたら、彼女に襲い掛かっていたかもしれない。それぐらい、理性をめちゃめちゃに叩き壊すほど強い引力だった。

「那須川さん、もういいですか?」

澄んだブロンズ色の瞳が、無邪気に問う。

「よ、よく、わかったよ」

劣情をかろうじて抑え、那須川は掠(かす)れた声を絞り出した。

◇◇◇

「演技の前はいつもすごく怖いんです」

美夜子は、そのときの気持ちを思い返して言う。

「他人の目が怖いんじゃない。失敗したらどうしようとか、変な目で見られたら嫌だとか、そういうんじゃなくて、自分が本当に消滅する怖さなんです。リアリティのある死の恐怖と言うか……自分でもなんなのか、よくわからないんですけど」

言いながら美夜子は両手に手袋をしっかりとはめ、さらに説明を続けた。

「一回深いところまで下りちゃえば全然平気なんです。撮影が終わったらまた戻ってきて……戻るときは全然怖くないんですけど、また次の撮影で下りるときは恐怖が復活します。何回やっても慣れないんですよね。行きはよいよい帰りは怖いって歌詞がありますけど、私の場合、行きは怖い怖い帰りは平気って感じなんです」

那須川は微動だにせず、黙りこくっている。

――那須川さん、お、怒ってるのかな……？

美夜子はびくびくしながら、言い訳するように言葉を重ねた。

「最初は、こういうのってパーツモデル全員がやってるのかなって思ってたんですけど、どうやら私だけらしいんです。撮影するときのポージングやライティングのテクニックもあるんですけど、それとは別に私の場合は完全に自己流でやってます」

那須川はやはり黙っている。ちょうど眼鏡が照明を反射し、瞳の表情が見えない。

美夜子はだんだん焦りながら、ひたすら言葉を並べた。

「たまに那須川さんみたいに感受性の鋭い方がいて、同じような疑問を持たれるんです。ジュエリー・サニシのときのカメラマンさんもそうです。あなたの手の魅せかたは非常に特殊だねって言われて。これって、ラジオの電波みたいなものなんですよね。ラジオも一定の周波数で電波が飛んでて、受信側がチャンネルを合わせるじゃないですか。あれと同じで、たぶん那須川さんはチューニングがすごく上手なんだと思います。写真をとおして私が発信する電波を、うまく拾ってくださったみたいな……」

それでも那須川はむっつり黙り込んでいる。

「あ、あのー、那須川さん？」

「行きましょうか」

那須川は冷たく言って、さっと立ち上がった。こぼれた煎茶でズボンが濡れているのが見えるが、彼は手にした上着で素早く隠した。彼は個室を出ていき、美夜子も慌ててショルダーバッグを掴み、あとを追う。

「あ、あの、那須川さん」

速足で歩く那須川に追いすがりながら、美夜子は声を上げる。

「ご期待に沿えなかったなら、申し訳ございません。ですが、私の演技はあれが限界で、ジュエリー・サニシのときも同じように撮ったんです。四年前なので写真と印象が違うかもしれませんが……」

那須川はズンズン廊下を進んでいって、玄関で頭を下げる女将を無視し、庭園へ出た。美夜子も急いで靴を履き、女将に一礼してからあとに続く。

那須川は庭石をさっさと渡っていって、エレベーターホールで立ち止まり、振り返った。怒っているのか、彼は冷たく無表情だ。

美夜子は脚に力を入れて歩いていき、彼の傍で見上げて言った。

「那須川さん、怒ってらっしゃるんですか？」

那須川はじろりと睨み下ろして「怒ってない」と冷淡に言う。

怒ってるじゃないですかー！

美夜子は内心叫んだ。さっきまで敬語で話してくれてたのに、もうタメ口になってるじゃないですか！　怒ってるんじゃないですか？

那須川は上着とブリーフケースを左手に持ち替え、空いている右手で美夜子の手を握ってきた。予想外に強い握力に、ドキリとする。

――わ。那須川さんの手、めちゃくちゃ熱い……

手袋の布地越しでもわかった。熱でもあるんじゃないかと思う体温。彼の体調が心配になる。見上げた彼の横顔は思い詰めたような、焦っているような感じがした。

あれ？　本当に怒ってるわけじゃないのかな？

ポーンと上品な音が響き、エレベーターの扉が開く。中には誰もいなかった。那須川に手を引かれて乗り込み、一階のボタンを押す。扉がするすると音もなく閉まった。

次の瞬間。

ぐいっと、強めに腕を引っ張られた。あっとよろめき、壁を背に寄りかかる。ドサッとカバンが床に落ちる音がした。

あっ……と思ったときにはすでに、顔の両脇に那須川が両手をつき、彼の両腕に閉じ込められていた。

えっえっ。えええっ！　か、壁ドン？

間髪容れず、視界に影が下りてくる。

迫りくる彼の唇は薄くセクシーで、秀麗な眉は濃く生え揃い、間近で見ても完璧な美しさだ。澄んだ飴色の瞳に惹きつけられる。

えっ……？

眼鏡越しの目は、苦しげに細められている。なにかを強く堪えているようで、見ているこちらの胸が痛んだ。悲痛な表情に目を奪われ、ただ戸惑う。

な、那須川さん……？

彼の青白いまぶたが伏せられ、視線が唇の辺りに落ちた。彼は顔を斜めに傾け、ゆっくり近づいてくる。
キ、キ、キスされるっ……！
とっさにぎゅっと目を閉じた。目尻がぴくぴく痙攣し、下唇に生温かい息がかかる。

しかし、唇は触れ合わず、彼の顔は横に逸れていった。

え？　あ、あれ……？

左のこめかみに当たる、冷たい眼鏡のフレーム。耳のすぐ横の頬に、彼の唇が触れた。

ちゅ、と小さく鳴る吸引音。父親が赤ん坊にするような優しいキスだった。可愛らしくて胸がきゅんとしてしまう。

恐る恐る目を開けると、鼻先にスーツに包まれたいかつい肩が迫っている。太い筋の浮いた首から淡くムスクの香りがし、男らしい肌の匂いも混ざって頭がくらくらした。

それでなくても酔っていたのに、ますます酔いが深まる。

彼は額を壁につけ、激しい運動でもしたあとみたいに肩で大きく息を吐いた。そして、握った右手の拳でドン、と壁を叩き、エレベーターが小さく振動する。それは威圧的ではなく、絶望した人が壁を叩くように弱々しかった。なにかをすごく我慢し、悔しがっているみたいな……

「……逃げてください」

渋い美声にささやかれ、耳のうしろがゾクッとする。

「えっ？」

なにを言われたかわからず、聞き返した。

「逃げてください。僕は今、あなたにキスしたい。けど、あなたの同意がないのに無理矢理は嫌なんです。だから、僕が嫌なら、逃げてください。そうしたら、このままなにもせずにエレベーターを降り、あなたを家まで送ります」

彼は壁についた拳に、ぐいっと額を押しつけて言い、反対の左手をパッと壁から離し、美夜子に退路を空けた。

ちょ、きゅ、急にそんなこと言われてもっ……！

とっさに身動きが取れず、壁を背にしたまま那須川の顔とエレベーターの扉をきょろきょろ交互に見る。彼は額に拳がめり込む勢いで、目をぎゅっと閉じていた。

――ちょっとちょっとちょっと待って。えーっと、どうなの？　私はどうなの？　いきなりキスとか言われても！　キスしたいかどうかなんて、わかんないよ！　そもそも彼のことあまりよく知らないし、今夜がほぼ初対面じゃないですかっ！

頬がカッと熱くなり、パニックになった。嫌ならば逃げればいいのはわかっている。けど、そこまで嫌じゃない場合はどうしたら？　どうして彼はこんな急にスイッチ入ってるの？　ちょっと待て、落ち着いて。もっとシンプルにいこう。つまり……

——つまり……那須川さんとキス、したいの？

ここから体をずらして離れれば、それが拒絶の意思になる。たぶん、やり易(やす)い選択肢を与えてくれている。「嫌だ」と口に出すのは抵抗があるけど、横に一歩体をずらすだけなら簡単だし誰も傷つかない。一歩踏み出すだけなら……

逃げるか、この場に留(とど)まるか？

頭の中が真っ白になってしまい、石のようにその場で固まった。彼と壁の間に挟まれたまま逃げられない。足の裏が床に貼りついて動けなかった。

……わからない。本当は動きたくなかっただけなのかも。

逆にここから動かなければ、それが承諾(しょうだく)の意思になる。

どれぐらい時間が過ぎたろう？　数秒か、あるいは数分経ったのか。耳の奥で自分の心音だけが聞こえていた。

気が遠くなるような刹那(せつな)のあと、ポーン、と音が鳴ってエレベーターが一階に到着する。ふたたびするすると扉が開くと、エレベーターホールは無人だった。矢印のランプが下向きから上向きに変わる。

那須川はバッと素早く体を離し、ワンステップで階数ボタンの前まで移動し、拳を叩きつけるように屋上のRボタンを押した。さらに、乱暴に『閉』のボタンを殴りつけると、エレベーターの扉がゆっくり閉まっていく。

そして、勢いよく身を翻した那須川に、腕を掴まれ強引に引っ張られた。

あっと思う間もなく、唇を貪られる。一瞬の飢えたような眼差しに、胸の奥を刺し貫かれた気がした。

噛みつくような勢いは最初だけで、やがて柔らかいキスに変わる。

唇と唇を触れ合わせ数回ついばまれ、美夜子の頭はポーッとなった。

二人の唇はぴったり重なり、那須川の舌先にそろりと下唇をくすぐられる。ガクッと膝の力が抜けた瞬間、力強い腕に腰をすくい上げられた。ぐっと引き寄せられ、二人の腰と胸が密着し、ニット越しに彼の体温を感じる。

彼の唇は予想よりずっと柔らかかった。人間らしさや温かみを感じ、優しい気持ちが込み上げる。

唇を合わせていると、彼は子猫みたく唇の表面を舐め回してくる。尖った舌先でぷにぷにとつつかれ、思わず少し口を開けたら、隙間から舌がつるっと入ってきた。あっという間に唇をこじ開けられ、侵入を許してしまう。

「んんんっ……」

抗議の声は二人の口腔内に閉じ込められた。

抵抗すべきか否か考える間もなく、彼のたくましい腿にぐっと脚を挟まれ、腰を抱かれて舌を挿し入れられ、もうあと戻りできない。為すがままに顎をのけぞらせ、口を開けて受け入れるしかない。

彼の舌は最初おずおずと絡みついてきた。控え目さに好感を持ち、こちらも舌で少し応えると、すごく悦んだように舐め回してくる。反応が可愛らしく、胸がきゅんとした。

しばらく舌先でツンツンつつき合ったり、舌の表面をなぞったり、くすぐり合ったりする。舌先を繊細に使った親密な会話に、恥ずかしいようなうれしいような心地になった。

だんだん口づけの濃度が増していき、ひどく官能的なものに変わる。

ドキッとするほど口腔の奥まで舌を挿し込まれ、舌と舌の粘膜がべったり密着した。ざらざらした舌が擦り合わされ、ねっとりと濃厚に絡み合う。

う、うわわっ……

うなじの産毛がぞわりと逆立ち、お腹の芯が熱くなった。少し冷たかった彼の舌も、お互いの唾液が溶け合って、違和感が消えて馴染んでいく……

最初のおずおずした感じはフェイクだったと、今さらながら気づく。慣れない風の可愛いキスを仕掛け、こちらが油断した隙を狙って一気に攻め込んできた。相当場数を踏んでいる者の熟練の凄腕テクニックというか、まんまと彼の術中に嵌まってしまった。けど、もう遅い。懸命にディープキスを受け入れながら、思い知る。

那須川は冷淡で頭が切れる印象なのに、びっくりするほどキスが優しかった。あまりのギャップに、意識が飛びそうになる。

巧みな舌遣いで、体の芯をそろりと撫でられ、こじ開けられている気分だ。まるで傷を慰撫するように、けれど性感をしっかり刺激しながら、舌先だけでうっとりするような官能の旋律を紡いでいく。

——ぐ、な、那須川さんのキス、す、すごすぎ……

背骨からお腹の芯までゾクゾクッと甘く痺れ、下腹部がふにゃふにゃと柔らかくなる感じがした。絶え間なく与えられる快感に、腿の間がじんわり熱を持つ……

腰を抱く腕はがっしりと力強く、身じろぎしようとしてもびくともしなかった。君を捕らえて絶対に離さないぞという強い意思が伝わってくる。こういうところ、強引だけど男らしくて好きかも、と深いキスをしながらチラッと思う。

薄目を開けると、ゾクッとするほど美しい目鼻立ちが見えた。

男性にしては長いまつ毛が揺れ、少し苦しそうに眉根は寄せられ、夢中で唇を貪っている。さっきまで青ざめていた頬は紅潮し、無我夢中でキスしていた。クールな美形紳士が興奮しているのを見ると、こちらまで煽(あお)られてしまう。

——ちょ、ちょっと、那須川さんっ……

彼の舌はより激しく口腔(こうこう)を蹂躙(じゅうりん)してきた。

「んふっ……はぁっ……」

唇の間から熱い息が漏(も)れる。彼のうめき声が動物的で、胸がドキドキした。

キスを深めようと彼が顎(あご)を動かすたび、ふんわりムスクの香りが鼻を掠(かす)める。

熱く濡れた舌と、ゾクゾクする刺激と、セクシーな香りに骨抜きにされてとろとろに溶けそうだ。ここがどこで彼が何者なのか、忘れそうになる。

すると、那須川が右手の手袋を脱がそうとグイグイ引っ張っているのに気づいた。まるでセックスの前に女性の服を脱がそうと焦っているみたいに。手袋はいとも簡単にするりと抜け、パサリと床に落ちた。

素肌が露(あら)わになった右手に、彼の左手が重なる。

彼の手のひらは驚くほど熱かった。

熱い手は、形状を確かめるように右肘(みぎひじ)の辺りをくっと掴(つか)み、手首のほうへじわじわ這(は)ってゆく。乾いた手のひらが腕の皮膚をさわさわと撫(な)でる感触に、ぞわりと鳥肌が立った。

すごく優しい触れ方なんだけど、めちゃくちゃいやらしくて……

「ん……んんっ……！」

耐えきれず体を離そうとしても、腰に回された屈強な腕がそれを許さなかった。

彼の左手はだんだん大胆になり、手首をぐっと掴みながら、突き出た丸い骨を親指で愛撫する。

彼はますます昂って、唇の間から荒い息が何度も漏れた。そして、彼の手は躊躇したあと、まるで背中から抱きしめるように、手の甲をしっかり握ってきた。指と指が絡み合い、彼の手のひらが手の甲に押しつけられ、ぎゅっと密着する。

それは、うしろからずぶりと貫かれたみたいだった。熱いものが滑り込んできて、お腹の奥をずるりと擦った錯覚に襲われ、全身がわななく。

くっ……ちょ、ちょっと……なんで？　手を触られてるだけなのに……

ショーツが、じんわりと濡れはじめた。

もう限界！　と思い、空いている左手で押し返そうと彼の胸に手を当て、はっとする。

……熱い。

ワイシャツ越しの体温は燃えるような熱さだ。手を当てたのは右側なのに心臓が轟いているのが伝わってくる。ぐっと押し返そうとするものの、発達した胸筋は鋼鉄のように硬く、びくともしなかった。こちらの抵抗に気づいているはずなのに、彼はますます口づけを深めてくる。

彼の興奮がダイレクトに伝わってきて、どうしようもなく鼓動が速まった。

エレベーターはとっくに屋上に到着し、無人のフロアに向かって扉はしばらく開いていた。やがて扉は閉まる。行き先のないエレベーターはそのまま停止していた。

ちゅっ、ぴちゃという微かな唾液の音と、くぐもった声が狭い箱の中で響く。

さらに抱き寄せられ、腰と腰がぶつかり合うほど緊密になる。お腹の辺りに彼の怒張したものが当たり、体中の血が熱くなった。それはドキドキするほど大きく、硬く張りつめ、ぐいぐいと存在を主張してくる。

う、うわ……那須川さんっ……

怒涛のような攻めだった。君の中に挿入りたいと、硬いものがぐぐっと下腹部に強く食い込む。蜜壺の襞が、ぴくぴくと引きつり、もじもじと太腿を動かした。ショーツはぐっしょり濡れ、大変なことになっている。なにも考えられなくなり、耳の裏側がぷわっととろけ、理性は遠のいた。

どこかのフロアから呼ばれたのか、エレベーターが動きはじめた。エレベーターが微かに振動し、二人で同時にはっと我に返る。唇が離れると、お互いの息は激しく乱れていた。

那須川の褐色の瞳は潤み、昏い炎が揺らめいている。射るような眼差しに心が震え、呼吸を整えながら見入ってしまった。

とても綺麗な男の人だと思う。ギッと眉尻が上がり、睨み上げる眼にはゾクッとする色気がある。はぁ、はぁ、と連続して息を吐きながら、やっぱりどこか苦しそうで、どうしようもなく惹きつけられた。

——怒るべきなんだと思う。もっと嫌がって拒否すべきだとも。付き合っているわけでもない、好きだという告白もない相手から、こんなことをされたんだから。

けど、正直言って嫌じゃなかった。この人に、こんな風に唇を奪われることが。

腰を抱かれたまま、手と手は繋がれたまま、つかの間、見つめ合う。二人して息を荒くしながら、ただお互いの瞳をのぞき込んでいた。

すると、彼は小さな子供にするように優しく抱きしめてきた。右手をぎゅっと握られたまま、彼の上体が圧し掛かってきて、彼の顎が首と左肩の間に埋まる。

ポーンと音がして、エレベーターが停止して扉が開いた。宿泊客らしき太った中年女性が乗り込んでくる。抱き合っている二人を見ても興味を示さず、こちらに背を向けて一階のボタンを押した。扉がするすると閉まり、ふたたび下降を開始する。

那須川の大きな体に包まれながら、小さな罪悪感が胸に湧き上がる。彼がこんな風になったのには、理由があるからだ。

たぶん、私の手の演技を見てしまったせいだ。

実はあの手の演技は……誤解を恐れずに言えば、見る者の性的な部分に訴える。手の演技に入るとき、自分の中の性的な部分を開く。要するに、セックスしている最中のように自分の中の雌の部分や色気を一気に外部へ解き放つのだ。

さっき彼に言った『裸になるみたいな感じ』は説明としては不十分だ。裸になるだけじゃなく、手の動きだけで官能の流れを表現するみたいな……

けど、これをそのまま言葉にすれば、当然ながら変人だと思われる。実際、そんな風に演技した手のグラビアが雑誌やネット広告で広まっても、そのことに気づく人は一人もいない。「君のあの手はセックスの部分を解放して撮ったんだよね?」なんて聞いてくる人はいなかった。当たり前だけど、それは私の内部だけで起こっているから、第三者が知りようもない。

けど、たまに感受性が豊かな人がいる。あの耳の聴こえないカメラマンさんみたいに。私の発する微弱な電波を、クリアにキャッチしてしまう鋭いセンサーを持った人が。

たぶん、那須川さんにはわかるのだ。

完全に自業自得。調子に乗ってプライベートで手の演技を見せた私が悪い。

あんな狭い場所で思いっきり手の演技を披露すれば、刺激された相手に襲われてもおかしくない。性的な部分を解放し、それに煽られた相手に襲われ、さらに自分の官能を刺激されるなんて、まるでボールを投げ合っているみたいだ。

やっぱり、ああいうのは力がコントロールできる場所でやるべきなんだ。撮影所とか舞台の上とか、プロのカメラマンや心構えのある視聴者を前にすべきなんだ……

那須川のいかつい肩に鼻先を押しつけながら、じっとしていた。

やがて、エレベーターが一階に到着し、太った中年女性は振り向きもせず出ていった。

「……すみません。こんなつもりじゃなかった」

那須川が泣き出しそうに悲痛な声でささやく。

自分自身を責めている様子に胸が痛くなった。なにかフォローの言葉を言おうと、小さく息を吸う。

――そんな風に謝らないでください。全部、私が悪いんです。私のほうこそ、ごめんなさい。

けど、謝罪の言葉はうまく舌に乗らなかった。

那須川は悔いるように壁をドン、と軽く一回叩き、さっと体を離す。

彼のぬくもりをもう恋しく思い、少し切なくなった。

そうして、二人はホテルの駐車場まで戻って車に乗った。二人を乗せた車は、ふたたび湾岸線を走りはじめる。

那須川は左手でハンドルを操り、右手で美夜子の手をしっかり握っていた。

車内は濃度の高い沈黙に支配されている。微細（びさい）な色気とドキドキする予感を孕（はら）んでいるような……

　さっきから美夜子はなにか言おうとして、結局息を吐くだけというのを繰り返している。運転席に目を遣ると、那須川の横顔は気難しそうに眉根が寄せられていた。

　飛ぶようにやってきては去っていく道路照明の光が、彼の美しい頬の上を次々と滑っていく。それを見るともなしに見ながら、手のぬくもりを感じていた。手袋を外してこんな風に直に肌を感じるのって素敵だなと思う。

「すみませんでした」

　仏頂面のまま、那須川は言った。

　どう返していいかわからず「いえ」とか「どうも」とか、ごにょごにょ口ごもってしまう。

「この件で、僕をセクハラで訴えたいと思われたなら、そうなさってください。それ相応の償いはするつもりです」

「えっ？　ちょ、ちょっと待ってください！　そんな……」

　美夜子はぎょっとしつつ言葉を続けた。

「私も充分大人ですし、大丈夫です。訴えたりしません。それに、嫌なら離れてくれとおっしゃってくれたわけですし……少し、びっくりしましたけど。私も、その、ええと、嫌じゃなかったっていうか……」

　その言葉に那須川は表情を変えず、ぎゅっと手に力を込めた。

　美夜子もそっと握り返しながら、鼓動が速まり息苦しくなる。言葉を使わない手だけのやり取りが、ひどく艶っぽいものに感じられた。

彼のことはまだよく知らない。けど、嫌じゃない。好きか嫌いか問われれば、好きだと答える。容姿とか雰囲気とか声とか、かなり好みのタイプだけど……

今夜いきなり彼とそういう関係になるのは、ちょっとマズイ気がした。いくらなんでも早急すぎるし無防備すぎる。彼の肩書きは知っているけど、彼自身が何者なのかよくわかっていないのだ。

でも、すごく邪悪な人だとか美夜子を陥れようとしているとか、そういうのはない気がした。さすがに自分もある程度の社会経験を積んでいるから、それぐらいの当たりはつく。泉爛亭で聞いた、彼の長い説明に嘘はないように思えた。もしかしたら、不足している情報はあるかもしれないけど……

「このまま、あなたを家まで送っていきます。蒲田の駅前でしたっけ」

「あ、はい。そうです」

少しがっかりしながら美夜子は答えた。

「本当はあなたを帰したくない。あなたを引き留めて、朝まで一緒にいたいと思ってます」

那須川の言葉に、ドキッとする。

「だけど、そういうのは……ふさわしくない。あなたにも、僕にも。だから、僕たちの立場とか関係とか、さまざまなものに敬意を払うために、今夜はあなたを家まで送ります」

「はい」

それでいいんだ、と美夜子も思った。ちょっと冒険したい気もするけど、そういうのは私たちにふさわしくない。彼の言うとおりだ。

「敬意なんてクソ食らえ、と思う瞬間もあります。正直、今この瞬間も行き先を変えてしまおうかと、魔が差しています。かなりの頻度で」

那須川はそう言いながら渋面を作る。

「そういうのを必死で抑えているんだと、察してください」

「は、はい」

どうにか声を絞り出した。彼の一言に、いちいちドキドキするのをやめたい、本当に。

そうして、那須川は正面を睨んだまま運転に集中し、美夜子は視線を車窓へ移す。お台場のカラフルなイルミネーションがだんだん遠ざかっていく。色とりどりの光の粒子が静かに明滅し、まるで海の闇に浮かぶ夜光虫みたいに幻想的だった。

なぜだろう。都会の夜景はとても綺麗なのに、見ているといつも胸が冷えていくような寂しい気持ちになる。

人工的なものには愛がないから？　それとも、意識の底に眠る古い記憶がそう感じさせるとか？

この不可解な寂しさが、なにに起因するのかわからない。まるで絶対に紐解けない、夢のもつれみたいに。

那須川さんの手、あったかいな……

彼の手は温かくて、大きくて安心できる。小さい頃にすがった父の手を思い返した。それよりもっとずっと男らしい。エレベーターでの性的な感じは消失し、ただ包み込むように握ってくれている。

さっきのキスの余韻はまだ体中に残っていた。もつれ合った舌の温度、耳にかかった熱い吐息、お腹に押しつけられた彼のものの硬さ、そんな記憶がありありと蘇り、下腹部の奥にわずかな飢えがよぎる。

トクン、トクン、と鼓動を感じながら、彼の手の甲をそっと親指で撫でる。すると、彼もこちらの手の甲をさわりと愛撫してきた。

それだけのことなのに、どうしようもなく煽られる。カッと体が熱くなり、息苦しくなった。手の触れかただけでこんなに興奮させられるなんて……

車はいつの間にか第一京浜をとおり、ＪＲ蒲田駅前に到着していた。お台場から約三十分の短いドライブ。渋滞がなかったことを残念に思ってしまう。

駅前でいいと言った美夜子に対し、危ないから家の前まで送ると那須川は言って聞かなかった。結局、細かい道順を説明し、自宅アパートのエントランス前に車を横づけしてもらう。ちなみに、那須川は神楽坂のマンションで独り暮らししているらしい。神楽坂なんていい場所だし、お洒落なお店が多いし、うらやましいなと思った。

「あの、今夜はご馳走様でした。遠くまで送って頂いてありがとうございます」

車から降りる前に美夜子は言った。

那須川は正面を見つめて美夜子の手を握ったまま、離そうとしない。強めに腕を引いても、彼の手はびくともしなかった。このままだと降りられないので美夜子は声を掛ける。

「あのー、那須川さん?」

すると、那須川はこちらを向き、じっと見つめてきた。強すぎる眼差しに気圧されてしまう。

「今夜はあなたをこのまま帰します」

彼は自分に言い聞かせるように言った。そして、ひどく真剣な様子で言い添える。

「ですが、次にお会いしたときは、あなたを帰さないつもりです。僕の言う意味が、わかりますね?」

「あ、は、はい。一応」

次会ったときは、朝まで一緒に過ごしましょうということだ。面と向かって言われると、妙に照れくさかった。

しかし、那須川は真剣さをキープしたまま、さらに言う。

「再来週の金曜日、二十一時にあなたに電話します。もし、あなたが僕に会ってもいいと思ったなら、どうか電話に出てください」

「はい」

「逆に、これ以上関係を進めたくないなら、絶対に電話には出ないで無視してください。僕はそれですっぱりとあなたをあきらめ、二度とあなたに連絡することはありません。今夜のことは忘れてください。すべて」

「は、はい」

「何度も言います。次に会うときは、僕と朝まで過ごすことになる。それでもＯＫだと承諾してくれる場合だけ、電話に出てください。イエスかノーかどちらかで、真ん中はありません」

「わ、わかりました」

「再来週の金曜二十一時。忘れないでください、絶対に」

那須川はそう言って顎を下げ、美夜子の手の甲にそっとキスを落とした。

まるで映画のワンシーンみたいだ。ただの手なのに、世界一貴重な宝物のように恭しく扱われ、胸がときめいた。

彼の唇が触れた部分に、ちりっと甘い刺激が走る。ちょっと触れられるだけで、その部分に火花が散るような感覚に襲われていた。

助手席のシートを片手で掴み、こちらを見つめる那須川の悲痛な表情は、背筋がゾクッとするほど美しい。繁華街から外れたこの辺りは薄暗く、街路灯にぼんやり照らされ、彼の肌が青白く浮かび上がっていた。

昏い瞳に湛えられた悲愴感、真剣さ、苦痛のようなものが、彼の美貌を際立たせている。

――苦しんでいるあなたは美しい。

ある詩の一節が脳裏をよぎる。そう言った詩人は誰だったっけ？　うまく思い出せない。

「あなたが欲しい」

那須川が切なそうに顔を歪め、声を絞り出した。

掠れた低い美声に、拳銃で胸を撃ち抜かれた気分になる。

「まるで二択しか許さないような、こんな方法ですみません。けど、僕にはもう余裕なんてものはないんです。あなたを奪うか、すべてをあきらめるか、どちらかなんです」

「あっ、は、はい」

さっきから馬鹿みたいな返事しかできない。彼の真剣な様子にすっかり呑まれてしまって……

那須川は名残惜しそうに手を離した。とっさにドアのロックを外し、逃げるように外へ足を踏み出す。火照った頬に外気はひんやりと冷たかった。

那須川は助手席側のウィンドウを開け、「それじゃ、再来週の金曜。忘れないでください」と繰り返した。美夜子も「わかりました」とうなずく。

「それじゃ、おやすみなさい。六木さん」

「おやすみなさい」

那須川は振り切るように正面を向くと、アクセルを踏み込んで車を発進させた。美夜子はその場に立ったまま、赤いテールランプが見えなくなるまで見送る。

おやすみのキスはなかったなと、ちょっと寂しく思った。

「えっ！　ミラノで撮影ですか？　私が？」

美夜子は思わず大きな声を上げた。

小西聡子は「しーっ」と指を唇に当て、人目をはばかってから言う。

「まだ詳細は未定なんだけど、たぶん来年の四月か五月ぐらいになると思う」

身に余りすぎる話に、美夜子はスプーン片手に絶句した。

二人は品川シーサイドの商業ビルにあるカフェにいる。トマトカレーが大変美味(おい)しくて、いつも行列ができる人気店だ。

美夜子と小西は毎週水曜日の十一時二十分に早めのランチタイムを開始し、開店前から並んでいる。それだけの手間を掛ける価値があるほどトマトカレーは絶品だった。ちなみにルーがなくなり次第終了となる。

二人は東品川の海岸通りが見下ろせる窓際に陣取っている。十二時を過ぎると、建ち並ぶオフィスビルからＯＬやビジネスマンたちが、わらわらとランチへ出かける姿が散見された。二人は絶品トマトカレーに舌鼓を打ちながら、ちょっとした優越感を持ってそれを見下ろす。

小西の話はこうだ。今度、とある有名ハイブランドがジュエリーのセカンドラインを立ち上げる。すべてオーダーメイドの一点ものをミラノの工房で作り上げるそうで、このたび東京に直営店を出すことになった。そのグラビアの撮影モデルに美夜子が抜擢されたという。

「ちょっと信じられない話で。けど、なんでまた私が？」

困惑して美夜子が聞くと、小西は経緯を説明した。

「あちらの意向なの。デザイナーが来日したとき、機内誌であなたのグラビアを見たらしくて。手指の形とかにすっごくうるさいらしい。東京店だからモデルは日本人がいい、で、日本人ならあなたがいいとご指名よ、六木さん」

「信じられない、奇跡みたい……」

「まだあなたがメインモデルに決まったわけじゃないの。何人かをミラノに呼んで撮影してから一番いいものを採用するらしい。まあ、コンペみたいなものね」

小西はそう言って福神漬けの器の蓋をパタッと閉め、スプーンをぺろりと舐めた。そして、トマトカレーを頬張りながらさらに言う。

「かなり気合い入れた撮影になると思う。扱うジュエリーの点数も多いから、工房から持ち出すぐらいならモデルを現地に呼ぶほうが早いし、実際に商品を見て感じて欲しいみたい」

「うはー。なんなんですか、セレブですか石油王ですか。そんなやり方、聞いたことない」

「我々は毎回キッツキツで撮影回してるけど、本気で品質にこだわる撮影ならそこまでやるんでしょうね。うちとしても六木さんなら真剣に取り組んでくれるだろうし、あちらの高い要求にも応えられると思ってる。六木さんの手は万人ウケしないけど個性的だし。万が一採用されなくても往復の交通費と宿泊費は出るし、いい勉強になるからぜひ受けて欲しいの」

「受けます受けます！　喜んで！　うわーどうしよ、ヨーロッパなんて行ったことないし……」

有名ハイブランドアクセサリーの撮影をミラノで、しかもモデルは私だなんて……

美夜子が信じられない思いでいると、小西が釘を刺す。

「期待のしすぎは禁物。まー、あちらの高圧的な態度ったらないわ！　あちらが命令するのが当然。こちらは感謝して従うのが当然。超上から目線でびっくりしたわ。ハイブランドのネームバリューを振りかざし、金にモノ言わせる感じ！　内心イラッとしたけど、そこはぐっと堪えたさ」

小西はグラスを傾け、ぐびぐび呑む。いつもビールが飲みたいと連呼する小西はノンアルコールビールを頼み、美夜子はミネラルウォーターを頼んでいた。

「それじゃ、撮影も厳しいものになるかもですね」

美夜子は言って、ミネラルウォーターで口を潤す。

「そうそう。ボロクソ言われるかもよ？　いい？　他人のことは信じても、期待はしない。最悪を想定し、それよりマシか、というマインドを忘れずにね！　とても大切なことよ」

「はい。わかりました」

美夜子は神妙にうなずき、スプーンでトマトカレーをすくった。

小西はひとしきりトマトカレーを胃の腑に放り込んでから、おもむろに聞いてきた。

「それより、今週はどうしたの？　ため息吐いてばっかりじゃない。こっちにまで鬱オーラが侵食してくるんですけど」

「わかります？　ちょっとプライベートもいろいろあって悩みが深くて」

「恋愛絡みか！　いいじゃんいいじゃん。六木さん、なんか青春してますって感じ」

「全然そんなことないですよ……」

美夜子は言って、本日何度目かわからない悩ましいため息を吐いた。

那須川との約束の金曜日はもう明後日に迫っている。彼とは電話番号とSNSのIDを交換していた。けど、あれから一度も声は聞いていないし、こちらが送ったSNSのメッセージに対しても儀礼的な返信がきただけだ。仕事が忙しいのもあるらしいけど。

――次に会うときは、僕と朝まで過ごすことになる。

先週から何度も那須川の言葉を反芻しては悶え苦しんでいた。こうして退屈な日々に戻ると、あの夜の出来事は全部夢だったんじゃないかと思えてくる。

――それでもOKだと承諾してくれる場合だけ、電話に出てください。

OKかどうか。彼と朝まで過ごしてOKかどうかなんて、自分でもよくわからないし、もうどうしよう……。

恐らく電話は掛かってくるのだ。明後日の夜の二十一時には。

激うまトマトカレーも喉を通らず、美夜子はため息を吐いて愚痴る。

「私、正直言ってイケメンって苦手なんですよね。付き合う相手に、そこまでハイスペック求めてないっていうか」

「うんうん」

「よくロマンス映画とかで超ハイスペック男に求愛される展開、あるじゃないですか。あれって現実に起きたらどうなんですかね？　ヒロインってなんの疑いもなくホイホイついていけるものなのかな？」

「まぁ、現実に起こったら、まずは相手を疑うよね。ネズミ講か、宗教の勧誘か、新手のオレオレ結婚詐欺か……」

小西の現実的な解説に美夜子はぷっと噴き出し、「ですよね」と同意する。

「そこは六木さん、ドラマですから。映画ですから。たとえば一国の王子様に現実に求愛されたら、果てしなく面倒くさいよね。身分差とか国籍とか、周りとか家族の調整とか。そもそもこの人、私のどこが好きなんだよって延々と深刻に悩み続けるだろうし。想像しただけでめちゃめちゃ疲れるから、そこはフィクションの世界だけで留めて欲しいわ」

「そうですよねぇ。経済的社会的精神的負担が尋常じゃないですよね。それを前にすると相手のハイスペックも消し飛んでしまう」

「これまでの話を総合すると、六木さんは現在ハイスペックイケメンに絶賛口説かれ中ってことでいいの？」

「そういうことに……なるのかなぁと思うんですけど」

美夜子は食べ終えた皿をどかし、テーブルにがっくりと突っ伏した。

「なぁに？　あんまり乗り気じゃないの？」

「ううう、乗り気じゃないっていうか、身分差があるしちょっと、と尻込みする案件なんです」

「六木さんさぁ、もう二十八歳でしょ？　時間ないよ？　いいじゃない、別に。とりあえずデートぐらいしてみれば、減るもんじゃないし。なにが問題なのよ？」

次に会うときはデートだけじゃ済まないのだ、という話は小西には言えない。

「問題はいろいろあって、彼はいわゆる私の手のファンなんです」

美夜子が言うと、小西は欧米人でもないのに「ＯＭＧ！」とつぶやいた。そして、美夜子の口真似をしながら言う。

「『彼は私の手が好きなんであって、私が好きなんじゃないんですぅ！』とか、面倒くさいこと言い出すつもり？」

「そうですね。言い出しますね」

「いいじゃない。髪だろうが手だろうが目だろうが、あなたの一部はあなた自身なんだから。なんか、うちの事務所の子は皆似たような悩みを抱えてるよね。いいじゃない、愛されハンドを神さまから授かった私、超ラッキー！　ぐらいに思って、ハイスペイケメンと付き合っちゃいなさいよ。で、その彼になんて言われたの？」

美夜子はキリッとした顔を作り、那須川の声真似をして言った。

「あなたが欲しい」

小西は驚愕に目を見開き、わざとらしくスプーンをテーブルに落とした。

「ひえっ……す、すごい！　鳥肌立っちゃったよ……」

「わあああん、すごい格好よかったな……」

美夜子は言って、手袋をした両手で顔を覆い隠す。

「ちょっと、真剣な想いには真剣に応えないとダメよ。じゃないと、ずっと後悔することになるよ」

小西は少し強い口調で言った。

「そうですよね。なんか、茶化したい気持ちと真剣な気持ちと行ったり来たりしてます。彼の真剣な想いに応えられるほど、私イイ女じゃないしと思っちゃうんです」

「六木さんの言うことわからないでもないけど、相手がハイスペとか関係なく、想いをぶつけられたらこっちも自分はどうなのか真剣に考えるべきだと思うな。もちろん笑って誤魔化すこともできるけど、振り返るとそういうのはいい結果をもたらさなかった気がする。自分にとっても相手にとっても」

小西は紙ナプキンで唇を拭い、丁寧に折りたたんでテーブルに置いてから続けた。

「茶化すことってなんか、自分も他人も傷つけるようなところあるよね」

「それ、よくわかります。大切なものが損なわれる感じというか」

「誠実さの積み重ねだよ、六木さん。対人関係は一つ一つの誠実さの積み重ね」

「誠実さ……」

すると小西は、なにかを思い出したようにスマートフォンをいじりはじめた。

美夜子はそれをぼんやり見つめながら、那須川の言葉に思いを馳せる。

——これ以上関係を進めたくないなら、絶対に電話には出ないで無視してください。

美夜子の気持ちは固まっていた。もう二十八歳だし、無駄な付き合いをしている余裕はない。結婚を見据えた身分相応の付き合い以外は断らねば。三十歳までには子供を産みたいし。相手が日置繊維の副社長なんて現実味がない。好意はありがたいけど、あの夜のことは一夜の思い出として取っておけばいい。これを機に本格的に婚活しなければ。

そう決めたものの、那須川に惹かれているのは事実なので、それが美夜子を憂鬱にさせていた。

「ねぇねぇ、今週の金曜日空いてる？」

急にテンションを上げてきた小西の言葉に、ギクッとした。

金曜日は那須川から電話が掛かってくることになっている。

「一応、空いてますけど……？」

「今週さ、旦那が子供の面倒見てくれるらしいから、ひさびさに飲みに行かない？　神楽坂に、めっちゃ安くて美味い和食のお店があるんだよー！」

神楽坂、という単語にどぎまぎしてしまう。見ると、小西のスマートフォンには美味しそうな焼き鳥だのあん肝だの白子ポン酢だのの画像が色鮮やかに並んでいた。

「へえぇ、めっちゃ美味しそうですね！」

思わず美夜子は言った。

「ね？　だから行こうよ！　ミラノの件も詳しく話したいし、たまにはパーッとやろうぜ」

「いいですね！　行きます行きます」

「ぃよっしゃー、決まり！　さっそく旦那にメッセージ送っとこ」

小西はそう言って、スマートフォンをまたいじりはじめる。

美夜子はなんとなく那須川を裏切った気分で、ミネラルウォーターを口に含んだ。

ちょうどいいかもしれない。飲みに行けばきっと電話のことは忘れてスルーできる。電話に出なければこの件は終わり……

――僕はそれですっぱりとあなたをあきらめ、二度とあなたに連絡することはありません。今夜のことは忘れてください。

それでいいんだよね？

那須川副社長と付き合って、万が一別れたら現在の地位も揺らぎかねない。これからもパーツモデルとしてやっていきたいし、ようやくチャンスも巡ってきた。

――彼は結局、私の手の演技に引きずられただけだと思うし。あれはあくまで演技であり、実際の私とは全然違うものだ。舞台上で人を殺す演技を上手にしたからって、現実に人を殺したことがあるわけじゃない。当然ながら、フィクションと現実世界の間には確固たる隔たりがある。

純粋にうれしさはあった。美夜子の手のグラビアを見て、なにかを感じ取ってくれたのは彼だけだったから。そんな彼に好意を持たないでいるのは難しい。けど、舞台を降りた平凡な美夜子を彼が好きになるとは、どうしても思えない……

せめて、彼のことをゆっくり知る機会があればよかったのに。最初は友達からはじめるとか、数人のグループで遊びに行くとか。けど、彼の言葉を借りればそんな余裕はなく、『あなたを奪うか、すべてをあきらめるか、どちらか』なのだ。

本当に世の中は思いどおりにいかないなと思う。他人のことだけでなく、自分自身の感情さえもはっきりしなくて……

なにが正解なのか自分の本心がわからないまま、美夜子は憂鬱な気持ちで窓の外を見た。

◇　◇　◇

約束の金曜日が、いよいよやってきた。

定時で仕事を終えた美夜子と小西は連れ立って神楽坂に移動した。小西が読んでいる年間一億ＰＶを誇るグルメブログで見つけた大衆割烹の店は、早稲田通りから一本裏道に入った静かな場所にあった。美夜子たちが到着したときはすでに満員で、数人が店の前に並んでいる。予約していた二人は待たされることもなく、すんなり奥のカウンター席に通された。

小西が激推しするだけあって料理はどれも美味しく、なんと言っても値段が非常に安かった。ここまでコスパがよいお店は見たことがない。神楽坂といえば高級店も多いイメージがあるけれど、こういうわちゃわちゃした大衆的な店も美夜子は好きだった。なにより、小西とダラダラくだらないおしゃべりをするにはこういう店のほうが向いている。

「ミラノには私も同行するから。これ、旅行代理店のパンフ。詳しく載ってるから見ておいて」

小西はそう言って、串に刺さった焼きたてのネギマにぐいっと噛みついた。

カウンターに並んで座る美夜子は、パンフレットを広げて声を上げた。

「うわぁ！　ミラノ大聖堂に最後の晩餐！　ああ、スカラ座ってここにあるんですね。すごーい！」

「せっかくだからさ、六木さん、早めに入って観光しようよ♪　有給休暇を前後に繋げて取ろうぞ」

「いいですね！　ここで取らずにいつ取るんだって感じですし」

「日程が決まり次第、ホテルと航空券を押さえるから。ホテルはゴージャスなのは無理だけど……」

「全然、ビジホでいいですよ！　ちゃんと眠れてシャワーが浴びられれば」

「この撮影、うまくいくといいねぇ」

ほんとうまくいくといいんだけどなぁと思いながら、美夜子はレモンサワーをごくりと呑む。

時刻は二十時を過ぎた。

小西とにこやかに会話しながら、那須川からの電話が気になって心ここにあらずだ。出るつもりはない癖にスマートフォンの充電は満タンにしてきたし、電波が入っているかを何度も確認してしまう。

けど、本当に掛かってくるのかな？

まだ半信半疑だった。日が経つにつれ、あの夜の記憶がどんどん薄れているせいもある。

「そういえば六木さん、こないだ言ってたイケメンの案件はどうなったの？」

小西は言って唇を尖(とが)らせ、升(ます)に入った日本酒を啜(すす)った。

「残念ながら、その件は進展ナシですね」

そう言いながらも、胸に苦い痛みを覚える。

「そうなんだー。もったいないなぁ」

そうして、話題はミラノ出張へ移った。どの航空会社が安いとか、安くていいホテルはどこかとか、どの観光地を巡ろうかとか、そういう話。

小西の話を聞きながら、心はどこか別の次元をさまよい、店内の喧騒がザァッと遠のいていく。

ミラノの件はうれしい。けど、現実はそう甘くない。これで一躍スターダムにのし上がるとか、そんな奇跡は起こらない。残念ながら。

本当はパーツモデル一本でやっていきたい。けれど、魅力も実力もなければ仕事はこない。それでもお金は稼がなければならない。なにかを生み出し表現するのと、生活のための労働はどちらも必要で、その二つは相容れない。夢ばかり追っても食べていけないし、現実だけで生きても心が擦り減るばかりで、そこに幸福はないと思う。

夢と現実。自己実現と労働。パーツモデルと総務の仕事。

これら二つは対立するようで、お互いを支え合っている。現実がなければ夢はなく、労働で生活が安定するからこそ自己実現に時間を割ける。どちらが上とか正しいとかではなく、パーツモデルをやれるからこそ総務の仕事を頑張れるのだ。

こうして小西と過ごす時間は、現実の領域にある。ガヤガヤとおしゃべりを繰り返しお金の話題に事欠かず、いろんなことを批判して茶化して笑い飛ばす。恐怖や不安はなく、抜群に安心感がある。誰かとつるんで、なにかをディスる楽しさ。

逆にパーツモデルは、夢の領域にある。演技に入る瞬間のあの死に至るような恐怖は、筆舌に尽くしがたい。けど、あの恐怖を乗り越えなければ満足のいく写真は撮れない。批判する側の安心感は消失し、たった独りで生み出す側に回る恐ろしさ。危険だけどとても真摯で、挑戦に満ちた世界だ。

たまに自分の人格が二つに分裂する感覚に襲われる。総務の仕事だけ、あるいはパーツモデルだけしていたならば、こんな苦労はなかったはず。けど、美夜子にとってはどちらも必要で、こっちの世界とあっちの世界を行ったり来たりしながら、どうにかやっていくしかない。

——那須川さんは夢の領域のことも理解してくれる……

珍しい人だ。カメラマンやアーティストなど、夢の領域を生業とする人ならわかるけど、彼みたいにどっぷり現実の領域に浸りながら、こちらのことにも敏感だなんて。あまり現実だけを生きているとセンサーが鈍くなり、衰えていくいっぽうなはずだ。パーツモデルをやっているせいか、そういうのが感覚的にわかる。

茶化して笑い飛ばす世界と、魂を懸けた真剣勝負の世界。

泉爛亭で那須川は言っていた。職人の真剣勝負の世界を、茶化して馬鹿にする人間は無粋だと……

——けど、それって人の弱さじゃないかな。私はどちらにも属しているから、少しだけわかる。真剣勝負には深い恐怖が伴う。それから逃げるのがそんなに悪いこと？　弱くて怖いからこそ、真剣勝負を茶化して笑い飛ばしたくなる。誰もが強くて、迷いなく、独立できているわけじゃない。私だって怖い。那須川さんの想いに応えるのが怖くて、茶化して笑い飛ばしたくなる。

そして、臆病であることが悪いことなんだとも、うまく思えないのだ。

そのとき、スマートフォンの着信音が高らかに鳴り響いた。とっさにスマートフォンを掴み、画面を見る。そこには『着信中　那須川康太』と表示されていた。

息が止まる。

時刻は二十一時を五分過ぎていた。

「六木さん、鳴ってるよ？　出ないの？」

小西がおでんの厚揚げを口に入れながら聞く。

「あっ、いえ……」

予想以上に動揺している自分にさらに動揺しながら、美夜子はようやく答えた。

「あ、で、出ません。出なくていいやつなんです」

「ふーん、そうなんだ」

呼び出し音は長い間鳴り続けている。いたたまれなくなった美夜子は「ちょっと失礼します」と言い、スマートフォンを抱えるようにして店の外へ出た。

　路地裏でスマートフォンを握りしめながら、息を詰めて液晶画面を見つめる。『那須川康太』という名前を見るだけで、心臓がバクバクして口から飛び出そうだ。呼び出し音はしつこく鳴り続ける。

……どうしよう？　やっぱり出ようか。

　純粋に彼の声が聞きたい。けど、怖い。でも、出たい。もう一度だけ、一言でも話すことができれば……

　誘惑に勝てず、震える指で通話ボタンをタップしようとする。すると、着信音がふっと途切れた。

……あっ。切れちゃった……

　胸に杭がぐさりと刺さったような鈍い痛みを覚える。呼び出し音が消えたあとの、冷えた静寂が際立った。

　ほんのタッチの差だったのに……

　このまま倒れて死んでしまいたいような脱力感に襲われる。

　そうして、電話がもう一度鳴ることはなかった。

ヤバイ。恋してしまったのかも……

美夜子は自宅のベッドにごろりと横になり、じっと天井を睨んでいた。

結局、金曜日は二軒はしごして終電になった。電話に出られなかったせいでヤケになり、深酒してしまった。こちらから掛け直す勇気はなかった。

翌日は二日酔いで昼過ぎまで寝ていた。自堕落な休日が過ごせるのも独り暮らしならではだ。

美夜子の実家は千葉の田舎にあり、超早起きすれば品川まで通えなくもないが、満員電車が死ぬほど苦手ゆえに独り暮らしを選んだ。

東京にある二十三区の中でも大田区は住宅地が多く家賃も安く、比較的住みやすいと思う。蒲田はゴミゴミしているし治安もよいとは言えないしカラスが多いのが難点だけど、職場に近いおかげで八時に家を出ても間に合うのはありがたかった。港区や目黒区に憧れはあるけど、そこまで収入はよくないから仕方ない。

土曜日はいい天気だったから洗濯だけやって、だらだらネットサーフィンして過ごした。ミラノの資料も見なきゃだし、ひさしぶりに自炊もしたかったし、返事をしなきゃいけないメールも溜まっていたけど、気乗りしなくて無駄な一日になった。

ずっと那須川のことが引っ掛かっていた。電話に出ないと決めたのは自分なのに、もう後悔している。

やっぱり、私はもう一度彼に会いたかったんだ。声も聞きたかったし、話もしたかった。そのことに気づいたときにはもう手遅れだった。

けどなぁ……

だからといって、電話に出てしまえば次の段階に進むことになる。それに対する恐怖はあった。別に処女じゃないから大人の関係も理解できる。そうじゃない、本当に怖いのは……

彼にズブズブにはまりそうで。彼にべったり依存する、面倒くさい女になってしまいそうで。

これまで独りでもどうにかやってこられた。そこへ彼という存在が入ってきて平穏を脅かされるのが怖いのだ。

恋愛に尻込みする理由は、自分が彼に釣り合わないからじゃない。付き合うことになったら、彼に依存してすがって重たい女になってしまい、愛想を尽かされて終わる過程がはっきり見えているからだ。自分がそんな軽蔑すべき女に変貌するのが怖い。そうして、ズタズタに傷つくのが怖い。突き詰めてみれば保身だった。

そういう女じゃないと自分では思っているし、そうならないよう気をつけるけれど、相手によるのだ。那須川みたいに魅力的で頼りになるタイプは危険な匂いがする。自分が自分じゃなくなってしまう、信じられないほど弱くなる恋というのが、あると思う。

――そうなってしまう要素がたくさんちりばめられていた。彼が私の手に惚れ込んだところ。さらには手の演技にシンクロしてしまったところ。私しか知り得ないことに本能的に気づいてるところ。なにより、彼自身が圧倒的な魅力を持っているところ。眉目秀麗、頭脳明晰、背も高くて体格もよくて教養も高く、すべてにおいて鋭いセンスを持っているところ……

電話に出るべきだったのかなぁ。けど、やっぱり沼が深すぎる。一度はまってしまったら、もう二度と抜け出せない底なし沼みたいな。しかも、こんなに一日中彼のことばかり考えている辺り、もうすでに腰ぐらいまで沼にはまっているのでは。

――僕はそれですっぱりとあなたをあきらめ、二度とあなたに連絡することはありません。

きっと彼は言葉どおりに行動するはず。そういう人だ。撤退するなら早いほうがいい。たぶん、そのほうがダメージも少ないから。

「はあーあ。私、いつの間にこんなつまんない人間になっちゃったんだろ」

傷つくことばかり恐れる、臆病な人間に。

十代の頃はまったく違っていた。もっと自分の感情に素直に、正直に生きていた。恋愛するのに損得や保身や後先を考えなかった。けど、卒業して就職して世間の風雪に晒(さら)されるうちに、そういう部分が弱まってしまった。

社会に出て、現実を生きるとそれなりにダメージを負う。感性を鈍くしたり、気づかない振りをしたり、思考停止したりしてダメージを軽減させながら乗り切っていくしかない。そのせいで臆病(おくびょう)になったとしても、誰にそのことが責められるだろう?

——私だって私なりに不完全ながらもどうにか生きている。いつまでもピュアな子供じゃいられないのだ。

年を経るに従って知識やスキルは増えるのに、メンタルはどんどん退化していくみたいだ。恋愛一つまともにできないぐらい弱体化しているような。たぶんパーツモデルとして大成できないのも、その辺が原因なんだ。けど、知識やトレーニングでどうこうできる話じゃないし、どうしようもない。

すべてをあきらめ、目先の休日を取り戻すことに決めた。

日没が迫る蒲田の街へ自転車に乗って出かけた。スーパーに行って食材と、少し贅沢(ぜいたく)なワインもみつくろった。帰りにコンビニでチーズケーキを買った。

家に帰ってワインを飲みながら配信が始まった映画を観た。途中、電話してきた母親と長話しし、溜(た)まっていた郵便物を仕分けしてごみ箱に捨てた。デジタル一眼レフカメラのデータを整理し、次の撮影地をネットで検索し、短大時代の同級生とSNSで近況報告し合い、飲み会の約束を取りつけた。手にパックをしながらバラエティ番組を見て笑い、ネットで欲しかったルームシューズの購入ボタンを押した。

あっという間に深夜零時を過ぎ、眠くないけどベッドに入った。目を閉じても眠りは訪れず、ダラダラとスマホのゲームをやってしまう。明日はなにをしようかな、と思いながら。

深夜になっても蒲田は騒々しかった。パトカーや救急車のサイレンの音、酔っ払いの発する奇声や笑い声、国道をとおるバイクや車のエンジン音などが時折響く。暗闇の狭い部屋で独り息を潜めていると、深い穴に落ちていくような寂しさに襲われた。

私、このまま結婚はおろか彼氏もできずに一生終わるのかな？　死ぬまでひたすら仕事だけして、独りぼっちのままで……

息ができなくなるほどの閉塞感がある。日々の忙しさやおしゃべりや飲み食いは虚飾に過ぎず、そのヴェールを引き剥がしたら、孤独と虚無の骸骨が姿を現すような……。ときどきその骸骨の冷たい手に、肩をぐっと掴まれる心地がした。

都会に住んでいるせいかと思う。千葉の実家にいた頃は、こんな感覚知らなかった。小西みたいに結婚して子供でも生まれればきっと、こんな妄念に囚われることもないのに。

このままどこへも行けず、何者にもなれない気がする。そういうときほど、那須川の面影を思い返す。寂しさと思慕の念が表裏一体で……彼に助けてもらいたいのかな？

深夜一時を過ぎた。どんどん闇が濃くなり、静寂も深まっていく。情熱的なキスを交わしたのが百年前の出来事みたいだ。甘い触れ合いを思い出すほど寂しさが募った。切なさで内臓がひりつく感じがする。

電話に出ればよかったな……。

突然、携帯電話の着信音が鳴り響いた。

びっくりしてベッドから転がり落ちそうになる。

ビーチフラッグを奪い取る勢いでスマートフォンを両手で掴み取った。画面には『着信中　那須川康太』と表示されている。いや、確認しないでも鳴った瞬間からわかっていた。今度は一秒の迷いもなく通話ボタンを押す。

「……もしもし？」

震える声で言うと、はっと息を呑んだ音が聞こえた。まるでこちらが出るとは予測していなかったみたいな……。

息を詰めてスマートフォンを握りしめる。

しばらく、お互いの潜めた息遣いに耳を澄ませるような沈黙が続いた。

「……すみません。掛けるつもりじゃなかった」

那須川はひどく苦しそうにささやいた。

あのときみたいだ。キスのあと『すみません』と謝ったときみたいに切ない声。

そして、またなぜか憐れみを覚えてしまう。彼を憐れむ必要なんてないはずなのに。

「私も電話に出なかったこと、後悔してたところなんです」

もう一度、小さく息を呑む音が聞こえた。今度は驚愕ではなく、少しうれしそうな響きがあったのは気のせいだろうか?

「僕もすっぱりあきらめるなんて言った癖に、あなたのことが頭から離れなくて……未練がましくまた掛けてしまいました」

「いえ、よかったです」

刹那の沈黙が下りる。切れてしまった見えない糸がもう一度繋がっていくような、温かみが感じられる沈黙だった。

「会ってくれますか?」

しばらくのちに那須川が言う。

「はい」

今度は迷いなく答えられた。自然と笑みがこぼれてしまう。

少し不思議だった。彼とは多くの言葉を交わさないのにお互いの好意がわかり、通じ合っている気がする。声のトーンや息遣いやちょっとした間で、彼が美夜子を特別に思っているのが伝わってきた。そして、美夜子がわかっていることも彼は知っているような気がした。表面上は言葉を交わし、実質は水面下で温かい感情のやり取りをしているような。

――たぶん、すごくフィーリングが合うんだと思う。私の手の演技を見抜いたぐらいだから。

彼と次の約束の話をしながら、自分の情けなさに自嘲が込み上げる。

まったく。あんなに彼のことはやめておこうと決意したのに、ものの数秒でこれなんだから。決意なんて、あってないようなものだわ。

けれど、真っ暗闇だった都会の夜に小さな光が灯ったようで、うれしかった。

それから、二人が会うまで二週間を要した。

那須川に急な出張が入り、なかなか時間が取れなかったのだ。ようやく那須川に空き時間ができ、翌々週の金曜夜に二人は会うことになった。

那須川は前回と同じく惚れ惚れするようなスーツ姿で現れた。美夜子をピックアップすると車は都心に引き返し、西新宿にあるラグジュアリーホテルに到着した。

五十三階のフロアに足を踏み入れた瞬間、美夜子は異次元に迷い込んだ錯覚に陥る。

ずどんと数フロア吹き抜けの高い天井。そこからぶら下がるのは、ダイヤモンドのようにきらめくシャンデリア。

正面は床から天井まで総ガラス張りで、向こうには息を呑むような都心の夜景が広がっている。ハイヒールが当たっている赤銅色の床は、丁寧にニスの塗られたヴァイオリンみたいにつるつるだ。

斜め上空にはカラフルな紙吹雪で作られた象の形をしたアート作品が飾られ、フロア中央では真紅のドレスに身を包んだ女性がグランドピアノを演奏している。

「うわぁぁ……すっごい……！」

美夜子は思わず感嘆の声を上げた。

「なかなか素敵でしょう？　ここって穴場なんですよ」

隣に立つ那須川はそう言って、さりげなく美夜子の手を取る。

那須川とは顔馴染みらしきレストランのウェイターに案内され、二人は窓際のソファに横並びで腰掛けた。

カップルシートのソファは夜景に向かっている。しかも、背中側と左右についたてがあり、周りの喧騒から遮断され、二人だけの世界に没頭できた。フロア内の明かりは限界まで抑えられ、テーブルのランプと足元の間接照明だけが頼りだ。

テーブルに置かれた小さなランプは特に目を引く。四角くカットされた透明なガラスの箱に白熱灯の電球が閉じ込められ、氷の中で燃える美しい炎のように見えた。

「いいでしょう、それ。僕も好きです」

　那須川は、美夜子の視線の先を見ながら言う。

「とっても綺麗で目が離せませんね。なんだか氷のマジックみたい」

　美夜子は言ってガラスに指で触れると、見た目に反して温かかった。

「なにか呑みたいものはありますか？　今夜は僕も呑めますから」

　那須川はメニューを開きながらさりげなく言う。それは、今夜は二人でこのホテルに泊まることを意味していた。

　や、やっぱり、今夜はここにお泊まり……なんですよね？

　わかっているはずなのに頬は熱くなり、ドキドキが抑えられない。那須川に会った瞬間から、今夜はそういうことなんだと思うたびに血圧が上昇して挙動不審になった。経験がないわけじゃないのに。

「あ……わ、私はなんでもいいです、はい。なんでも呑みます」

　どもりながら言う美夜子を、那須川はしばらく見つめたあと、冷静に言った。

「わかりました。僕に任せて」

　那須川が片手を軽く上げると、ソムリエが音もなくやってくる。那須川は美夜子のためにシャンパンをオーダーしてくれた。

　間もなく飲み物が運ばれてきて、二人はグラスを触れ合わせて乾杯する。シャンパンはなめらかな舌触りで、フルーティーな風味が美夜子を驚かせた。

「すごーい！　おいしーい！」

そんな美夜子を見て、那須川は柔(やわ)らかく微笑む。

「美夜子さんに気に入ってもらえて、よかった。あなたのために選んだから」

み、美夜子さんだって！

美夜子はシャンパングラスを取り落としそうになる。前は「六木さん」呼びだったので、下の名前で呼ばれたのは初めてだ。彼に名前を呼ばれると特別素敵な女性になった気がした。

「カジュアルなイタリアンですから、遠慮しないで。なんでも好きなものを好きなだけ召し上がってください」

カジュアルって……これでカジュアルなら、フォーマルな店はどうなっちゃうんですか？　宮殿かなにかとか？

美夜子は内心のツッコミを押し殺し、おしとやかにシャンパンを口に含む。

そうこうするうちに前菜の皿が運ばれてきた。タイミングも絶妙で、二人の会話が少し途切れたときにさっとウェイターがやってくる。グラスが空けば次のシャンパンが注(つ)がれて、飲み物もおしゃべりも途切れることはない。

「そのワンピース、色も質感もすごく素敵ですね。あなたにとても似合ってます」

那須川はメイクや服や髪型を、ごく自然に褒(ほ)めてくれる。

「ありがとうございます。ちょっとお洒落しちゃいました」

今夜はボルドーのリボンベルト付きワンピースに、シックな紺色のカーディガンを羽織っていた。ワンピースは今日のために貯金をはたいたもので、朝からさんざん小西にからかわれた。髪も巻いてきたし、ピアスもバッグもワンピースが引き立つように特別なものを選んでいる。

「あなたがオフィスビルから出てきたとき、はっと目を奪われました。ぐっと大人っぽくて……綺麗で」

好意を露わにしてくる瞳に、頬がますます熱くなった。

「あ、は、はい」

今夜の那須川も聞き上手で、美夜子はつい、いろいろなことを話してしまう。さらに彼は巧みな話術で美夜子をどこまでも浮かれさせた。会話はこれ以上ないほど盛り上がり、こんなに気が合うのはきっと彼しかいないと信じそうになる。

「あの夜から、ずっとあなたに会いたかった。夜になると、あなたのことを想いながら眠りにつきました」

那須川の声は、とびきり甘い。

「私も那須川さんに会いたいなって思ってました。電話に出なかったことを、ずっと後悔してて……」

今夜は素直に自分の気持ちを口にできた。

黄金色のシャンパンの泡が舌で弾け、はしゃいだ気分が加速する。

「僕が惚れ込んでいるのはあなたの手の部分だけだから、僕からの好意を受け取るのは難しいと思われたでしょうね」

核心をつく那須川の言葉に、美夜子は視線を上げた。

那須川は美夜子の右手を恭しく取り、手の甲を親指でそっと撫でた。今夜は手袋をしていない。素肌に直接触れられるのは心地よいなと、美夜子は思う。

「僕も、そのことについて考えていました。あなたの手にどうしようもなく惚れてしまったことで、それを理由にあなたを口説くことが、果たして正しいことなのかどうか……」

「そうですね……私も同じです。私の手を気に入ってくださったのは、とてもうれしいんです。けど、演技中の手と私個人の人格は、かなり違うものだから」

「以前、美夜子さんはこうおっしゃいましたね。演技に入るとき……意識の底に下りていく瞬間が、とても怖いと。顎が震えてしまうほど怖いと」

「はい。そう言いました」

ガラスのブロックランプの光が、那須川の高い鼻梁の横に濃い影を作っていた。

その美しい横顔に目を奪われながら、美夜子は言葉を待つ。

那須川は自分の手に重ねられた美夜子の手をじっと見つめたあと、こう告げた。

「実は……その恐怖を、僕も追体験したんです」

「えっ？」

予想外に大きな声になってしまい、美夜子は慌てて自らの口を塞いだ。

「追体験？　どういう意味ですか？」

声を潜めて聞くと、那須川は顔を少しこちらへ向け、微かに笑う。

「いや、僕もあなたに会うまではあれがなんだったのかさっぱりわからなかったんですが、そういうことなんじゃないかと説明がつきました」

「あれって、なにかあったんですか？」

「実は、あの写真を初めて見たとき……僕はそのとき日置のオフィスにいたんですが……パニックの発作に襲われたんです。なにかとてつもなくヤバイものが迫ってくるような、自分の存在が細かい灰となって消滅してしまうような……」

身に覚えのある感覚に、美夜子は小さく息を呑む。

「まさか……」

「いえ、本当です。そのとき危うくオフィスチェアから落ちかけて、フロア中から注目の的になりましたよ。どうにか発作を鎮めて事なきを得ましたが……」

「けど、前にお会いしたときはそんな話は……」

「しませんでした。あれは僕が疲れていたから起きた現象だと思っていたから。けど、あなたの話を聞くうちにわかりました。あれは、あなたがあの写真を撮るために乗り越えた恐怖が、なぜか僕に伝わってきたものなんだって」

その言葉に美夜子はかなり驚き、言葉を失う。さらに那須川は言った。

「泉爛亭であなたに話そうとしたときも、同じ恐怖を感じました。まあ、あれはオフィスのときに比べれば、はるかにマシですが……」

まさかそんなことがあるのかと思いつつ、美夜子は急に心配になる。

「あの、大丈夫でしたか？　もしその話が本当なら、かなり怖かったんじゃないかと思うんですけど……」

「ええ。尋常じゃなく怖かったですよ。経験したことのないレベルの恐怖でした」

「やっぱり……」

「あれは……ちょっと名状しがたい感情ですね」

「そうなんです。ただ怖いのとも違う、言葉にならないっていうか」

那須川の手にしたウィスキーグラスの氷が、カラン、と鳴る。

「そうだな、たとえて言うなら……」

那須川は視線をグラスに落としたまま言葉を続けた。

「誰も知らない、暗くて狭い洞窟に閉じ込められるような恐怖ですね。いくら叫んでも誰も気づかない。誰かがそこを訪れることは未来永劫ない。一筋の光もなく、岩の間に体を挟まれ、身動きが取れない。餓死できるまでの途方もない時間を、暗闇で独りぼっちで過ごさねばならない。死んで解放されることも許されない、終わりのない絶望が続くだけの、永遠の闇……」

「そうですね……。すごく的確なたとえだと思います」

「とても怖い」

「はい」

美夜子は密かに胸をドキドキさせていた。

──まさか那須川さんに伝わっていたなんて……

こんな込み入った話が第三者に通じるわけはなく、二人にしかわからない非常にプライベートな会話だ。お互いの信頼があるからこそ、二人はこの話ができまかせでないとわかっている。

「僕だけは、あなたの言うことを信じます。先に体験があったから、あなたの言ってることがよく理解できました。感覚的に」

那須川は言いながら、握っている手にそっと力を込めた。

「は、はい」

彼の低い美声に聞き惚れてしまう。鼓動が乱れて心音がうるさかった。

「僕たちの間には、なにかあるのかもしれない。目に見えない、特別な繋がりのようなものが……」

特別な繋がり。

――そうかもしれない。それは私もずっと心のどこかで感じていたことだ。もしかしたら、私しか知り得ない感覚を那須川さんなら理解してくれるかもしれないって。

包み込むように握られた手は、温かくてほっとする。繋がれた手のぬくもりだけを感じながら、二人はそれぞれ物思いに耽った。

ある感覚を誰とも共有できないというのは、とても寂しいことだ。

手の撮影のときに感じる恐怖と、そのあとに訪れる手の変化。ギアチェンジをするように自分の中ではっきりと切り替わっているのに、それは言葉にならず、誰にも伝えられないし理解されない。

ずっと孤独感がついて回っていた。

大勢の人と同じ地表に立っているのに、自分の周りだけ透明なガラスで隔てられているようだ。美夜子の声は彼らに届かず、彼らの声も私には聞こえない。触れ合ってぬくもりを感じることもない。やがて彼らは美夜子に対する興味を失い、去っていく。

だけど、この世界でただ一人、那須川だけが、そのガラスをとおり抜けてこちら側へやってきてくれる。そんな気がするのだ。

夜が深まるにつれ、触れ合う手が徐々に性的な色合いを帯びていく。

眼前には見渡す限り、青や銀やオレンジの幻想的な光が明滅している。漆黒にぼんやり浮かぶ光の粒子が、夜の大海原を行き交うたくさんの船みたいだ。微かな喧騒とグラスが触れ合う音に交じり、しっとりしたジャズピアノの旋律が耳に心地よい。

満ちた潮が引いていくように現実感がゆっくり遠のいていく……。

「那須川さんて、すごい手練れって感じですよね、こういうの」

引き込まれる力に抗うように、皮肉が口をついて出た。

「こういうのって、どういうの？」

いつの間にか彼の左腕は腰に回されている。身を寄せ合うように二人の体は密着し、肩にも腰にも彼の体熱を感じた。スーツ越しに触れる彼の太腿は引き締まっている。

ふわりと鼻孔を掠めるムスクの香りに、酔いが深まっていく……。

「女の子を楽しませる技術っていうか。夜景の綺麗な一流のレストランで美味しい料理とシャンパンで……」

呑ませて酔わせてうっとりするような美声で口説いて、こんな風に逃げ場をなくすなんて、ずるくないですか。

という文句は声にならなかった。彼の気配がすぐそこにあり、ドキドキしすぎてうまく息ができない。

「呑ませて酔わせて、こんな風に？」

色っぽい声が、耳元でささやく。

彼の唇がそっと耳たぶを挟み、うなじの産毛が逆立った。

「あっ……」

とっさに首を彼のほうへ向けると、おとがいを指ですくい上げられた。すぐそこにある彼の美貌が、少し傾く。

あっと思った瞬間には、もう唇で唇を塞がれていた。

ふわりと触れ合うだけの、優しいキス。

頭がぽーっとなる。

唇が離れたとき、思わず「ずるい」とつぶやいてしまった。

それを聞いた那須川は妖艶に笑う。

「嫌なら、もうこれ以上なにもしませんよ」

那須川は腰をしっかり抱いたまま、反対の手で美夜子の右手を取った。

「今夜のあなたの手は……なんだかキラキラしてますね。普通の状態とも違うみたいだ」

彼はしげしげと手を眺め、愛おしそうに手の甲を撫でた。

愛撫の微かな刺激が、手から体の芯にぴりっと伝わる。

「あ……。少し、開いちゃってると思います。お酒も呑んだし、ちょっとそういう気分なんで……」

「ドキドキするような？」

「はい」

彼は美夜子の手の甲に並んだ指の骨に、そっと唇をつけた。そして、唇を少し開き、尖ったそこをふわりと咥える。中から温かい舌が出てきて、つるりと舐めた。

「……あぅっ」

ゾクゾクッと、背骨に電流が走る。

彼はどこか恍惚とした様子で、手の甲の骨を順番にしゃぶった。生温かい息が肌にかかり、味わうように舌が這っていく。舌遣いがひどく淫靡で、為すがままにされながら、背筋が震えた。

んくっ……な、那須川さんっ……！

それでも、うまく振り払えない。淡い光に縁どられた眼鏡とその奥の伏せられたまぶたを見つめるしかできない。

「やっぱり前言撤回します。さっき、嫌ならこれ以上なにもしないと言いましたが……」

彼は少し息を乱しながら、苦しげに続けた。

「それは難しくなってきました。しかし、あなたが本当に嫌なら、無理強いは絶対したくない……」

彼の切なそうな瞳に胸を掻き乱された。

ワンピースの下の肌が熱くなるのを感じながら、どうにか本心を告げる。

「別に、嫌じゃないです」

「えっ?」

「私、那須川さんとなら大丈夫です。今夜は、そのつもりでお会いしたんですし……」

彼は眼鏡の奥の目を見開き、ポカンとしている。

言葉だけじゃ足りないかと思い、そっと彼のネクタイを手で押さえ、勇気を出して彼の唇に唇を押しつけた。彼の唇をぎゅっと押し潰すと、ウィスキーの微かな香りがする。

唇を離すと、彼のひどく真剣な眼差しに出会った。茶に近いゴールドの瞳に欲望の炎が揺らめくのが見える。

息もできずに見入っていると、彼は抑制の効いた声で言った。

「なら、今夜は少し……激しくなってしまうかもしれない。極力、紳士的に振る舞うよう努力します」

握られた手に、ぎゅっと力がこもる。

三度目のキスは、体の芯まで焼き尽くされるほど、熱かった。

那須川が予約してくれたのは、四十九階にあるプレジデンシャルスイートルームだった。

エントランスから入ってすぐのリビングにはグランドピアノが置かれ、さらにバーカウンター付きのダイニングがあり、ガラス張りのバスルームからは都心が一望できる。

庶民的なＯＬである美夜子は、これほどハイクラスな部屋に宿泊するのは初めてだ。しかも、今夜と明日の夜と連泊で押さえてあるという。

広々とした寝室にはダブルベッドが二台置かれ、ソファやテーブルといった家具はシックなデザインだった。足元やベッドのヘッドボードにある間接照明の明かりは抑えられ、窓の外に広がる夜景をより一層引き立たせている。

美夜子は両手を窓ガラスにつき、「すごく綺麗（きれい）……」とつぶやいた。

すると、うしろから那須川に抱きしめられる。顎（あご）を下げて美夜子の首筋にキスを落とす彼の姿が、窓ガラスにくっきり映った。

「なんだか夢みたいで。なにもかもが……」

美夜子は言って、首を差し出すように少し傾ける。肌を弱く吸い上げる彼の唇は、濡れて温かい。

唇の熱を感じながら、美夜子は胸中を告白した。

「私……ずっと心のどこかで追い求めていた気がします。きっといつかなにかすごいことが起こって、退屈な毎日が劇的に変わるって。誰も行ったことのない場所で、誰も経験したことのない出来事が、私に訪れるかもしれないって」

「たった一人の誰かと巡り会って？」

美しい唇が、耳元でささやく。

「……そうです」

「僕は、あなたのことが好きです。ずっと長い間、あなたに焦がれ続けてきました。ようやくあなたに会えて、もう気持ちが抑えきれなくて……」

胸とお腹に回された那須川の腕に、ぐっと力がこもる。

「……ちょっと性急すぎません？」

首筋を吸われながら、美夜子は言う。

「すみません」

彼は唇を肌につけながら、弱々しく謝る。

「私、すごく流されてるなって思ってるんです。今も」

「すみません」

ずるいな、と思うのは何度目だっけ。謝罪されたら、なにも言えなくなる。恐縮しながらも抱きしめる腕はびくともしない。絶対に離さないぞ、という強い意思が伝わってくる。

なんか……まんまと術中にはまってしまったのかも……

「あなたが欲しくて、自分でも性急すぎるとわかっているんですが、もう本当に限界で……すみません」

苦しそうな声で、気の毒になってしまう。ほだされてるって、わかっているのに……

「僕のことが嫌ですか？」

その言葉に、小さく首を横に振る。

私も那須川さんのことが好きです。

そう返すにはまだ迷いがある。彼はすごく好みのタイプだし、好きだと思う。たぶん自分は彼に恋してる。だけど……

「私は、あなたのことをもっと知りたいです」

これが今の正直な気持ちだった。

すると、強引に振り向かされ、貪るようなキスをされる。口腔深く舌を挿し入れられ、舌で舌をすくい上げられた。

「ん……んふっ……」

キスに夢中で応えていると、那須川の両手があちこちまさぐり、あっという間にワンピースを脱がされてしまう。あれあれ？　と思っているうちにブラジャーも外され、ショーツ一枚だけになっていた。

なっ！　なんという神業……

驚きに打たれていると、那須川がこちらに背を向け、バサッと自らのワイシャツを脱ぎ去る。その下から現れたのは、しなやかに鍛え上げられた肉体美だった。

大きな翼をもいだように高く隆起する肩甲骨。肩の三角筋は丸く膨らみ、首から背骨に沿って逆三角の僧帽筋が頑丈な装甲のように覆っている。あばらから背骨へ流れるような広背筋は引き締まっていた。

ひゃーっ。那須川さん、すごい……

息をするのも忘れて見惚れてしまう。那須川の肉体は鍛えていすぎず、ちょうどよい健康的な筋肉美だった。体型は脇腹から腰に向かって緩やかな逆三角形になり、引き締まった臀部の下から美しい大腿筋が力強く盛り上がっている。淡い照明で筋肉の凹凸に薄ら影ができ、人体模型みたいに筋肉の形がわかった。

「すっごく鍛えてますね、綺麗な体。なにかスポーツをやってたんですか？」

美夜子が褒めると、那須川は振り返ってもう一度抱きしめながら言う。

「中学から陸上競技の短距離走をやってました。二百メートルと四百メートルを。大学時代も陸上部にいたんですが、そこまで強くなくて」

「そうなんですか。どうりで……」

「今はもっぱら筋トレが趣味なんです」

素肌に触れた那須川の肉体は、さらさらとなめらかだった。抱き合うと、鼻先がちょうど膨らんだ胸筋の上ぐらいに当たる。胸筋の間から腹筋までふわふわした薄い体毛に覆われ、少しくすぐったかった。褐色の肌からはムスクに混ざり懐かしい香りがして、肉体がふわっと開かれる心地がする。

「いい匂い」

美夜子が言うと、彼は美夜子の髪を鼻先で割りながら言った。

「あなたも、すごくいい匂いがします」

そこで、美夜子は那須川に奇妙なお願いをされる。

普通なら躊躇してしまう内容だ。けど、那須川の真剣さと彼への好意も手伝って、最終的に引き受けた。

なんか、那須川さんに出会ってからずっとお願いばかりされてるみたい……

とはいえ、完璧超人の那須川から懇願されるのは気分がよかった。そんなことを考えながら美夜子はベッドに上がる。

ベッドの上にあぐらをかいた那須川を、美夜子は背中から抱きしめる。隆起した筋肉がさらりと乳房に触れ、温かい。彼の太い首筋に顎をのせ、肩越しに彼の股の間をのぞき込み、思わず息を呑んだ。

うわわっ。で、でかっ……！

がっしりした太腿の間から、それは天を貫く勢いで勃っていた。見たことがないほど太く長く、大きくて猛々しい。

理想の男性器のお手本みたいに流麗なラインだ。根元のほうは肌色で、先端にいくほど赤茶っぽく変わり、太い血管が幾筋も浮き出ている。先端は矢じりのように三角の形をし、鈴口は二つに割れてつるりと膨らんでいた。そこから透明な液が溢れ、表面がきらきら光っている。

すごっ……。こ、こんなの、入るのかな？

那須川のそれはインパクトが強烈だった。

「えーっと、向きはこれでいいですか？」

美夜子が聞くと、那須川はうなずいて言う。

「ええ。できれば、僕と同じ方向から……」

「わかりました」

美夜子は膝立ちになり、彼の右肩から前をのぞき込む姿勢で、さらに聞いた。

「右手でいいですか？」

「はい」

言われたとおり美夜子は、右手で那須川の屹立したものをそっと握った。

あ……あったかい……

少し濡れたそれは手のひらにぴたりと貼りつき、力強く脈打っている。包皮を引っ張りながら下に動かすと、那須川の巨躯がピクッと震えた。

「あ、大丈夫ですか?」

思わず美夜子は問う。

「大丈夫です。気持ち、よくて……」

那須川の息は荒くなり、頬は紅潮していた。

「眼鏡、外さないんですね。エッチのときも」

「ええ。見えないんで、このままです」

さらに彼は乞う。

「もっと、強くやってください。もっと激しく擦って」

「わかりました……」

美夜子は根元をしっかり握り直し、少し力を入れて上下に手を滑らせた。擦っているうちに手の中でそれはめきめき硬くなり、膨張していく。

彼が色っぽく喘ぎ、胸がドキドキした。

「もっと、もっともっと強く。もっともっと擦ってください」

上ずった彼の声が、ひどくいやらしい。

「あ、は、はい」

美夜子は懸命に手を素早く上下させる。むにゃっとした包皮を引き上げ、透明な液で手を湿らせながら擦り続けた。

いくら彼の頼みとはいえ、ものすごく猥褻な行為をしている気がする。しかも、彼がだんだん昂っていくのが、握ったものから伝わってきた。

手の動きに合わせ、あぐらをかいた彼の腰がリズミカルに動く。彼の唇から熱い吐息が漏れ、美夜子の心拍も上がる。

手の中のそれは硬く熱くなり、微かに震え、絶え間なく透明な液を溢れさせた。

那須川さんの肌、熱い……

乳房に触れる彼の素肌は燃えるようだ。見ると、太く浮いた首筋の間に汗が光っている。

私の手に、すごく興奮してるみたい……

嫌でもこの熱い楔に貫かれる瞬間を想像してしまい、美夜子の秘裂もしっとり潤ってくる。このままだとショーツが濡れてしまうと思い、手淫を続けながらショーツを脱ぎ去った。

「み、美夜子さん、すみません。最後は僕も……」

那須川は喘ぎながら言い、美夜子の手に自らの大きな手を重ね、硬いものをぐっと握る。

「あ、はっ、はいっ……」

美夜子はどぎまぎしつつ、為すがままだ。

那須川は、美夜子の手ごと己自身を握りしめ、ダイナミックに擦りはじめた。美夜子の手のひらが粘膜により密着し、強い摩擦が起きる。

フィニッシュに向け、彼は無我夢中で美夜子の手に己自身を擦りつけた。手のひらに生じる摩擦熱と小刻みな動きがひどく卑猥で、どうしようもなく鼓動が速まる。

彼は秀麗な眉をひそめ、喉の奥からうめきを漏らした。

とろり、と秘裂から蜜が溢れ、シーツを濡らす。

手を淫らに犯されながら、美夜子は腿の間を熱くさせ、恥ずかしさに耐えた。まるで右手が女性器になったみたいで……

那須川は激しく息を乱し、両手で美夜子の右手ごと男根を握りしめ、腰を振りながらいやらしく擦り上げる。

そして、突き上げるように腰を浮かせた。

ほっそりした白い手が、硬く怒張したものを握った瞬間、那須川は達しそうになった。

とっさに四肢に力を入れて抑え、どうにかやり過ごす。

「あ、大丈夫ですか？」

甘えるように背中へ身を寄せてきた美夜子の息が、耳にかかった。

いい声だな、と那須川は聞き惚れる。甘くて、可愛くて、胸の奥がくすぐられるような……

「大丈夫です。気持ち、よくて……」

ようやく絞り出した声は小さく掠れていた。

すると彼女は、愛おしむように硬い屹立を撫で回す。すべすべした手肌の感触が心地よく、頭が朦朧とした。

ああ……これは、あの夢みたいだ……

那須川がしたお願いとは、美夜子の手によって解放されることだ。恥をしのんで頼んだところ、彼女は快諾してくれた。

初めて見た美夜子の裸体は、息を呑むような美しさだ。

大理石のように白い肌。首も腕も脚もほっそりしているのに、ぷるりとした乳房はボリュームがある。といっても巨乳すぎず、理想的な形だった。

鎖骨のすぐ下から膨らみはじめ、薔薇の蕾のような頂は薄桃に色づき、下乳は丸い艶美なカーブを描いている。腹筋の真ん中に、すーっと一本の筋が下り、すぐ下に控え目な臍が凹んでいた。

　さらに下にあるはずの叢は、三角の小さなショーツが隠している。手袋が外された両手は今や完全に解放状態だった。うっすら靄がかかって見えるほど濃密な色気を放っている。

　ものすごくエロい体だな、そう思った。

　目の前に立った美夜子は、少し恥ずかしそうに右手で自らの唇に触れた。そのとき、彼女の腕が乳房をむにゅっと押し上げ、頂が微かに震える。

　見た瞬間、怒張したものに力がみなぎった。全身を巡る血液がぞわぞわと股間に集まっていく。

　屹立したものはギリギリと硬さを増し、傘がより大きく膨らみ、高くそそり立った。

　焼けつくような情欲が臍の下で渦巻き、解放を求めて張りつめる。飛び掛かって犯してしまいたい、野蛮な衝動に駆られた。

　手だけじゃないんだと、痛みに似た衝動を堪えながら思い知る。自分が求めてやまなかったのは彼女の手だけじゃない。その先に続くほっそりした肩であり、桃色の唇や濡れた瞳であり、一秒ごとにくるくると変わる表情であり、彼女のすべてなんだ。

　――すべてが欲しいし、僕のすべてを与えたい……

　股間をいじくる彼女の手に、全神経が集中する。

「眼鏡、外さないんですね。エッチのときも」

艶のあるささやきが、鼓膜を舐める。

「ええ。見えないんで、このままです」

震えるほどの快感で、声が上ずった。

ひんやりした手は根元まで下り、ふさふさした陰毛をくすぐる。そして、浮いた血管の筋を、親指でそろそろとなぞった。弦をつま弾いて奏でるような指遣いに、恍惚となる。

……まずい、これは……

ひくひくっ、と屹立が震えた。まるで歓喜するみたいに。

「もっと、強くやってください。もっと激しく擦って」

気づくと、息を荒くしながら懇願していた。

「わかりました……」

彼女は硬い屹立をぎゅっと握り直し、より強く上下に動かしはじめる。

しっとりした手の皮膚が、竿の粘膜に吸いつく。手は根元から先端まで、ひと息に擦り上げた。ぴりぴりっとした刺激が、接触部から臀部へ突き抜ける。

包皮を引っ張りながら手が下がり、何度も何度もリズミカルに上下する。摩擦の熱により、じわじわ快感がせり上がってきた。

視線を下げると、気品のある手指が充血した熱棒に絡みつき、懸命にしごいている。

先端からこぼれた透明な液に濡れ、白い肌がきらきらと淫靡に光った。

ゴシゴシゴシと擦られ、ひりつくような刺激が這い上がってくる。

視線を横に遣ると、真剣な彼女の顔が見えた。唇を噛み、頬を上気させ行為に集中している。

一瞬目が合ったのに、すぐ逸らされてしまった。そのことに胸が少し痛む。

……そりゃそうだよな。言うなれば、発情してしまったペットに処置をしてあげている、そんな気分なんだろう。気の毒だから仕方なく……

羞恥心で体が燃えるように熱くなる。彼女の前では完璧な紳士を演じてきたのに、こんな醜態を晒す羽目になるとは。しかし、長年焦がれ続けてきた艶やかな手指が目の前にあるのに、欲求を抑えるのは難しかった。とはいえ、こんな風に股間を愛撫され、痴態を見られるのは恥ずかしい……

恥ずかしいはずなのに、途方もなく甘美で。

強い羞恥や屈辱感が、そのまま快楽に変換されるのだ。

彼女の手つきはもどかしいほど優しく、もっと攻めて、もっといじめて、もっと擦ってくれと欲求が加速する。

じわり、と射精感が迫ってきた。

息が上がる。

「もっと、もっともっと強く。もっともっと擦ってください」

情けないほど声が上ずった。

「あ、は、はい」

彼女の返事は無垢なのに、手の動きは筆舌に尽くしがたく淫らだ。

熱くとろかすようにまとわりつき、エロティックな肌感と摩擦で、いとも簡単に解放へ導いていく……

彼女とセックスしたい！

彼女の奥深く突き入れて、思うさま解放したい！

だが、このまま手淫も続けて欲しい。このまま吐き出して、麗しい手を汚してみたい……

激しい情欲がせめぎ合い、ギリギリと股間が張りつめる。屹立の先端から、たらたらと液が垂れた。

そのとき、彼女の手が屹立をぐっと握り込み、亀頭を押し出すように包皮を引き下げた。

えっ……？

ドキッとする。

彼女は竿を持ち直し、スピードを上げて擦りはじめる。亀頭を通過するとき、少し曲げた人差し指で、するりと裏筋を刺激した。

ゾクゾクッと、一気に射精感がせり上がる。

あまりの驚愕に目を見開いたまま、息が止まった。

おい、まさか……。まさか、そんな……これは、僕の……

目の前に信じられない光景が展開されていた。彼女の手はそんなことには構わず、猛りきったものを擦り続ける。

驚愕と興奮で、体中からどっと汗が噴き出した。

嘘だろ……

彼女は、那須川が自慰するときとまったく同じ動きを、寸分たがわずこの手が再現しているのだ。握り方や擦る強さ、指の位置やリズム、指先を裏筋に引っ掛ける癖まで……恥ずかしさと屈辱感で、軽く目眩がした。まるで自分の秘密を知られているようで……

しかし屈辱感が強いほど、快感を煽られる。

「み、美夜子さん、すみません。最後は僕も……」

もう限界が迫り、とっさに両手で彼女の手ごと握りしめた。彼女が小さく息を呑む。

「あ、はっ、はいっ……」

考えている余裕はなかった。とにかく一刻も早くこの熱を解放しなければ！

両手で握りしめ、彼女の柔らかい手肌に無我夢中で擦りつけた。溢れ出した液で、手と竿の粘膜がぬるぬる滑る。彼女が小さく悲鳴を上げた。

津波のように射精痛が押し寄せる。思わず腰を浮かし、虚空を突き上げてしまう。

亀頭の傘が、ぶわっと膨らむ。

どぽぽっと、白濁した液が先端から勢いよく噴き出した。

圧倒的な快感に、息が止まる。

頭の中が真っ白になり、意識が一瞬、遠のく。

どくんっ、どくんっ、と噴水のように熱い精が吐き出されてゆく。とっさに吐精するものを握り、ホースで水を撒くみたいに、彼女の手首や腕に白濁液を噴きかけた。

どろりとした精液が、清純な腕を汚していく。手首も手の甲も指先も、あっという間に精液に塗れた。

彼女は「あっ」と小さく声を上げ、恥ずかしそうに腕を見下ろす。艶めかしい裸体の、手と腕だけが白く汚れていた。

精を吐き出しながら、興奮して体が熱くなる。自身の精液を腕にまとった彼女が、たとえようもなく美しくて……

性欲か支配欲か。清純なものを壊して汚したいという情動には、なんていう名前がついているんだろう？

最後の一滴まで出し尽くし、汗だくで大きく息を吐いた。見ると、彼女の腕だけでなく、那須川の腿もシーツも大量の精液で濡れそぼっている。

彼女は精液のついた指先を口元に持っていき、恐る恐る舌を這わせた。

思春期の少年みたくドキドキしながら、それを見守る。

「苦いです……少し」

彼女はまつ毛を伏せ、視線を横へ滑らせながら、つぶやいた。

その恥ずかしそうな表情に、臍がぞわりと疼くような心地がする。次なる興奮状態は時間を置かずに訪れるだろう。

「……すみません」

なにに謝罪したのかわからないまま言った。

頭の芯が急速に冷えていく。

……さっきのは、なんだったんだ？　さっきの行為中に襲われた既視感は。

彼女の手が、那須川の手の動きをそっくりそのまま再現しているようだった。まるで那須川の自慰の仕方を熟知しているみたいに……

彼女にそのことについて聞いてみたくても、うまく質問できなかった。恐らく彼女は知らないんじゃないか。意識的にやっているようには見えなかった。いきなりそんな話をしたら、びっくりするに違いない。

どうも彼女にまつわるあれこれは、不思議なことが多すぎる。彼女に変な奴に見られやしないかと、四六時中神経を擦り減らしている。

それとも、やはりただの勘違いだったんだろうか？

いやそんなことないぞ、と思い直す。勘違いなわけがない。

これがいわゆる共時性ってやつなのか？　なぜかわからないけど、彼女の手が僕の手にシンクロした……

純粋な驚きに打たれた。仮にそうだとして、そのことがいったいなにを意味するのか、さっぱりわからない。

僕と彼女を繋いでいるものの正体は、いったいなんなんだろう？

◇◇◇

御礼に今度は僕が奉仕しますと、那須川は言った。

美夜子は「はい」と答えながら、ベッドで彼にやんわり組み敷かれる。さっき腕にかけられたものはバスルームで流してきた。

——なんだか那須川さんが「奉仕」って言うと、すごくエッチな感じがするかも……

余計なことを考えながら横目で窓ガラスを見ると、仰向けに横たわる自分の裸体と、その上に圧し掛かる那須川が映っていた。彼は惚れ惚れするほど見事な体躯で、背中に盛り上がった筋肉の稜線がなめらかだ。臀筋はぎゅっと引き締まり、大腿筋も太く、野性的だった。

ぶるん、と彼の股間の巨大なものが、美夜子の臍を叩く。さっき美夜子の手によって果てたばかりなのに、それはすでに硬く、しなっていた。先ほどの残滓なのか、先端がぴちゃりと下腹部を濡らす。

下から見上げた那須川も、ドキドキするほど美しかった。

耳の下からエラが鋭角に張り出し、シャープな顎の骨が男らしい。雄々しく尖った喉仏。まっすぐ鎖骨へ下りた胸鎖乳突筋。まだ眼鏡を掛けていて、レンズの奥に澄んだ瞳がきらめいていた。これ以上ないほど優しい眼差しに、胸がときめく。

那須川さんの目、すごく綺麗……

彼も同じことを感じているらしい。じっとこちらをのぞき込む瞳は、世界一麗しい女神でも見ているかのようだ。とろけそうなほど熱い視線が絡まり、息もできない。たとえようもなく甘美なやりとりだった。全身を包んでくれる肌の温かさに、安堵しきってしまう。甘すぎる視線を交わし合い、心も体もほぐされていく……

「すごく、綺麗だ……」

那須川は色っぽくささやき、美夜子の頬に触れた。

手のひらは顎をなぞり、首から鎖骨へ下りていく。手のひらは美夜子のボディラインを確かめながら、さらに胸まで下がった。乳房の膨らみを数度柔らかく揉み、親指が先端の蕾を弾く。

美夜子の肩がぴくっと震え、「あっ……」と声が漏れた。親指はさわさわと蕾を愛撫する。くすぐったさに耐えていると、たちまち蕾は硬く尖った。

那須川の唇が下りてきて、二人は唇を重ねる。美夜子は左手を彼のうしろ髪に差し入れた。たくましい胸筋が美夜子の乳房を圧迫し、硬い腹筋がお腹に触れる。彼は美夜子を押し潰さないよう、腕をついてくれていた。

すごくあったかくて、いい匂い……

口内に舌を挿し入れられ、舌と舌が重なる。チョコレートよりずっと甘いキスに、頭がぼうっとした。

キスするたび、彼への恋心が募っていく。

あ……す、好き……。那須川さん……

切なくなるほど優しく舌を絡められ、それが体の芯を痺れさせる。時折、眼鏡のレンズが美夜子の頬に当たり、冷たかった。こんなときも眼鏡を外さない彼を、ちょっと可愛いと思ってしまう。

甘いキスに夢中になっていると、彼の手が下肢のほうへ下がっていく。指先が股間の叢を掠め、秘裂の花びらにそっと触れた。そこは溢れ出た蜜で潤っている。

繊細な指先が、濡れた秘裂をまさぐった。

ぴくっ、と細い腰が跳ねる。

彼は惜しみなくキスを与えながら、指先を技巧的に使った。花びらがキュ、と引っ張られるように一枚ずつ開かれる。彼の指先が中心部に触れ、ぬるぬるっと滑った。

「んんふっ……！」

堪（こら）えきれず声を上げると、二人の唇が離れる。

彼は指先に蜜を絡めながら、興奮した声で言った。

「すごく、濡れてる……」

「は、はい、あっ……」

指先が送ってくる刺激に耐えきれず、ぎゅっと腿（もも）を閉じる。

彼は秘裂に指を添えたまま、安心させるようにささやいた。

「大丈夫だから、力を抜いてください。すごく気持ちよくなりますから……」

途端に四肢（しし）から、ふっと力が抜ける。まるで魔法にかけられたみたいに彼の言いなりになってしまう。

「いい子だ……」

美しい声にボーッとしていると、指先は小さな花芽を探し当てた。蜜に塗（まみ）れたそれに、そろりと指先が触れる。

「あうっ……！」

痛みに近いような疼きが襲った。

「ここ、小さくてすごく可愛いですね。まだ誰にも触られてないみたいだ……」

色っぽい声に、ぞわりと鳥肌が立つ。

んくっ……こ、声が……っ。

堪らず顔をしかめてしまう。その間も、指先は小さな花芽を刺激し続けた。たちまち温かい蜜がとろとろ溢れ出す。

指先は徐々に大胆になり、コリコリと花芽を揉みながら擦った。

悦びで腰がピクピク動いてしまう。図体は大きいのにびっくりするほど繊細な指先は、愛おしむようにそっと触れてくる。

敏感なところをなぞる指先から、温かい愛情が流れ込んできて、うれしさと恥ずかしさで胸がいっぱいになった。

じゅわじゅわっと蜜がとめどなく染み出す。挿入への期待で蜜壺がぴくぴく収縮した。

「可愛いよ。美夜子さん、好きだ……」

愛と情欲が混じった、とびきり甘い声。

お互いの瞳をじっとのぞき込みながら、指先から送られる刺激で四肢が痺れていく……

ぐちゅ、ぴちょ、と微かな水音が響く。

疼きがだんだん快感に変わっていき、息が上がる。自然に両脚をM字に大きく広げ、濡れた秘裂を差し出してしまう。もっとやって、とせがむみたいに。

「僕が好きなのは手だけじゃないんだ」

色っぽい声は、ささやき続ける。

「あなたの綺麗な耳も好きだ」

そう言って彼は耳輪をべろり、と舐めた。ゾクッと背筋が震える。

「すごく好きだよ……」

ひどく愛おしそうな声に、体が熱くなる。

彼の強張ったものが腿の内側に触れ、ときめきを加速させた。彼はじわじわ耳を舐めながら、可愛い好きだと繰り返す。

「首筋も、鎖骨も……大好きだ」

彼の舌は首筋を這い下り、鎖骨をちゅっと吸い上げた。快感が弾け、小さな声を上げてしまう。花芽を淫らにいじくりながら、舌は乳房のほうへ這っていった。

「そして、ここも……堪らなく好きだ」

彼は唇を開き、ぱくっと胸の蕾を咥えた。

濡れた舌が、ぬるりと硬い蕾に巻きつく。

「ひゃうっ……！」

あまりのくすぐったさに声が漏(も)れた。同時に、彼の指先がキュッと花芽をつまんだ。

「んっ！」

ビリビリッと股間で刺激が弾(はじ)け、腰が浮く。唇を引き結ぶと、息が詰まった。

……きもちよすぎて、も、もうダメかも……

熱い舌に蕾(つぼみ)をころころ転がされ、恍惚(こうこつ)となった。執拗(しつよう)に舐(ねぶ)られた蕾(つぼみ)は、石のように硬く尖(とが)る。

指先に容赦(ようしゃ)なく花芽をコリコリこね回され、強い刺激で腰がガクガク弾(はず)んだ。

「あっ、ちょ、ちょっと、な、なすかっ……」

すると、長い指が蜜口に触れ、ずぶりと挿入(はい)ってきた。

「きゃっ、あああんっ……！」

焦(こ)がれていた挿入に、四肢(しし)がわななく。

指は蜜壺に奥深く侵入し、肉襞を擦(こす)りながら蜜を掻き出した。

いやらしく蕾(つぼみ)を吸われながら、別の指で花芽も刺激される。いったい指がどんな風になっているのかわからない。

怒涛(どとう)の攻めに、下腹部で快感が一気に張りつめた。

肌に汗がにじみ、呼吸が乱れる。

あ、な、那須川さんの前戯、ちょ、ちょっとすごすぎるっ……！

歯を食いしばり、指の動きに合わせて腰を揺らしてしまう。

どんどん張りつめたものが膨らみ、のっぴきならない状態になる。

「ちょ、ちょっともう、もうダメですっ……あぅっ……！」

とうとう美夜子は悲鳴を上げた。

彼は乳房から唇を離し、指を蜜壺からずるりっと引き抜く。そして、眼鏡のブリッジをそっと押さえて冷静に言う。

「どうぞ、イッてください」

同時に、花芽をぎゅっと押し潰された。

強すぎる快感が、お腹から背骨を貫く。腰を小刻みに震わせながら、とうとうオーガズムに達した。

膨らみきったなにかが、股間で鋭く弾ける。意識が白く飛び、大きく息を吐いた。

はあああ……き、きもちいい……

悦楽の余韻が、お腹から全身へゆるゆる広がっていく……

股関節がじわじわ弛緩していき、甘い吐息が漏れた。

那須川は肩こりをほぐすみたいに首を左右に傾げてから、眼鏡を掛け直して言う。

「まだまだこれからですよ、美夜子さん」

美夜子はどうにか意識を保ち、荒い呼吸を繰り返す。常にクールな彼をどこか憎らしく思いながら。

大きく広げられていた両脚が、かくんとベッドマットの上に落ちた。

◇　◇　◇

「なっ、那須川さん、ごめんなさい……。ちょっともう許して、私もう……あっ……」

乱れる呼吸の合間に、美夜子は必死で懇願する。

那須川は眼鏡をしたまま、美夜子の股間に鼻先を埋めていた。

生温かい息が秘裂にかかり、美夜子は顔をしかめる。

「あの、那須川さん、そこはもう……あ……」

那須川の舌が、れろり、と秘裂を這った。

ぞわぞわっ、と背筋の肌が粟立つ。

仰向けで大きく脚を広げるポーズは少し恥ずかしかった。彼の手が両腿を押し開き、割れ目を差し出す形になっている。

「ここもすごく綺麗ですね。美夜子さんの体、どこもかしこも綺麗だ」

心から感嘆する声に、恥ずかしさが増す。じっと見つめられる視線の圧をそこに感じ、いたたまれなかった。

「手が一番ですが、他のパーツも垂涎ものの美しさだ。肌もすごくすべすべしてて……」

彼は言いながら、太腿の付け根に頬ずりした。伸びかけのヒゲがざらつき、背筋がぞくっとする。

な、那須川さんっ……な、なんかちょっとっ……すごいエッチなんですけどっ……！

ひたすら堪える美夜子をよそに、うっとりした声で彼は続ける。

「髪とか瞳とか唇も好きですが、ここも小さくて控え目で……好きだ」

ぬらぬらした舌が、ふたたび秘裂を舐めはじめた。

那須川さんっ、ちょっと、し、舌が……すっごく優しくて……

舌先は花びらをくすぐり、蜜口の周りを這う。舌遣いはゆっくりと柔らかく、切ないほど優しい。

舌先から愛情が伝わってきて、どうしようもなくドキドキした。まるで親猫が生まれたての子猫を愛おしそうに舐めるみたいだ。

とろり。

蜜壺から蜜が溢れ出す。美夜子の四肢は震え、とろとろ蜜がこぼれ落ちた。彼の舌は、垂れ落ちた滴を舐め取ってしまう。

それから、秘裂は時間を掛けて入念に舐め尽くされ、何度も絶頂に達した。

花芽はしゃぶられたせいで充血して膨らみ、蜜壺には指や舌が何度も挿入され敏感になった。

手の指先から爪先まで体中を舐め回され、筆舌に尽くしがたいテクニックでイカされ続け、洪水のように溢れた蜜でシーツからマットまでびしょびしょになる。絶頂を迎えるたび、冷静な彼に観察されているようだった。

羞恥心が高まり、官能の感度が上がっていく。

恥ずかしいほど好きだとささやかれ、恋情を露わにする視線に脳みそまでとろけた。

愛情のこもった愛撫に全身が痺れ、まるで温かくてピンク色の波間を漂っているみたい……

早く、挿れてくれないとおかしくなっちゃうかも……

切ない吐息が漏れた。くちゅっ、と秘所が小さく鳴る。

「あなたのこれ……堪らなくいい味がします」

彼はこぼれた大量の蜜を、ずずずっ、と音を立て吸い上げた。まるで花の蜜みたいに美味しそうに吸い尽くす。

見下ろすと、蜜を味わう彼の恍惚とした表情が目に入り、羞恥で胸が掻き乱された。

ぺちゃ、ぴちょっ、と濡れた舌が小さな花芽を愛でる。何度与えられても慣れぬ快感に、歯をぐっと噛み合わせた。

も、もう限界かもっ……

彼は花びらにぎゅっと唇を押し当て、口を大きく開けた。蜜口を押し開けられる感触に、小さく息を呑む。長い舌が、つるっと蜜口の中に入り込んだ。

「きゃうっ！」

舌はずるずるずる……と奥へ潜り込む。

彼は、美夜子の腿の付け根を押さえて秘裂を広げ、舌で蜜を掻き出した。濡れた触手が蠢くような感触に、堪らず身をよじる。

「あうぅ……ま、また、そこ……」

「ああ、すごい……。美夜子さんの中、僕の舌をぐいぐい締めつけてくる……」

乱れた息を吐きかけながら彼は言った。声は興奮で上ずっている。

彼は夢中で舌の出し入れを繰り返す。にゅるにゅるした舌が膣襞を這い、おかしくなりそうだ。

「那須川さんっ……私、このままじゃ……は、早く……」

腿を震わせながら懇願すると、彼は冷静に問う。

「早く、なんですか？」

「早く……早く……あの……」

「早く？」

「……い、挿れてください……」

消え入るような声になる。心の中で、このエロ変態紳士！　と罵っておいた。

彼は、ずるりっと舌を引き抜くと、眼鏡のツルの部分を指で押し上げる。

「わかりました」

彼は言って唇を拭い、上体を起こした。そして、硬い屹立を握り、挿入しやすいよう膝立ちになる。整っていた髪はくしゃくしゃに乱れ、やんちゃっぽく見えた。

「好きだ」と何度もささやかれ、体中を舐め回され、脳髄も四肢もとろけきっている。

おぼろげな視界に映る那須川のそれはより大きく膨張し、脈動に合わせて微かに震え、興奮の極みにあった。

なぜか、口腔に唾が溜まる。お腹の奥の媚肉がひくひく痙攣し、虚しさに喘いだ。

屹立の先端が秘裂にあてがわれる。蜜とカウパー液が混じり、ぬるっと滑った。花びらに触れる先端の感触に、期待で胸がドキドキする。

「……いいですか？」

彼はこちらを見下ろして聞く。視線はとても優しい。

「は、はい」

お願いします、というのも変な気がした。

ゆっくりと那須川が腰を進める。

つるりっと、いとも簡単に亀頭が蜜口に潜り込む。巨大な熱いものが、じわじわと膣道を割り広げながら侵入してきた。

剥き出しの熱棒と媚肉が接触し、ぴりぴりっと弾ける火花。

「あっ、あぁぁ……」

摩擦の甘やかな快感に、意識が少し遠のいた。

熱いものは狭隘な肉襞を掻き分け、ゆっくりとせり上がってくる。彼は眼鏡の奥でまぶたを伏せ、粘膜と粘膜の擦れ合いを味わっていた。

それがいやらしくて、鼓動が速まる。

柔らかい蜜壺は灼熱の塊を、ずぶずぶと呑み込んでいく……

最後は、ずんっと最奥まで押し込まれ、細い腰がぴくりと跳ねた。熱く硬いものが蜜壺いっぱいに収まり、はちきれそうな充溢感に息が詰まる。

トクン、トクン、と彼のものはお腹の中で力強く脈打っていた。亀頭の丸い先端が、ぐにゅっと子宮口を押し上げる。

あ……ふ、深い……

みぞおちがせり上がり、呼吸が細切れになる。さらに腿を広げ、どうにか巨大なものを受け容れた。

「んくっ……」

喉の奥から声が出る。

なんか、エッチするのもひさしぶりすぎて……

奥深く潜り込んだものは、とても温かい。彼の放つ熱が、お腹から全身までを温めてくれる。

不意に愛しさが込み上げ、自分の下腹部にそっと触れる。皮膚を通して感じる彼のものは硬く、指を弾き返した。

彼は深く挿入したまま美夜子の右手を取り、唇を近づける。右手の甲に湿った息がかかった。

彼はご馳走を舐める猫みたいに、右手の指をしゃぶりはじめる。人差し指と中指を咥え、口内で丹念に舐った。そして、挿入した状態から腰をゆっくり引いていく。

ひりひりっとした快感の痺れが、肉筒を這い上がる。じゅわぁっ、と愛液が分泌された。

肺に空気を入れたまま、息を止める。

快感を堪えようとしたら、顔をしかめてしまう。

指先に触れる彼の口腔は温かく、膣内に入ってくるものと同じ温度だ。

すると、那須川の筋肉質な腰が丸まっていき、ゆっくり前に押し出されていく……

「あ、あ……あっ……。あぁんっ……」

硬くて太いものがふたたび、痺れるような摩擦を起こしながら深く挿入ってきた。最後は、しゃくるように奥を突き上げられる。

ぞくぞくぞくっ。

お腹から腰にかけて、白い快感が弾けた。一瞬、達しそうになり、歯を食いしばる。

あっ、ダ、ダメッ……！

どうにかやり過ごすと、彼は腰を前後に動かしはじめる。スローな動きが媚肉の感触を味わっているようで、すごく淫らだ。

彼は腰をグラインドさせながら、美夜子の手のひらに頬ずりした。手のひらにざらつく、ひげの感触。

彼のものの凹凸が生々しく感じられ、それが膣奥へ滑り込んでくるたびに、とろけるような摩擦が起きた。

膣襞はふにゃふにゃにとろけ、硬いものをしっとり包み込む。彼の腰は穏やかに律動し、硬いものが前へうしろへ滑った。慰撫してくれるようなセックスに、胸がじんわり熱くなる。

「……痛くない？」

こちらを見下ろす、慈愛に満ちた眼差し。

「あ、は、はい。大丈夫です……」

恋心がますます募り、息苦しくなる。

那須川さん、な、なんかすっごく優しいかも……

膣道を滑る彼のものは巨大で、雄々しい。亀頭の出っ張りが、濡れた襞にぐいっと食い込み、しっかり快感を与えてきた。

挿入当初の異物感が溶け合って消失していく。膣内で猛々しく暴れ回る彼に対し、愛おしさが込み上げた。

想いが強まると、ますます蜜が分泌される。何度も優しく突かれながら、たくさんの蜜を溢れさせた。

熱棒がうしろへ引き戻るたび、掻き出された蜜が飛び散る。快感で白く濁ったそれは、粘ついて熱棒に絡みつき、彼の陰毛を白く濡らした。

「んっ……ぁっ……」

彼の押し殺したような喘ぎが、寝室に響く。

ぺろ、ぴちゃ、ちゅぅという、彼が右手を舐めしゃぶる、微かな音。

彼の興奮が異様に高まり、挿入されたものが力を増した。

彼の腰はだんだん大胆になり、快感を求めて淫らにうねった。体ごと上下に揺さぶられる。

「はぁっ、美夜子さんの中、すごくいい……。んくっ、すごく柔らかくて……」

彼は腰をいやらしく使いながら言う。湿った吐息が、右手首にかかった。

ずぶっ、ずぶぶっ、と奥の敏感なところを繰り返し攻められる。突き方もいやらしいのに、すごく愛を感じて、胸が熱くなった。

全身に震えが走り、快感が急激にせり上がる。

「あん、あっ、ちょ、ちょっと、もう……ダ、ダメッ！」

はっと息を呑んだ瞬間、膨張しきったなにかがパァンと弾けた。白い稲妻に打たれ、腰がビクビクッとおののく。

下腹部の奥から、弾けたものが泡となって溢れ出す。

蜜壺はヒクヒクッと収縮しながら、次第に弛緩していく……えもいわれぬ恍惚境に連れていかれ、絶頂の余韻が波紋のように四肢へ広がっていった。

「あぁぁ……はぁん……」

自分のものとは思えない、甘い声が遠く聞こえる。

……こんなに気持ちいいなんて……。私、完全にイッたの、初めてかも……

遠のく意識の中で、そんな思いがよぎった。

「大丈夫？」

那須川に優しくささやかれ、あちこちにキスされた。

「あ、大丈夫です。ごめんなさい……」

美夜子は息を整えて答える。絶頂の余韻で頭がぼんやりし、五感が鈍くなっていた。

那須川のものはまだカチカチに硬く、蜜壺の奥深くに収まっている。呼吸するたびに内部で擦れ、遠くのほうでひりつく刺激があった。

「僕のことなら気にしないで」

鼓膜がとろけそうな声で、彼はささやく。

「あなたを気持ちよくさせるためなら、僕はなんでもしますから」

熱い瞳でのぞき込まれ、ポーッとなった。ちなみに彼はまだ眼鏡を外していない。

「イクときのあなたの姿、色っぽくてとても綺麗でした。危うく僕も巻き込まれるところだった」

彼は美夜子の右手の甲に恭しくキスをする。

「あの、私、あんな風に完全にイッたの初めてかもしれないです。今までにない感じというか」

彼は眼鏡をクイッと押し上げ、少し得意げな顔をした。

「けど、なんか那須川さんは、私の手ばっかり構ってませんか……？」

とがめるような口調になる。彼が手ばかりに夢中なせいで、妙な苛立ちを覚えていた。

「嫉妬した？　自分の手なのに？」

彼はクスリと笑って、上体を倒してくる。

「そういうんじゃなくて。って、もう、あ……んんっ」

抗議しようとした唇は唇で塞がれる。舌を入れられ、くすぐられているうちに、どうでもよくなってしまった。

蜜壺に収まっている肉の槍が、さらに奥へ押し込まれる。濃厚なキスをしながら、思わず顔をしかめた。

「んふっ……」

だから、那須川さん……深いんだってば……

口腔もお腹も彼のものでみっしり満たされ、彼の熱さが心地よかった。彼のものも舌も、とっても優しくて、あったかい。触れているだけで心まで満たされ、穏やかな気持ちになれる。

那須川さんてキスもセックスもめちゃくちゃ巧くて、しかもインテリでイケメンなんて……完璧すぎない？　だから、変な性癖があるのかな？　それでバランスを取ってる、みたいな……

舌を絡ませながら、そんな考えが頭をよぎる。五感がだんだん戻ってきて、蜜壺に収まった肉槍の形状をクリアに感じた。

那須川の喉の奥がククッと心地よさそうに鳴る。彼は唇を離し、美夜子の唇を親指で拭いながら言う。

「それじゃ、今度はこちらに集中しますから」

「いえ、それはそれで……ひゃあああんっ！」

ずるりっ、と熱棒を引き抜かれ、言葉の最後が嬌声に変わった。ポタ、ポタ、と蜜の雫がシーツに落ちる。彼がいなくなったそこは空虚で寒い感じがした。

那須川は眼鏡を外し、ことりとサイドテーブルに置く。鼻の付け根の両横に、赤く変色した小さなくぼみができていた。それがやけに可愛らしく見え、この恋は重症かもと心配になる。

髪をくしゃくしゃにして眼鏡を外した那須川は、がらりと雰囲気が変わって野性味に溢れていた。彫りが深くエキゾチックな美形は変わらずだけど、普段より退廃的でより色っぽく見える。

うーん。眼鏡をしてもしなくても、圧倒的イケメンってことですね……

なんてことを考えていると、彼はどうした？　と眉を上げた。

「あ、眼鏡を取るんだなって思って……」

そう言うと、彼は微かに笑う。

「なんにも見えないんですけどね。けど、見えないほうが感覚が研ぎ澄まされて、より濃密にあなたを感じることができるでしょう？」

太腿を押し開かれ、彼の硬いものがふたたび挿入ってきた。少し冷えたそれは肉襞を割りながら進み、最奥へ深々と突き立てられる。

「ぁあんっ……！」

甘い衝撃が四肢を貫き、美夜子の背筋が反った。

前傾姿勢になった那須川が、ぎゅっとシーツを掴むと上腕の筋肉が隆起する。そして、間髪容れず腰を引き、荒々しく前後に動かしはじめた。

「あっ、ちょ、ちょっ、すごっ、あうっ……！」

太い肉の槍が体の芯を何度も垂直に貫く。力強さに上体ごと引き上げられ、背中のシーツがずれていく。

ベッドのマットが激しく軋む。

両方の乳房が、ゆさゆさ、ゆさゆさ、と上下に揺れる。彼はそれを鋭く見遣り、両手で乳房をぎゅっと鷲掴みにした。

そして、乳房をすくい上げるように寄せると、尖った桃色の蕾が押し出される。いやらしく腰を前後させながら彼は顎を下げ、舌を突き出して蕾を咥える。にゅるり、と濡れた舌が敏感な蕾を包んだ。

「んふぁっ……」

くすぐったいような刺激が弾ける。

「あぁ、はぁ、美夜子さんのここ、すごい……」

尖った乳首に熱い息を吹きかけながら、彼は言う。

「ここ、いじくると美夜子さんの膣内、すっごく締まるんです。あぁぁ……これは、すごい……」

興奮した声に、ドキドキする。

彼が首を傾げると、首筋から肩の筋肉がぐっと浮き、男らしい。彼はふたたび唇を開き、反対側の乳房にかぶりつく。

「はぅっ……!」

生温かい舌が、硬い蕾を溶かすように愛でた。想いのこもった舌遣いに、背筋が震える。

彼は乳首を吸いながら、バネが弾むように腰を使ってきた。

「はっ、はっ、はあっ、はぁっ、んっ……んんっ!」

うまく呼吸が合わず、ひたすら彼の起こす快楽の奔流に呑まれていく……

ずんずん、とリズミカルに突きながら、彼は喘ぐように告白する。

「み、美夜子さん、好きです。はぁ、んっ、大好きだ……」

「那須川っさん……あぅっ、あのっ」

こ、こんなにガンガン突きまくられながら言われてもっ……

彼は姿勢を変え、上体をひねるように右手をマットについた。肩や腰の筋肉が高く盛り上がり、息を乱しながらセクシーに喘ぐ。ため息が出るほど美しい姿態に、目を奪われた。

彼は熱い汗を飛ばしながら、怒涛の如く腰を振りたくる。

苦痛か快感か、彼は秀麗な眉根を寄せ、局部の摩擦に全神経を集中させている。快感に集中して瞑目する美貌と、獣の交尾のように腰を振る醜悪さは、ドキドキするほど淫靡だった。

肉槍はますます硬く大きくなり、蜜壺の中を掻き回す。

剥き出しの肉槍にとろけるような摩擦を与えられ、膣襞が悦びに震えた。

「あぁ、も、もう、ダ、ダメッ……なすかっはぁっ……」

はち切れそうなものを堪えると、彼が上体をぐっと倒してきた。お腹とお腹が触れ合い、噴き出た汗でぬるっと滑る。鋼鉄のような胸筋に乳房を潰され、唇を奪われた。

熱い舌が口いっぱいにねじ込まれ、ぐぐぐっと灼熱の肉槍がさらに奥深く潜り込んでくる。

……あっ。……侵入される……こんなに深く……

喉のほうまで舌が挿し入れられ、痺れた下腹部は彼の硬いものでいっぱいになる。汗の匂いが鼻孔を掠め、筋骨隆々とした肌に抱かれながら、奇妙な安堵感に包まれた。

――君のすべてが欲しい。

熱や匂いや脈動を肌で感じ、声が聴こえた気がした。

眼球だけ横に動かすと、大きく脚を広げた自分と、絡みつくように圧し掛かる屈強な肢体が窓ガラスに映っている。

次の瞬間。

彼の腰が痙攣するように、ビクビクビクッと激しく前後した。

奥深く突き立てられていた肉槍が、ずるずるずるっ、と最深部を淫らに擦り上げる。

「んんふっ……」

限界まで膨らんだものが弾け、美夜子は静かに絶頂を迎えた。白い快感が稲妻のように身を貫く。

肉槍の先端が、ぎゅっと子宮口に押しつけられる。鍛え抜かれた臀部がググッと引き締まり、ふるふると小刻みに震えた。

彼は舌を絡めたまま口を開け、乱れた息を逃がす。喉の奥から色っぽく息を漏らしながら、腰を震わせ射精を繰り返す。

「んん、んふっ……」

舌を絡ませていると、どちらのものかわからない声が漏れる。お互いの鼓動が轟く。

舌先で甘く愛撫され、すごく優しく髪を梳かれ、切実な愛が伝わってくる。

気持ちよすぎ……。おかしくなっちゃいそう……

甘すぎるキスをしながら射精されるのは、えもいわれぬ充足感があった。動物としての本能が深く満たされたような、すべてがあるべき場所に収まり、本来の自分に戻れたような……

最後の一滴まで吐き尽くし、彼は体を起こして大きく息を吐いた。しなやかな筋肉を包む褐色の肌には、大粒の汗が浮いている。太い首筋に留まっていた汗の滴が、たくましい胸筋の間を流れ落ちた。

「あ……那須川さんのエッチ、すごいです」

うっとりしながら言うと、彼は耳元に唇を寄せてきて、何事かをささやく。

意味を理解した瞬間、美夜子は思わず手を口に当てた。

◇◇◇

――僕と、結婚してください。

那須川は果てたあと、勢い余って口走ってしまった。

案の定、美夜子はひどく驚いた顔で「急に言われても……」と困惑していた。そりゃ当然のリアクションだよな、と那須川は反省する。セックスの相性があまりによすぎて先走ってしまった。

――しかし、僕は嘘は吐いていないし、正直な本心を言ったまでだぞ。

「あの、結婚とかそういうのは、もう少し時間を掛けて考えてからのほうが……」

腕の中の美夜子が恥（は）ずかしそうに言う。

子猫の鳴き声みたいで可愛いなと、那須川は聞き惚（ほ）れた。

一度果てたあと休憩し、二人はふたたびベッドで愛し合っている。那須川が脚を伸ばして座り、その上に美夜子が背中を向け座っていた。いわゆる背面座位の体位で、那須川の太腿（ふともも）にまたがった美夜子の股間には、猛々（たけだけ）しい楔（くさび）が深々と刺さっている。

彼女が身じろぎするたびに膣内で媚肉（びにく）がにゅるりと擦（こす）れ、咥（くわ）え込まれた男根が甘く痺（しび）れた。

「時間なんて関係ないんじゃないですか？　お互いの気持ちさえあれば」

那須川は美夜子を抱きしめながらささやく。唇に触れた彼女の薄い耳たぶは柔らかく、あそこの花びらに似ているなと思った。

那須川は両手で二つの柔らかい乳房を掴み、ゆっくりと揉んでいる。手の中の膨らみははちきれそうで、胸筋に当たる背中はすべすべし、ほっそりしたうなじから漂う色香が堪らなかった。こうして彼女の中に深く潜り込み、小さな体を腕の中に抱えているのは最高の気分だ。

――美夜子さん、可愛い……大好きだ。

ずっと恋い焦がれていた彼女をこうして腕に抱いている。肌と肌は密着し、粘膜と粘膜が絡み合い、二人を隔てるものはなにもない。まるで彼女の体の一部になったみたいだ。

ああ……最っ高に幸せだな……

かつてないほどの多幸感に包まれていた。どれだけ大金を手にしても、どんな偉業を成し遂げても、今に勝る幸福感は味わえないだろう。

「けど、もっとお互いのことをよく知ってからのほうが……」

そうつぶやく彼女の表情は、この体勢じゃ見えない。声が震えているのは、興奮しているからだろうか？

「どうして？　これ以上知る必要がありますか？　もうこんなに知っているのに……」

ささやきながら、両方の蕾を指先でそっと愛撫する。指が掠めるたび、そこはだんだん尖っていく。石のような蕾の硬さと、乳房のふわふわした柔らかさの対比が、ひどくエロい。

二つの蕾は自分が舐めしゃぶったせいで少し粘つき、ぺたぺた指に吸いついた。きゅっと優しくつまむと彼女は「あっ……」と小さく声を漏らす。すると、男根をくるんでいる媚肉が、きゅうぅぅと締めつけてきた。

「……っぐ！」

とろけるような快感に、喉の奥から息が漏れる。蕾をつまんでいじくりながら、とろとろの媚肉に締めつけられる感触を存分に味わった。

「やっぱり、もっとお互い知り合いましょうか。もっと何度も交わって、もっともっと深く……」

ささやきながら腰にぐっと力を入れ、肉槍をより深く挿し入れる。

すると彼女は、はっと息を呑んだ。

「あの、そういうことじゃなくて……。んんぅっ、ちょ、ちょっと……深い……」

彼女は細い腰をふるふる震わせ、とがめるように声を絞り出す。

「那須川さん。今夜が初めてなのに、このセックスの仕方はダメって言うか……」

「もちろん、責任は喜んで取りますよ！」

そう言って、彼女を抱き寄せてより素肌を密着させる。蜜壺の媚肉は隙間なく男根に絡みつき、ため息が出た。

「僕は子供がいっぱい欲しいです。作るなら美夜子さんとの子供がいい。というか、美夜子さんじゃなきゃ嫌だ」

彼女のうしろ髪からは、ふんわりとシャンプーの香りがする。意識を持っていかれる前にどうにか話を続けた。

「そんな急に……」

「僕にとっては急ではないんです。僕には充分な資産も能力も体力もある。同じ歳の他の男に比べれば、条件は悪くないですよ」

「条件だなんて……」

「美夜子さんは子供、欲しくないんですか？」

「……欲しいです。実は三十歳までには産みたいなって、ずっと思ってました」

「なら、ちょうどいいじゃないですか。僕らはすごく相性もいいみたいだし……よすぎるぐらいだし。美夜子さんもわかってるんでしょう？」

「……」

「僕が三十五歳、美夜子さんは二十八歳。今すぐ子作りに取り組んでも遅いぐらいですよ」

「那須川さん、強引すぎません？」

「もちろん強引ですよ。欲しいものはまっすぐ取りにいくタイプなんで、あらゆる手段を使って」

言いながら、舌先で彼女の耳をそっと撫でる。

「僕はずーっと長い時間、待ち続けていました。この瞬間が訪れるのを。だから、僕の中では当然の流れです」

耳輪にじわじわ舌を這わせる。そして、秘裂の花びらにそうしたように、耳たぶを唇で挟んで優しく引っ張る。

「強引なだけじゃなくて、じ、自信家で……あっ……んぅぅぅ……」

言葉はそこで途切れ、白い肩がぷるぷる痙攣する。

媚肉から生温かい蜜が染み出し、とろとろと溢れて睾丸まで流れ落ちた。媚肉はにゅるにゅると吸いつき、妖しく蠢く。

「う、ぁっ……」

気持ちよくて、思わず声が漏れてしまった。

「ほら、美夜子さんも悦んでいるみたいだ……し……ぅっ」

だんだん余裕がなくなってくる。彼女は返事の代わりに小さな耳を朱色に染めた。

くるりと丸まった耳の奥まで丹念に舐め、指先で尖った蕾を愛撫すると、敏感に反応する。なめらかな背中は上気し、あそこから絶え間なく蜜を溢れさせた。

ぷるんと手のひらを弾き返す乳房と、蕾のコリコリした感触がエロティックで、深々と刺した男根に力がみなぎる。それは雄々しく膨らみ、媚肉をますます割り広げた。

「……あ、なすか……んっ……」

意味を成さぬ音声を発しながら、彼女は男根の先端を膣奥に擦りつけるように腰を動かす。

すりすり、という摩擦に痺れるような甘い刺激。

射精感が押し寄せ、危うく達しそうになった。とっさに目を見開き、息を止める。

「んっ、ぐっ……！」

全身の筋肉に力を入れ、ギリギリで堪えた。憎たらしい媚肉は根元まで吸着し、ピクピク脈動している。

「み、美夜子さん、もっと動いてください。今みたいにもっと……お願いします」

不思議と彼女に対しては素直に欲しいものを口にできた。疑問や弱音や恥ずかしいことも、なんでも。

彼女は物言いたげに振り向こうとし、顔を四十五度回転させたところで止まる。紅潮した頬とひそめた眉、少し尖らせた唇が見えた。ピンクの唇が愛おしくて、キスしたいなと思う。

結局、彼女はなにも言わず、那須川の大腿に手を置いてきた。丸まった腿の毛が彼女の指先に絡まる。しっとりした手肌で触れられるのは堪らなくよかった。

艶めかしい腰が、うねる。

男根の根元から先端までひと息に、ずるずるずるっと擦り上げられた。ゾクゾクッと電流が背骨を走り抜ける。

「！」

とっさに腰を引くと、彼女は尻を押しつけてきた。肉茎をより深く咥え込んだ状態で、彼女はゆっくり腰を突き出す。一番敏感な性感帯は、鈴口の割れたところにある裏筋の部分だ。柔らかい膣襞でそこが擦り回され、じんわり快感がせり上がる。

くびれた腰がいやらしく前後に動き出した。

スローモーションで蛇がうねるみたいだ。さっき果てたばかりで、蜜壺は和合液でぐちょぐちょしている。彼女は那須川の大腿を掴んで体を支え、本格的に腰を振りはじめた。熱い媚肉が次々と迫りきて、男根を淫らに攻めまくる。

ぐっちゃ、ぶちょっ、と結合部分から白濁した粘液が飛び散った。彼女は自分の気持ちいいポイントに肉槍があたるよう擦りつけてくる。そこは那須川が気持ちいいポイントでもあった。ぬちゃぬちゃと媚肉によってしごかれ、股間から尻にかけて甘く痺れる……

視覚からの情報も刺激的だった。つるりとして艶やかな丸いヒップが、貪欲に快感を追いかけて揺れる……ひどく猥褻な眺め。普段クールな女性が、発情した雌みたいに陰部に男根を擦りつける姿は、見る者を激しく欲情させた。しかも、膣内で引き起こされる摩擦は、失神しそうなほど甘美なのだ。

巨根に力がたぎり、どろりと射精感が這い上る。

「あ……はぁ、き、きもちいいよ……」

子猫が鳴くような声で彼女がつぶやき、腰の動きが鈍くなった。

彼女も絶頂が近いらしい。左手で握った乳房の奥で、鼓動が轟いている。上気した肌に汗がにじみ、雌の匂いに混じったフェロモンに酔いそうだ。こちらも絶頂はもうすぐなのに……

み、美夜子さんっ……好きだ……僕は、ずっとあなたをっ……

無我夢中で下から肉槍で突き上げる。ベッドのスプリングを利用し、弾みをつけて何度も何度も膣奥へ突き立てた。

愛おしい気持ちと燃えさかる情欲に、身も心も焼かれそうだ。彼女が好きで、欲しくて、壊したくて、守りたくて、矛盾する激しい情動が渦巻く。力任せに腰を入れると、ぐっちゃ、ぶちゃっ、と派手な音が響いた。蜜壺がすぼまってきて、にゅるにゅる淫らにしごかれる。とろとろの粘膜の感触に、腰が抜けそうになった。

「あっ……み、美夜子さん、僕はもうっ……！」

射精する直前、腰が激しく痙攣する。彼女を抱きしめて蜜壺の奥へ挿し入れ、勢いに任せて肉槍を荒々しく擦りつけた。

どろりとした熱が尿道を駆け抜ける。彼女の腰を引き寄せ、尻を震わせながら、膣奥へ熱汁を一気に放った。

溜まっていた熱はどんどん先端から抜けていき、とめどなく精が射出される。射精の圧倒的な快感に、意識が飛びそうになった。

「……んくぅっ……」

食いしばった歯の隙間から、声が漏れる。

真っ白な、天国みたいな瞬間だった。生のまま膣奥深く挿し入れ、柔らかい襞に根元まで包まれ、思うさま劣情を放つ瞬間……

はぁ……やばい……きもちいい……

動物の雄としての役割を果たした充実感。長らく抑圧されていた部分が、完全に解放されていく……

腕の中の彼女は四肢を小刻みに震わせ、やがてダラリと弛緩した。彼女も達したのかもしれない。彼女の膣内で、まだ射精は続いていた。

たっぷりと蜜壺の中に精を吐き尽くしてから、「大丈夫?」とささやく。彼女は小さくうめいてから、「……すごい」とつぶやいた。

男根はまだ彼女の中にあり、徐々に力を失っていく。小さな彼女を抱きしめながら、切ないほどの恋心が込み上げた。

……もっと、もっと彼女と一体になりたい。彼女とずっと一緒にいたい。愛し合いたい。

呼吸を整えながら、ひたすら頭を巡らせた。

どうすれば彼女を僕のものにできるんだろうと。

◇◇◇

美夜子の中で二回果てたあと、那須川は「眠くて死にそうです」と言った。

二人はベッドで向かい合い横たわっている。美夜子の太腿に触れるシーツは、汗と体液で濡れて少し冷たかった。

那須川は数年間不眠症だったらしい。眠いのはいいことだと思って「寝ていいですよ」と美夜子が言うと、彼は「せっかくの二人の時間なのに……」と渋面を作った。

「眠くなったんだし眠ったほうがいいですよ。時間なら明日も来週も再来週もあるでしょう？　それに私も少し眠いし……」

美夜子が優しくなだめても、那須川は不満そうにブツブツ言う。

「しかし、僕はこの瞬間を四年以上も待ったんですよ。そんな貴重な時間に眠ってしまうなんて……」

美夜子は彼のうなじを指先で捉え、自分の胸元に引き寄せた。ちょうど乳房の間に、彼の高い鼻先が埋まる。ブランケットを引っ張り上げて大きな体に掛けてやり、よしよしとうしろ髪を撫でた。ごつごつした筋肉質な体は熱く、少し汗で湿っている。

「こういうことされると三秒で寝そうです……」

胸の谷間で言った彼はデレデレしていた。

大きな猫みたいに甘えてくる彼を見て、無性に優しい気持ちになる。

「いいですよ。ゆっくり眠ってください」

美夜子は言った。すると……

・部屋付けで好きなように飲食や買い物をして構わないこと

・この部屋も自由に使っていいし、ルームサービスも好きなだけ頼んで構わないこと

・目が覚めたとき絶対に傍にいて欲しいこと

以上の三点を言い残し、那須川はあっという間に寝息を立てはじめた。泥のように眠るとはまさにこのことだ。あまりに見事な寝入りっぷりに、本当に不眠症なのかと疑ってしまう。

時刻はもう二十三時を過ぎている。随分長い時間セックスしてたんだなと思い、美夜子も眠ることにした。濃厚な性交のせいで体中の粘膜がひりつき、鈍い疲労感に包ま

れて体が重い。

那須川の寝顔はドキッとするほど無垢だった。普段の彼がどれほど重い責任と強い緊張に晒されているのか、よくわかる。そういう鎧を剥ぎ取った本来の彼は、この寝顔みたいに無垢なのかもしれない。額に乱れた髪が落ちかかり、凛々しい眉とまぶたの距離は近く、すっと通った鼻筋は上品で美しい。指先に彼の髪を絡めていると猛烈な眠気が襲ってきた。彼の寝息が胸の谷間を湿らせるのを感じながら、目を閉じる。

彼の肌は温かくて優しく、かつてないほどリラックスできた。ほどなく深い眠りが訪れる。

それから、びっくりするぐらい熟睡した。ここでブツッと記憶が途切れ、次に目覚めたときにはきっちり六時間経過していた。

そして、体の感覚が、がらりと変わったことに気づく。

深い汚泥の底から上空へ浮かび上がったような解放感があった。今までずっと眠っていた体中の細胞がようやく目覚めたような感覚。不思議な新鮮さを味わいながら窓の外を見ると、ちょうど日の出だった。窓際まで歩いていき、朝日を顔に浴びる。

遥かに広がる荘厳な風景に、息を呑んだ。

雲間から黄金色の光が力強く差し込み、乱立する高層ビル群を照らしている。うっすら朝もやがかかり、まるで砂塵に沈む巨大遺跡のようだ。手前に立つロウソクの形をしたビルがよいアクセントとなり、一枚の神々しい写真にも見える。

東京ってこんなに綺麗だったっけ……

涙腺が熱くなり、視界が少しぼやけた。

那須川さんも一緒にこの景色を見られればよかったのに、と残念に思う。けど、眠っている彼の気配を感じながら独りで見るのも悪くなかった。写真を撮ろうとスマートフォンに手を伸ばし、思い直す。きっとうまく撮れない。今、私が目で見て、感じているのと同じようには。

バスローブを羽織りソファに腰掛け、朝日を浴びながらつかの間の奇跡を楽しむ。生きていると誰しも、こういう一瞬があると思う。網膜に焼き付けられ、心のアルバムに永久保存される、とても大切な一瞬が。あとになって一枚一枚見直すとき、それらが空虚な人生を美しく彩っていることに気づくのだ。

那須川さんとの昨夜も、そんな一瞬だったかも……

そう思いつつ振り返ると、彼は大きな体躯にブランケットを巻き付けて爆睡している。セックスのとき彼が首を振って汗を飛ばす仕草、激しいストロークで隆起する筋肉、情欲のたぎる熱い瞳、射精のときにひそめられる眉とセクシーな吐息……一瞬一瞬が心奪われるほど美しく、記憶に刻まれていた。深く貫かれたときの男根の硬さや凹凸、最奥をぐりっと抉られたときの甘やかな快感まで、肉体がクリアに憶えている。

立ったり座ったりちょっと歩くとき、彼のものが深く挿入っている錯覚に襲われ、いちいちドキッとした。

それはすごく素敵な感覚だ。こうして愛された記憶を反芻するのは、心穏やかで満ち足りた時間だった。

これはもう完全に恋してしまったかも。頭が馬鹿になってるぞ……

肌が熱くなり、ぐちゃついたあそこから和合液がどろりと溢れ、バスローブに染み出す。あそこや乳首の粘膜も布が擦れるだけでひりつく刺激になり、全身が鋭敏な性感帯になっていた。

ちょっとこれ、来週の仕事大丈夫かな……

一抹の不安を覚えつつ、腹ペコであることに気づく。那須川の提案に甘え、ルームサービスを頼むことにした。

運ばれてきたアメリカンブレックファストは最高にゴージャスだった。半月形のオムレツはふわふわで、焼きたてパンはカゴに山盛り、ソーセージやポテトも驚くほど香ばしく、どれもこれもアツアツだ。サラダのスモークサーモンやトマト、生搾りグレープフルーツジュースやヨーグルトはすごくフレッシュだった。カフェオレも唸るほどの美味しさで、デザートのフルーツまでぺろりと平らげた。どれも香りが素晴らしく、食材が新鮮だとこんなにいい匂いがするんだなぁと感心してしまう。

充分すぎるほど性欲も食欲も満たされ、生まれ変わった気分。そういえば味覚も前より鋭敏になった気がする。これも那須川さん効果なんだろうか……

カップを持って寝室まで戻ると、当の那須川はまだぐうぐう眠っていた。ソファに腰掛け、端整な彼の寝顔を眺める。こうして彼の目覚めを待つのは、とても幸せだった。

――なんだか那須川さんから強烈に求められてる感じ。こんな経験今までに一度もないし、この先もあるとは思えない……

彼が情熱を注ぐのは私の手だけじゃない。なぜかわからないけど、私の髪も耳も胸も脚も、皮膚から内臓まで体のパーツ全部を激しく求められている気がした。そんなにすべてを与えられないから、その代償行為がセックスなんだと思う。

ちょっと不思議だし、彼自身もそれについてよくわかっていないらしい。頭からバリバリ食べられるような激しさだったけど、ふとしたときに優しさや慈愛もにじみ出て、すごくよかった。体の相性がズバ抜けていいのは間違いない。

こんな感じでいいのかもしれないなぁ……

そんな風に思う。もうすぐ二十九歳だ。選り好みしてごちゃごちゃ理屈をこねくり回している時間はない。このまま彼の望むとおりに一緒になって子供を産んで家庭を作って……それが幸せかもしれない。ちょっと急展開すぎると思うし、本当はもっとじっくりお互いを知っていくのが理想なんだけど……

そもそも、理想どおりに事が運ぶことがそんなに大切？　社会人になっていろんな経験をしたけど、思いどおりにならないことばかりだ。仕事の評価も思いどおりにならない。他人の気持ちも、自分の気持ちでさえ思いどおりにならない。それが当たり前ならば、理想と自分は違うから悲しいなんて考え、くだらないのかも。生きることはそもそも例外（イレギュラー）の連続で、それらを粛々（しゅくしゅく）と受け入れるしかないのかも。

イレギュラーとはつまり、歪（ゆが）んでいたり悪かったり他人から見たら普通じゃない、おかしな状態のことだ。

出会ってすぐ一緒になって、しかも理由はパーツが好きだからとか、有り得ないと思う。けど、この広い世界にそんな変なカップルが一組ぐらいいたっていいのかも。それにこの先、今以上の幸福感が味わえるとは思えないし。那須川さん以外の人で……たぶん今がピークじゃないか、という予感がする。人生を終わりまで生きてないからわからないけど。那須川さん以上にしっくりきて、鍵が鍵穴にはまるような人、他にいるかな？　というか、正直これ以上の幸福感なんていらない。今のこの感じが私にはもったいないぐらい、充分すぎるほど満ち足りているから。

彼のことを愛している、というのは少し違う。大好きだし、恋はしてる。それよりも、ちょっと気の毒になるのだ。日常生活が送れなくなるぐらい激烈に誰かを求めるというのは、さぞかし辛いだろう。変な話、その苦痛を軽減する……までいかずとも、彼の強い想いに寄り添ってあげたい。あんなに全身全霊で求められて、心を動かさずにいるのは難しい。

流れに身を任せてみようかなぁ。結婚する、なんて言ったらお母さんめちゃくちゃ驚くよね……

実家の母親に思いを馳せ、つい笑みが漏れる。今度ひさしぶりに帰省しようか。こんなバリバリのイケメンオーラを放ってる那須川さんを実家に連れていったら、お母さん死ぬほどびっくりするだろうなぁ。

ありもしない未来にあれこれ思いを巡らせる。少しぐらい夢見たっていいよね？　底辺モデルながらも毎日仕事を頑張っていたところに、初めて起きた奇跡なんだもの。こんな高層階のスイートルームで最高に好みの男性とセックスして、絶品料理を食べて東京の絶景を前にしてるんだもの。人生にそう何度も訪れない、夢のような現実の、至福の瞬間なのだから。

那須川さんには感謝してもしきれないな……

この先、彼とどうなろうと、傷つけられたり嫌われたりしても、きっと彼に対する感謝の気持ちは変わらない。つまらない私の人生にこんな素敵な瞬間をもたらしてくれただけで、もう本当にありがたかった。

「どうもありがとう。感謝してるんだよ」

そうささやいて、彼のなめらかな頬にキスを落とす。しかし、彼は死んだように眠り、まだ起きそうにない。時刻はもうすぐ八時になろうとしている。

目覚めたときに私はいないといけないし、お風呂にでもゆっくり入ろうかな……

そう考え、美夜子はバスルームに向かった。それから一時間以上掛けて全身を丁寧に洗い、ゆっくりとバスタイムを楽しんだ。

そのあと外に出ると、脱衣所に那須川が立っていた。

那須川は裸体にバスローブだけ羽織り、スリッパは片方だけ突っかけ、ひどくうろたえている。熟睡したおかげか顔色はよくなり、目の下のクマも消えていた。

「びっくりした……」

那須川は美夜子のセリフを横取りし、呆然(ぼうぜん)とした様子でさらに言う。

「あなたがいなくなったのかと思って、死ぬほど焦りました……」

「シャワーを浴びていただけです。どうしたんですか?」

那須川の勢いに呑まれつつ美夜子は聞いた。

「もうあなたが帰ってしまったのかと思って、慌てて追いかけようとしたんです。そしたら、バスルームから音がしたんで……」

「えええ、なんでですか。一人で帰るわけないじゃないですか」

「そうですよね。いや、すみません。ごめん、参ったな……」

那須川は謝罪を繰り返し、大きく息を吐いて続ける。

「なぜかとっさに思い込んでしまって。あの、いろいろ強引だったかなとか、変態だと思われたとか、昨晩もがっついてしまって余裕がなかったので、てっきりあなたに嫌われたのかと思って……」

「えっ。そんな、嫌いになってないですよ」

美夜子は思わずクスッと笑った。そして、一応補足する。

「確かに強引だし変な人だし昨晩もすごく激しいなって思いましたけど、そんなことで嫌いにならないというか……」

寝ぐせでぐしゃぐしゃの頭に、少しずり落ちた眼鏡で目を丸くする彼が、すごく可愛い。意外と素の彼は抜けているところがあるのかも……

このとき、とても温かいものが身の内をとおりすぎた。

私も、もっと素直になりたいな。

那須川の魅力はなんと言っても、美夜子（のパーツ）が大好きだとストレートに伝えてくるところだ。時にガツガツと時に愛おしそうに、全身全霊をかけ『好きだ』と表現してくれる。ド直球なところがすごいと思うし、うらやましくもあった。

私ももっと正直になれたら。相手のリアクションを恐れることより、ありのままの気持ちを大切に生きられたら。好きな人にちゃんと好きだと言えて、私の欲望にもっと忠実であれたなら……

美夜子は胸に手を当て、想いを込めて口にする。

「私、那須川さんの変なところ、実は好きなんです」

「えっ？」

「強引なところも、好きです。ガツガツしてるところも、好き。あんな風に求めてくれるのもうれしいし……」

照れくさくなり、言葉を並べてしまう。

「あんなにハードなエッチは初めてだけど、那須川さん、自分勝手じゃなかったし。すごく愛されて、すごく気持ちよくしてくれて、もう体中とろけて天国にいるみたいでした……」

言いながら昨晩の熱い性交を思い出し、少し脈が速まる。

「僕も、初めての経験でした。あんな風に深く交わって、お互い溶け合って完全に一つになる感じは……」

那須川の声がわずかに情欲を孕み、ドキッとした。

こちらの裸体に注がれる彼の眼差しが、より熱くなる。美夜子は慌ててバスタオルを体に巻き付けた。

視線を上げると、ピカピカに磨かれた洗面台の鏡に二人の裸体が映っている。しなやかな筋肉に包まれた彼の体躯は美しく、股間のものは塔のようにそそり勃っていた。

美夜子は小さく息を呑む。

「僕、美夜子さんの体を見るとダメなんです。一気に昂って」

屹立を見られたのを察知したらしく、彼は言った。興奮で声が上ずっている。

「今もゾクゾクしてしまって……綺麗な腕とか手とか、おっぱいとか臍とか太腿を見ただけで、こんな……」

股間のそれは充血して膨張しきって、ひくりと震えた。鈴口の割れ目ににじんだ透明な滴が、だんだん大きくなっていき、たらりと垂れ落ちる。

あ……

わずかな飢餓感が、美夜子の下腹部をよぎった。

「で、でも、昨晩あんなにさんざんやったばかりだし……」

強引に腕を引かれ、硬い屹立を握らされる。美夜子は思わず目を見開いた。

すごっ……。中ですごいエネルギーが渦巻いているみたい……

手に触れたそれは燃えるように熱く、骨みたいにカチカチだった。昨晩乞われたように、柔らかい包皮を引っ張り上下に動かす。すると、彼は悦んだように腰を震わせた。

握りしめて擦るうちに、下腹部の奥がウズウズしてくる。あそこの奥から、じゅんと蜜が染み出すのがわかった。

那須川が敏捷な動きで美夜子の体をすくい上げる。あっという間に壁際まで追い詰められ、彼の両腕に閉じ込められていた。

お臍の下に彼の怒張したものがぐっと当たる。溢れた透明な液で、ぬるりとぬめった。

「あ、ちょ、ちょっと……」

焦っていると、ぐいっと左脚を高く抱え上げられる。体の柔らかい美夜子の膝は、彼の右肩の高さまで到達し、大きく股を広げる形になった。

閉じていた秘所の花びらが、ぴらり、と剥がれる感触。挿入するために、肉体の奥までこじ開けられた気分だ。

こちらを見下ろす彼の眉はキリッと上がり、眼鏡越しの眼差しは射抜くように鋭い。普段の超然とした彼は見る影もなく、情欲に衝き動かされる雄の姿がそこにあった。

激しく欲情する褐色の瞳に心が惹きつけられる。

「あっ……あぁ……」

たらり、と蜜壺から溢れた蜜が花びらに垂れた。それはつーっと内腿を伝い落ち、膝の横で止まる。あらゆる制止の言葉が脳内に渦巻くのに、声が出せない。

「み、美夜子さん、いいですか？」

那須川は屹立を蜜口にあてがい、焦れたように懇願した。本当は挿れたくて挿れたくてしょうがないのに、かろうじて理性を保ち、許可を得ようと踏ん張っている。

「あ、でも、ちょっと待って、だって……ここで？」

屹立の丸みが蜜口に触れ、ぬちょっ、と微かに鳴った。

美夜子は肩で大きく息をしたあと、観念して小さくつぶやく。

「……はい」

次の瞬間。

ずぶりっ、と巨大な肉槍が蜜口を広げて侵入してきた。その硬さと大きさに、美夜子は小さな声を上げる。

ずぶずぶずぶ……巨槍は膣襞を大胆に擦りながら押し進んでいく。肉槍の剥き出しの粘膜と膣襞が接触し、火花が弾けた。

一気に最奥まで穿たれる。その深く、甘い衝撃に、美夜子は恍惚となった。

鍛え抜かれた腰が、怒涛の如く突き上げてくる。

那須川の大臀筋が力強く浮き上がり、細かな汗の飛沫は散り、腰はリズミカルに前後する。壁に背を押しつけられた美夜子は、鋼鉄のような巨根に体ごと突き上げられ、上下にガクガク揺さぶられた。

「あ、あっ、な、なすっ、かわ、さんっ、んっあっあっ……」

揺れが激しくて声がうまく出せない。

美夜子の左膝を抱え上げる那須川の親指が、ぐっと柔肌に食い込む。さらに膝を高く持ち上げられ、秘裂の花びらは大きく開き、蜜壺も引き伸ばされた。

限界まで大きく広げた股の中を、生のままの肉槍が荒々しく滑りまくる。柔らかい膣襞を磨り潰すように、ずりずり擦りつけられ、焼けつきそうだ。

右足の指に力が入り、爪先立ちになる。

「んっ、んっ、んぅっ……くっ……はっ」

快楽を堪えるように那須川の美貌が歪む。

眼鏡越しの瞳は冷静にこちらを見ている。理知的な上半身と、野獣のように暴れ回る下半身のギャップに、堪らなくドキドキした。見てはいけないものを見てしまった気がして……

それでも、意識の大半はセックスに持っていかれているらしく、彼の瞳の焦点が時折ずれる。それがいやらしくて、貫かれながら肌が熱くなった。

彼の視線に晒されて乱れて、よがり声を上げるのは、たまらなく恥ずかしい。

けれど、その羞恥心が快感をより増幅させた。恥ずかしいけど、すごく気持ちよくて……

「ん、んんっ、ふっ、ふんっ……くっ……ん」

彼の鼻息は荒く、律動に合わせて押し殺したような声が漏れる。

昨晩の性交のせいで花芽も膣粘膜もひりひりして過敏になっていた。ちょっとショーツが擦れただけでイキそうなのに、そこを怒涛のように攻め立てられ、急激に快感が膨張していく。

びっくりするほど大量の蜜が分泌され、ドキッとした。

「あっ……」

びちゃっ、と結合部から噴き出し、床にこぼれて水溜まりを作った。たらたらと生ぬるい蜜が内腿を流れ落ちていく。

那須川は動きを止め、少し驚いたようにそれを見下ろした。

「あ、ご、ごめんなさい……」

謝罪しながら、恥ずかしさで頬が熱くなる。けど、自分ではどうしようもない。体液までコントロールできないし……

すると、彼はふっと、とても優しい眼をした。

あ……

甘酸っぱい気持ちが込み上げ、胸がときめく。情欲に任せて荒々しく扱われても、ふとした眼差しや触れ方がとても優しく、彼への恋心を抑えられない。

彼はどこか恍惚とした表情で顔を傾け、近づいてくる。

「あ、那須川さ……ん、んんっ……」

唇で唇を塞がれた。温かい舌を口腔に迎え入れる。

すると、膣襞に包まれていた肉槍が抽送を再開した。

舌先を絡め取られ、心地よさにうっとりする。じゃれるように舌先でくすぐり合うと、より口づけは濃厚に深まり、唾液も粘膜も混ざって溶け合った。

那須川さん、相変わらずキスが……巧くて、極甘……

さらに硬くなった肉槍が、繰り返し深部を突き上げてくる。

糖分の濃すぎる口づけに心がとろけ、肉槍の淫らな攻めに下腹部もとろけた。

正面にある洗面台の鏡に、那須川の大きな背中と片脚を高く上げる自分が映っている。

彼の屈強な腰の筋肉が盛り上がり、ガクガクと淫らに弾んでいる。深く挿入された肉槍は、先端を擦りつけるように蜜壺を掻き回した。

びちゃっ、べっちょ、と練乳のような粘液が音を立て、派手に飛び散る。

「……ぷあっ、あっ、あんっ、はぁ、はっ……」

唇が離れ、糸を引く唾液に荒い息がかかる。

激震に耐えかね、たくましい体躯にしがみついた。手や腕に触れた褐色の肌が、汗でぬるっと滑る。

掛けている眼鏡がずれ、彼の呼吸は激しく乱れた。こちらを睨み上げる瞳に情欲の火炎が渦巻く。命懸けで戦っているような激しさ。

わわ……那須川さん、すっごくかっこいい……

痺れるような快感で、息が上がる。爪先立ちになった右足の指が、少し浮いた。彼の屈強な肢体に必死でしがみつく。揺さぶられ、貫かれて犯されて、それでもいいと思った。彼にならすべてを奪われ、すべてを与えてもいいと。

純粋な野獣と化した那須川を前に、そういうことなんだと思い知る。動物的欲求に忠実な人の姿は、こんなにも美しいのだ。背徳的で雄々しくて、醜悪ささえも神聖で、見る者を圧倒してしまうほどに……

ドキドキしながら見入っていると、彼は苦しそうに喘いでから、ようやく言った。

「……好きだ。美夜子さん……」

切なそうに絞り出された声に、胸を衝かれる。

「あっ、あぅっ、んっ、な、なすかっ、わさん……す、好き……」

猛々しい肉の槍が、ずるずるっと最深部に入ってくる。お腹の奥のほうで、ごりっと敏感なところを抉られた。

「あぅっ……」

股関節の辺りで張りつめていたものが、ぷしっと弾けた。意識が遠く飛び、びくびくっと膣が痙攣する。

同時に、肉槍が子宮口にぐにゃっと押しつけられた。彼の割れた腹筋が美しく隆起し、刹那の溜めがある。

次の瞬間、彼の体躯が雷に撃たれたようにわなないた。

びゅびゅーっ……肉槍の先端から、熱精がほとばしり出る。勢いよく子宮口に当たる感触に、息が止まった。

それは熱く、とろりとして、甘くて……

「あっ……」

すごい、いっぱい出てる……あったかい……

彼は尻の筋肉を引き締め、腰を微かに震わせながら、熱い精を注ぎ込んだ。精はどんどん射出され、蜜壺に温かく満ちていく。

恍惚として悦楽の波を漂いながら、枯れ井戸に水が注がれるように潤った心地がする……。それは甘くて優しくて、愛に溢れた極上の刹那だった。

これ以上の充足感はこの世になく、すごく素敵だなと胸がときめく。硬い眼鏡が美夜子のこめかみに当たった。

彼は喉から喘ぎを漏らし、吐息のようにささやく。

「好きです。美夜子さん……」

射精はまだ続いている。

甘い視線を絡ませながら、美夜子もうっとりと答えた。

「私も、大好き……」

どちらからともなく唇が重なる。

穏やかなキスを交わしながら、彼は最後の一滴まで中で吐き尽くした。

早鐘（はやがね）のような鼓動が徐々に収まっていく。さざ波が砂をさらうように、絶頂が引いていくのが心地よかった。

この瞬間を、忘れないようにしよう。

今がきっと最高の瞬間で、いつかこの日を懐かしく思い出すから。那須川さんは私を退屈な日常から連れ出し、素敵な夢を見せてくれた。温め合って触れ合って、深く繫がり合うことができた。

自分にずっと取り憑（つ）いていた孤独と虚無（きょむ）が消え去る瞬間を、生まれて初めて実感したのだ。

いつかこの思い出が小さな光になってくれる。

初めて那須川さんを愛しはじめた、この瞬間がきっと。

土曜日は丸一日引きこもってセックスに耽（ふけ）るという、怠惰（たいだ）かつ最高の過ごし方をした。
ぼんやりした淡い夢の中にいるみたいだ。肩書きとか立場とか仕事とか社会的なもの

はどろどろに溶解し、残されたのは二人の裸体と本能だけ。意識は胡乱で肉体は開かれ、完全にリラックスしていた。指先から爪先まで甘く痺れ、時折稲妻のような快感が下腹部を貫く。

那須川は絶倫を極めた男で、美夜子は濃厚な性交を続ける羽目になった。けれど、無理強いしたり乱暴だったりすることはなく、終始壊れ物を扱うように接してくれた。丁寧すぎる前戯と繊細な技巧で震えが走るほどの快感を与えられ、何度も何度もイかされ、乞えば荒々しく突きまくってくれた。

二人の間に言葉はなく、あるのは視線と吐息と舌先の動きだけだ。

お互いの体の隅々まで触り合い、夢中で舐め尽くした。あらゆる体位で何度も交わり、積極的に恥ずかしいポーズを取り、痴態も晒し合った。

時折注がれる、情欲を孕んだ熱い眼差しに心までとろかされる。

たぶん、こんなにエッチが巧い人は他にいないと、美夜子は思う。あと、相性がよすぎるみたいだ。深く繋がり合っているときの、とろけるような愉悦に二人して病みつきになり、歯止めが利かない。マズイと思う一瞬もあるけど、膣内深く精を放たれるたび、悦びで背筋を震わせながら受け入れていた。

愛し合っている、という強い実感がそこにあった。

すべてが満ち足りていて、深い幸せを感じる。これこそが人間としての充実感なんだと、初めて思えた。

ベッドだけでなく、スイートルームのいろんな場所でセックスをした。大理石のバスタブは泡がぬるぬる滑ったし、ダイニングのテーブルはひんやりして硬かった。結果、性交するのにベッドの次によかったのは、リビングのソファだった。

ソファに座った那須川の上に、美夜子が向かい合ってまたがる対面座位で何度も交わった。ソファのスプリングを利用して彼が突き上げ、美夜子は好きなように腰を動かせる。キスしたり抱き合ったりラブラブなセックスができるので、お気に入りの体位だった。

熱く見つめ合い、恥ずかしいほど愛をささやき、たとえようもなく優しいキスをした。食事はルームサービスを頼んだ。ワインもデザートも好きなだけ頼み、高級スイーツに囲まれるという贅沢な経験をした。

夜が更けてくると、いよいよ二人の逢瀬は終わりが近づいてくる。明日の朝十一時に、ここをチェックアウトしなければならない。月曜日には別々の職場へそれぞれ出勤し、週末までまた会えなくなる。

二人は激しい性交のあと、海岸に打ち上げられた魚みたいに並んでベッドに横たわっていた。空調はちょうどよい温度で、汗ばんだ肌をゆっくり乾かしていく。

美夜子は切ない気持ちに襲われていた。この夜が終わり、明日になったら離れ離れになるのが寂しい。週末になれば会えるのはわかっているけど、ずっと傍にいたい……

「週末は必ず会いましょう。平日も一時間でもいいからあなたに会いたいんですが、来週は難しそうだ」

那須川が美夜子の不安を代弁するように言う。二人は仰向けになりながら手を繋ぎ合っていた。

「もしよかったら、僕の家に来ませんか？　すごく美味しいワインがありますし、手料理をご馳走しますよ」

「那須川さんの手料理！　すごい、食べてみたいかも……」

「僕のことは康太と呼んでください」

彼が顔を少しこちらに傾けて言う。就寝前で眼鏡は外されていた。

「いきなり呼び捨てはちょっと失礼というか……」

美夜子が渋ると、彼は勢い込んで言う。

「失礼じゃありませんよ！　僕が美夜子さんから康太って呼ばれたいんです」

「じゃあ、間を取って康太さんで」

「呼び捨てがいいんですが……」

「康太って素敵な名前ですね。コウタ。うん、いい響き。なんか少しやんちゃっぽくて、意外性があるというか」

「おっさんなのに、似合わないですか？」

その言葉に、思わず美夜子は苦笑を漏らす。

「おっさんなんてとんでもない。那須川さんの場合、二十代どころか十代レベルのタフさだと思います」

セックスが、という単語は呑み込む。そして、「あ、那須川さんって呼んじゃった」と独りごちた。

「自分の名前には生まれたときから馴染んでるから、どんな風に響くかなんて考えたことがないな。けど、僕は美夜子さんの名前、好きです」

「えぇー。私はあまり好きじゃないんですけど。なんか古臭くて……」

「古臭い？　そんなことないですよ。みやこ、ってすごく可愛いじゃないですか。ちょっと猫っぽくて美夜子さんらしい、可愛い」

「猫？　そんなに可愛いかなぁ……」

「むちゃくちゃ可愛いですよ。取引先に都商事っていう会社があるんですが、名前が出るたびにドキドキしてましたから」

そう言われて悪い気はしない。

「けど、なすか……じゃない、康太さんの自宅にいきなり行って、ご迷惑じゃないですか？」

するると、那須川は驚いたように眉を上げた。

「迷惑だなんてとんでもない！　ぜひ来て欲しいですよ。いずれ一緒になる人だから僕の生活を知ってもらいたいし。本当は今夜だって二人で自宅でまったりしたかったんですけど、さすがに急かと思って……」

「それはさすがに急だったかも。だからといってそれが来週になっても、やっぱり急だと思いますけど……」

「展開が早すぎますか？　僕の中では今週が来週になろうが再来週になろうが、まったく差はないんですが。ただ、美夜子さんがそうしたいと望むなら、いくらでも延ばしますよ」

「ちょっと早すぎると思ってはいるんですけど、確かに来週が再来週になっても大差ないかなぁ……」

「僕は四年以上待ち続けてきたから迷いはないし、僕の中で結論はとてもクリアなんですけどね」

那須川は視線を天井に戻し、さらに言う。

「前も言いましたが、あなたに強要はしたくない。できるだけ歩調は、あなたに合わせたいと思ってます。あなたと結婚することが、僕の中でどれだけ明白だったとしても」

「私の今の気持ちとしては……だいぶ流されてるなーって思うんですけど、悪くないかなとも思います」

美夜子は言い、那須川にならって天井を見た。繋がれた手は温かく、大きな彼の手は頼もしい。

「私、康太さんの強引なところ、結構好きみたいで。あんなにストレートにガガッて来られると、うれしいんですよね。すごくドキドキして……。だから、このまま押されて流されていくのも悪くないかなって、康太さんにならし

普段はあまり感情を口にするほうじゃない。けれど、この夜は素直に思っていることがすらすら言えた。

「一種の戦略でもありますね。実は、あなたは押しに弱いだろうと、初めて会ったときから思ってました」

「う。鋭い……」

「直感ですね。論理や正しさよりも僕は直感を信じる人間です。商社マンになっていろんな経験をしましたが、人間の第六感は冗談抜きであなどれないですよ。その感覚で命拾いしたこともあるし」

「そうなんですか。康太さんって論理派っぽい感じなので、意外です」

「ええ。数字や論理ももちろん大切ですが、重要な局面は直感で動きます。直感っていうと降って湧いたものみたいですが、結局それが働くのは、裏づけとなる膨大な情報が

あるからだと思うんです」

「膨大な情報……」

「僕は直感を外したことはないですよ。これまで一度も」

那須川は横目で見ながら断言した。

どこか尊大な態度に、美夜子は思わず笑ってしまう。

「そういうところも、ちょっと好きです。その、やたら自信満々なところも」

それを聞くと那須川は、得意げに口角を上げた。そして、繋いでいるのとは反対の腕を天井に向け、すっと伸ばす。

「この四年間、ずっと自信を失っていました。けど、ようやくあなたに会えて、あなたと深く繋がれて、これでよかったんだと自信を取り戻しました。ずっとあなたの存在を欠いていたせいで、どんどんバランスが崩れてました。けど、あなたがパズルの最後のピースになってくれて、謎が解けたような気がする」

「パズルの最後のピース、ですか？」

美夜子が首を傾げると、那須川はすまなそうに言い添えた。

「すみません。この感覚、うまく言葉にならないんですが……」

〝言葉にならない感覚〟について親しみのある美夜子は、彼の言うことが少しわかる気がした。

――たぶん私の本当の手を見て、私と関係を持ったことで、彼の中でなにかが腑に落ちたのかも。

この世界は言葉になることが、すべてじゃない。白か黒かジャッジできない、こうだと決められない、見えないものこそが現実の世界をしっかり支えていると思う。

そして美夜子は愛してやまないのだ。曖昧なものの存在を認め、そこにそっとしておいてくれる……そんな人のことを。

美夜子は彼を安心させるように、繋いだ手をぎゅっと握った。

そういや、こんな話をするのは彼女が初めてだな。親とも兄弟ともこんな話をしたことない……

那須川は天井に向けて腕を伸ばし、そんなことを考えていた。

隣の美夜子は少し考え込んでから、話し出す。

「私は四年前からずっと経緯を見ていたわけじゃないんで、想像でしかないんですけど……康太さんのお友達が言ったことは、正しかったんですね」

那須川は横目で美夜子を一瞥してから天井に視線を戻す。

「時折、振り返ってしまうことがあります。僕も祐みたいな人生を歩むべきだったんじゃないかって。商社マンなんかにならずにもっと裸一貫で、どこか自由な場所で、僕の魂を懸けた本気のなにかに挑むべきだったんじゃないかって……」

――金儲けとか効率とか利益とか、そういう世界とは無縁の場所で。もっと僕が僕らしく生きられるような、本物の場所で……

那須川は伸ばした手を開いたり閉じたりした。天井にある照明の光を掴もうとするみたいに。掴めるはずもないのに。

「何度もあの瞬間に引き戻されます。祐と言い争った、大学の参号館の講義室に。あのとき祐の話をもっと真剣に聞いていれば……」

「聞いていれば、もっと別の、劇的に幸せな人生が歩めたかもしれないのに、ですか？」

あとを引き取って美夜子が言う。

那須川は手の動きを止め、手の甲を額に押しつけ目を閉じた。

そのとおりだよ。

言葉は声にならない。さらに彼女は言う。

「私は、そういう考えにはちょっと否定的かも。ないものねだりだと思いますよ、きっと。魚住祐さんのほうも、康太さんみたいな人生を歩めばよかったと後悔してるんじゃないかな」

「まさか」

「そのまさかだと思います。魚住さんと康太さんて、ちょうど両極端なんですよね。音楽やダンスみたいなアートの世界と、利益や効率を優先する商社マンの世界。夢と現実。自己実現と労働」

「まあ、そのとおりですね。表現サイドと生活サイド、とも言える」

「はい。実は私、そのどちらにも中途半端に属しているので、二人の気持ちが少しわかる気がするんです。夢の領域と現実の領域に、片足ずつ突っ込んでるというか」

片足ずつ突っ込んでいる……？

とっさに彼女の言う意味がわからず、考える。そして、彼女がストラトフォード・エージェンシーの総務課勤務なのを思い出した。

「あ、なるほど。パーツモデルと総務の仕事ってことですか……」

「そうなんです。だから、いつも夢の世界と現実の世界を行ったり来たりしてます。行き来するときに変な恐怖に襲われて、もうさんざんですけど」

「あなたのその感覚は特別な疾患……までいかなくとも、かなり独特な感性だと僕は思います。妙な恐怖に駆られる、というのは」

「でしょう？　だから私もいつもそのことについて考えてて、生きていく上での研究テーマなんです」

「そういうことか」

そう言いながらようやく彼女の言わんとしていることを理解した。

偶然にも、那須川が仕事でいつも直面している課題について……理想と現実の間に横たわる冷たいクレバスについて、彼女も考え続けてきたらしい。

夢と現実に片足ずつ突っ込むというのは、那須川の世界に言い換えれば、デザイナーをやりながら商社マンをやるようなものだ。それはさぞかしキツいだろう。自分の中にひどい矛盾を抱え、苦しいに違いない。ならば、こういうことについては彼女のほうが詳しいかもしれない。

「じゃあ、このテーマに関しては美夜子さんのほうがアドバンテージがありそうだ」

「そうですね。ちょっとだけ先輩かも」

美夜子はクスッと笑ってから、言葉を続けた。

「一つだけ言えるのは、その二つは対立した世界じゃない、ということです。片方がもう片方の世界を支えているように感じます。目に見えない次元が、見える次元を支えているような」

目に見えない次元が、見える次元を支えている……

那須川は言われたことについて、しばらく考える。

「同時に、目に見えない次元も、見える次元に支えられているんですよ。私の言ってること、わかりますか？」

「わかる……ようなわからないような」

　手を繋いだまま体を半回転させ、彼女のほうを向いた。

　彼女は仰向けでじっと天井を見つめている。鼻梁は高すぎず低すぎず、鼻の頭がツンと尖っているのがやけに可愛らしい。

「私が言いたいのは、康太さんはきっとそれでよかったんです。たぶん何度人生をやり直しても、やっぱり商社マンになって三十代でつまずいてたんじゃないかな、今みたいに。他に選択肢があったように見えるけど、実際に過去に戻れても、選び取れないと思います。他の選択肢は、決して」

　彼女の言葉に少々驚きながら「選び取れない？　なぜ？」と聞く。

「同じ性質を持ったまま同じ環境下に置かれたら、取る行動は同じになるってことです。いろんな要素が複雑に絡まり合って選び取らされたわけで」

「僕が選んだように見えて、実は選んでいないってこと？　なにか別の力によって僕が動かされ、選び取らされているってこと？」

「そうです」

　そんな風に考えたことはなかったな、と思う。そして、なぜ彼女はそんなことを言うんだろうと考えた。

「もしかして、僕を激励してくれてるの？」

彼女は黒目がちの大きな目でこちらを見て、柔らかく微笑んだ。その可憐な笑顔にドキリとする。

「そうです。激励していますよ。康太さんが魚住さんに言ったこと、間違ってないと思います。私も、夢だけじゃ生きていけないと思う。魚住さんはいつか、そのことに気づくはずです。それに、康太さんが商社を選んでつまずいてくれなかったら、出会えなかったじゃないですか、私たち」

そんな彼女の言葉に、声を上げて笑ってしまう。彼女はいつも謙虚で控え目にしているけれど、どこか自信家だと思った。自分の感性を絶対的に信じているところがある。彼女のそんなところがますます好ましく思えた。

――そして、このとき確かに僕は救われたのだ。僕は僕のままでいいんだと。間違いだらけで不完全だけど、それでいいんだと。いびつで歪んだ僕のままで、力強い気持ちになれた。

彼女はまるで幸運の女神みたいだ。

彼女の右手を取り、光にかざしてつぶさに眺める。麗しの右手はもう刺激的な妖気を放っていなかった。

「なんだか落ち着いているみたいだ。息を潜めて、お行儀よくしてます、みたいな」

感想を述べると、彼女はうんうんとうなずく。

「あれだけさんざんエッチしたから、満たされたんだと思います。今はだいぶ大人しい、通常モード寄りです」

「けど、やっぱりすごく綺麗だ。肌がしっとりして、キラキラして見える。じっと見てると、だんだんドキドキしてくる」

「そう、ですか？」

「もう僕のものになったのかな？」

冗談ぽく問うと、彼女は「どうでしょう？」と小首を傾げる。

「なったかもしれません」

彼女は言った。

不意に愛おしい感情が込み上げ、手を引いて彼女を引き寄せる。彼女は喉を鳴らす子猫みたく腕の中に潜り込んできた。

ふにゃっとした乳房と柔らかいお腹が体に当たる。艶めかしいカーブを描く彼女のボディは、那須川の体にぴったりと寄り添った。

薔薇のいい香りが鼻孔を掠め、初恋のような甘酸っぱいものが胸に広がる。

股間のものは完全に勃ち上がり、彼女のお腹にめり込んで存在を主張していた。彼女は怒張したものをそっと内腿に挟んでくれる。先端から溢れた液が彼女の肌を濡らす。

彼女を抱きしめながら手のひらで背中を撫で下げ、ささやいた。

「今夜は最後にもう一回、いい？」

彼女は返事の代わりに、鎖骨にそっとキスしてくれる。

唇に触れられたところが、ちりっと疼いた。

◇◇◇

週が明けて月曜日、美夜子はほうほうのていで出勤した。

体中筋肉痛であちこちが痛み、あらゆる粘膜がひりひりする。それでも、どうにか平日の仕事をこなした。十月は仕事で大きなイベントがなくて幸いだった。

週末は約束どおり、神楽坂にある那須川の自宅を訪れた。地下鉄の駅から徒歩八分のところにあり、間取りは３ＬＤＫでリビングダイニングは十六・五畳もある。キッチンもバスルームも都心とは思えないほど広く、書斎として使われている六畳の洋間とベッドルーム、残り一部屋は物置きになっていた。

「独身者には充分過ぎる広さですね。もう一人増えてもそこそこいけますが、結婚したらできれば戸建てに住みたいですね」

那須川は手料理をダイニングテーブルに並べながら言う。

彼の料理の腕前は予想以上だった。メニューはシーザーサラダにコーンスープ、真鯛のカルパッチョにスパイシーチキンのグリル、さらにパンとデザートがついている。見た目に派手さはないものの、几帳面に味付けされた確かさがあり、非常にワインに合う。美夜子は「すごい」とうなりながら、デザートのバニラアイスまで完食した。アイスは彼が高級スーパーで選んだらしく、センスのよさがうかがえる。

「僕と結婚すれば、毎週末、手料理が味わえますよ」

那須川は自己アピールして売り込むように言った。

「すごいなぁ。私、全然敵わないです。しかも、モデルの仕事もあるから、刃物や火傷に気をつけないといけないし」

美夜子が力なく肩を落とすと、那須川は怪訝な顔で聞いてくる。

「モデルの仕事って……毎回怖い思いをしてるんでしょう？　その、演技に入るときに」

「そうですね。そればかりは、もう治らないみたいです」

「そんなに怖いなら、もうモデルを辞めればいい」

那須川は美夜子の右手を取ってキスを落とし、真剣に言う。

「僕と一緒になれば、お金の心配はいらない。今後は僕だけのために演技してくれないかな」

パーツモデルを辞める……

そのことについて、美夜子の結論はクリアだった。

「ごめんなさい。たぶん結婚してもモデルは続けると思います。年齢的な限界もあるから可能な限りってことですけど」

　那須川は目を丸くする。

「どうして続けるの？　そんなに怖い思いまでして？」

「そういえば、今まで辞めるなんて考えたこともなかったなぁ。パーツモデルをやるのが使命みたいな感じで……」

　美夜子は考えてから、自分の想いを言葉にする。

「やっぱり、それが私にとって生きることだからかな。生きることとモデルをやることが、私の中でイコールなんです。手による表現が私の中で核になってて、総務の仕事や日々の生活はそれを支えるためにあるんです。もちろん、総務の仕事もそれはそれで大変なんですけど」

「総務の仕事がパーツモデルであることを支えてる？」

「ですね。その逆もですけど。パーツモデルを通して直面するトラブルとか課題とか悩みが、そっくりそのまま私の人生を作っていくから」

　そこまで言って美夜子は苦笑いし、さらに告白した。

「辛いこともたくさんあります。というか、辛いことのほうが多い。けど、迷いはないんです。この仕事をしていると自分が軌道にしっかり乗っている感じがするし、たぶんこれが私の天職なのかなって。怖かったり失敗したりするけれど、やめたいとは思わないんです。いろんな人に笑われながら、ガタガタな道をやっとこさっとこ歩いていきたいかな。それが私の夢であり、欲望であり、こだわりなのかもしれないです」

すると、那須川はあきらめたように長い息を吐いた。そして、眼鏡のツルに指で触れ、追憶に耽るように目を細める。

「あなたの話を聞いていると、昔のことを思い出します」

「昔、ですか？　学生時代？」

那須川はうなずき、ワインを飲み干す。

「実は僕、学生のときは熱心に洋服を作っていたんですよ」

「へええ、服作り？　意外ですね」

「意外ですか？　自分でデザインして、縫製まで手作業でやってました。もともと繊維業界を希望したのも、アパレルに興味があったからなんです」

「そうなんですか。じゃあ、康太さんも、かつては表現サイドの人間だったんだ」

「もう昔の話ですけどね」

「今はデザインはされないんですか？　趣味とか気晴らしとかで」

「もうやらないですね。仕事が手いっぱいで余裕もないし、僕の中で情熱は潰えました。

けど、その経験のおかげであなたの言うことが理解できる。創作物を生み出すのと、枠組みを作る仕事は、全然違うと感じます。まったく異質と言っていい。あなたが夢と現実に分けて語ったように」

「創作物と枠組みかぁ。ふふ、人によって呼び方はそれぞれですね。まあ、こんな話が通じるのは康太さんぐらいだと思いますけど」

「いつか、そのことについて謎が解けたら、教えてください」

那須川は慈しむように微笑む。世界一大切なものに向けられるような眼差しに、胸がときめいた。優しくて頼もしくて、信じられる。

康太さん、いいな……

彼の言葉は、この先二人が長く一緒にいる未来を示唆していた。彼とは深くわかり合えている気がする。誰にも理解されなかったことを彼だけが理解でき、同じ目線で話してくれる。セックスの相性がいいのもきっと、波長が合うからなのかも。

「パーツモデルだけは、続けてもいいですか？」

そう問うと、那須川は眉尻を下げてうなずいた。

「もちろんです。あなたが望むならば、なんでも」

あなたが望むならば、なんでも……か。

彼はあまりエゴを表に出さない。なんでも美夜子の言いなりで、美夜子の望むまま、美夜子の意思だけを尊重してくれる。優しくて紳士的で、非の打ちどころがまったくない。

きっと私には、もったいないぐらい完璧な人なんだよね……


――このときの私は、きっとすべてがうまくいくと信じて疑わなかった。この世界と私を隔てていた透明なガラスをとおり抜け、彼はこちらにやってきてくれた。そして、二人は手を取り合って、めでたしめでたし……物語はきっと穏やかなハッピーエンドを迎えるんだろうと。

だけど、このときすでに混沌とした現実の力は、私たちを確かに侵食していた。ぬっと姿を現した冷たい骸骨に、しっかりと足首を掴まれていたのだ。音もなく水面下で……

やがて、私は思い知ることになる。

私を引きずり込もうとする冷たい手から、逃れる術はないのだと。

それから毎週末、二人はデートを楽しんだ。
一泊二日で旅行することもあれば、都内の人気スポットに出掛けたり、自宅にこもってまったり過ごしたりする日もあった。

当初の発言どおり那須川は結婚に積極的で、プロジェクトを進行させるマネージャーのように次々と段取りを決めていく。お互いの両親に紹介する日時を決め、会食の会場を確保し、式については美夜子の意見をヒヤリングしながら着々と準備を進めた。

美夜子はそんな彼を頼もしく思う反面、チラッと疑念が頭をよぎる。

本当にこのままでいいのかな……？

流れに身を任せようと決めたのは自分だ。けど、その流れがあまりにも急すぎると不安になる。なにせ彼は完璧なサイボーグみたいな人で、失敗や迷いなどの汚点が見当たらない。常にクールで礼儀正しく常識的でソツがない。こちらはうろたえたり戸惑ったり迷ったりしているのに、彼は理路整然としていて効率的すぎて、たまについていけなくなる。

こんなこと誰かに話したら、贅沢(ぜいたく)だと言われるだろう。あるいはマリッジブルーだとかワガママだとか。自分でも気にしすぎかなと思う。欠点がなさすぎるのが欠点だなんて変な話だし、自分だって欠点だらけの人間だ。不安に思っていたらキリがない。

だから、すべての違和感に目をつぶることにした。

やがて冬が訪れ、クリスマスがやってくる。

予想どおり、那須川はクリスマスもパーフェクトに演出してみせた。予約が困難な都内のフレンチレストランで贅沢(ぜいたく)なコース料理を食べて高級ワインを飲む、クリスマスの特集記事そのものみたいな最高のディナー。

「どうしたの？　なんだか顔色が優れないみたいだけど」

レストランで正面に座る那須川が言った。テーブルには、まぶしいほど白いクロスが掛けられている。

「最近、会っても浮かない顔ばかりだし、仕事でなにかあった？」

那須川は心配そうに聞いてくる。

「いえ、仕事では特に……」

そう言いながら、胸の内にある不安をうまく彼に伝えたいと思った。

二人の間には大小さまざまな形のグラスと、一ミリの狂いもなく並べられた銀食器が輝いている。

「もしかして、料理が気に入らなかった？」

「いえ、そんなことないです。どれもすごく美味しくて、初めて食べるようなものばかりで」

那須川は満足そうに微笑む。

その精巧に造り込まれた微笑を目に映しながら、無理かもしれないと思った。こんな実体のないふわふわした不安を彼に伝えるのは難しい。伝えたところで、今夜のいい雰囲気を台無しにしてしまう。

ディナーはつつがなく進行し、デザートの時間がやってきた。クリスマスプレゼントは婚約指輪だ。お店の人の協力を得てのサプライズ・プロポーズ。

「少し順序が狂ってしまいましたが……」

那須川は丁重に前置きしてから、紳士的な笑顔で言った。

「美夜子さん、結婚してください。必ずあなたを幸せにしますから」

あ……

小箱の中で光るリングを見つめ、固まってしまう。

演出で落とされた照明。テーブルで淡く光るキャンドル。花束を持って待機するスタッフ。場を盛り上げるＢＧＭ……

どこかで見たことがある映画かドラマのワンシーンみたいだ。彼は美夜子が泣いて喜ぶだろうと信じて疑っていなかった。しかし、このときの美夜子は石のように凍りついていた。

この瞬間に、違和感が決定的なものになったと思う。

突然なにもかもが薄っぺらく、偽りだらけのように感じた。まるで雛型にはめて量産された、粗悪なまがい物みたいに。多数決でよいとされるものに、無理矢理従わされる感じ。さらにそれに否と言えない感じ。いつの間にか見慣れた景色が禍々しいものに変わり果て、不気味な不協和音がぐいぐい迫ってくるような……

ぐっと拳(こぶし)を握り、唾(つば)をごくりと呑んだ。

……本音を言うべきかな？

こういうのが多くの人に人気のシチュエーションだとしても……ＳＮＳでバズったとしても、ランキングで一位だとしても、情報番組で取り上げられたとしても、それが価値あるものだと私は思ってない。流行(はや)りのものを並べておけば私が喜ぶだろうと、どうか決めつけないで。私の本当の幸せはそんなところにはないんだよ。もっとどこか違う場所の、血の通った心からの……

不意に全身がすーっと冷えていく。

そんなこと、言えるわけないじゃない。言ったところで誤解され、彼をいたずらに怒らせてしまうだけだ。

背後から冷たい骸骨(がいこつ)に両肩を掴(つか)まれた心地がした。二人の間にあったはずの特別な繋がりが、じわじわ損(そこ)なわれていく。陳腐(ちんぷ)化し、形骸(けいがい)化し、温かみを失って錆(さ)びついていく……

私は、怖い。このまま流されて、あなたと家族になることが。

名字があなたのものに変わり、命懸けであなたの子供を産んで、生涯(しょうがい)をあなたとの家庭に捧(ささ)げることが、怖い。結婚という儀式をとおり抜けてしまえば、もう後戻りできない。後悔したくないし、失敗もしたくない。

私は本当にあなたでいいのかな？　あなたは、本当に私でいいの？　恋愛と結婚は違うんだよ。そのことについて、ちゃんと考えてくれたのかな？

あなたと家族になる覚悟がまだ足りないみたい。好きだし惹かれてるけど、真剣に考えれば考えるほど不安が膨らむの。

私と同じようにあなたも真剣に考えてくれてる？　このことについてあなたと話したいのに、あなたは忙しすぎて話もできない。ようやく会えても、どのお店が美味しいとか新婚旅行はどのホテルがいいとか、どうでもいいことばかりで肝心の話ができない。

ごめんなさい。だから、なんだか怖くて……不安で……

混沌とした感情は舌に乗らず、頭の中をぐるぐる回るだけだ。息苦しくなり、なにか言おうと口を開けた。

「あの……」

視線を上げると、彼は静かに返事を待っていた。まさか拒絶されるとは微塵も予想していない、穏やかな微笑を顔に貼りつけて。

今夜もお洒落なブランドスーツに身を包み、ピリッとした緊張をまとった彼は格好よかった。常に泰然自若とし、一分の隙もないのはずっと変わらない。プロポーズの瞬間も感情に揺らぎはなく、大人の余裕が見て取れた。どこか義務を果たすような、タスクを粛々とこなすような感じだ。非常に忙しい合間を縫ってこうして会っているから、当然かもしれない。

大人にならなくちゃ、と内心自分に言い聞かせる。大人になるんだ、私も。いつまでも子供みたいにグズグズ怖がってばかりじゃいけない。たとえ少々不完全でも、望んだ形にならなくても、前に進まなくちゃ。彼はよかれと思ってこの場を用意してくれた。彼が割いた労力と時間に敬意を表さなければ。本心を口にすれば彼を傷つけることになる。

美夜子は苦心して笑顔を作り、プロポーズを受け入れた。

「はい。……結婚します」

那須川は重荷を下ろしたような安堵の表情を浮かべた。

食事のあとはハイクラスのホテルのスイートで誰もがうらやむような夜を過ごした。完璧なトーク、完璧なマナー、完璧なエスコート……女子なら誰もが抱くファンタジーをそのまま現実世界へ落とし込める、那須川はそんな力量のある男だった。

悪いことはなにもない。これだけのことをしてもらって、不満を言う人がこの世界のどこにいるの？　身に余る贅沢に感謝すべきだ。たとえそれが、心から望んだものじゃなかったとしても。

だから、このときも違和感は封印し、沈黙を守ることに決めた。迎合することが大人になることなんだと。

それでいいんだ。いつまでも熱々のラブラブではいられない。どんなカップルだってだんだん落ち着いていく。年月を経て少しずつ変質していく金属みたいに。

けど、出会った当初を懐かしく思わずにはいられなかった。美夜子の手に振り回される彼は、不完全で可愛らしいと思えた。そういう、人には言えない変なところが彼の美点だったのに……。

くだらないことで忙しい彼を煩わせるわけにはいかない。彼は日々の激務を必死でこなしているのだ。

そうして年が明け、風がだんだん暖かくなり、春はすぐそこまでやってきた。半年後の九月に挙式をすることに決まり、外堀はどんどん埋められていく。もう後戻りできないほどに。

抑えれば抑えるほど、不安は大きくなっていった。

三月下旬のある金曜日、美夜子は都内の総合病院を訪れていた。

仲のいい高校の同級生が骨折で入院したので見舞いに来たのだ。美夜子にとって一番の親友で、九月の結婚式にも参列してくれる予定だ。もともとこの日は午後半休を取っており、ミラノ出張の準備に充てたついでに見舞いも済ませた。幸い友人の怪我は大したことなく、まもなく退院できるらしい。

手土産のお菓子を渡して一時間ほど滞在し、病室をあとにした。エレベーターで一階に下り、外来患者で賑わう待合室をとおり抜ける。

そういえばミラノの件、まだ康太さんに話していないんだった……

ミラノ行きは四月十二日に決まった。撮影も含め二週間滞在する予定だ。そんなに長く留守にするのに、ミラノに行くことさえ那須川に話せていない。ここのところお互い忙しく、会っても式の段取りや結納や新居の件ばかりで、じっくり話す余裕がなかった。美夜子がずっと抱えている不安や違和感についても、なに一つ伝えられていない。

ただのマリッジブルーだよね、きっと。結婚したら自由じゃなくなるし、彼と家族になるんだもの、誰だって不安になるよね……

結婚相手は、あとにも先にも彼しかいないと思う。けれど、あまりにもビジネスライクに手続きだけ進める彼についていけない。自分の人生が劇的に変わるのだ。もっとうろたえたり不安になったり、そのことについてお互いじっくり話し合ったり……そういう時間を取るべきじゃないのかな。とはいえ、彼もめちゃくちゃ忙しい。二人ともいい大人なのだ。彼に迷惑を掛けるわけにはいかない。

仕方ないよね、と憂鬱な気持ちで美夜子はエントランスに向かう。

このとき、窓から差し込んだ午後の日差しが、待合室に座る老人たちの背中を照らしていた。ふわふわと中空に浮く小さなほこりが、白く輝いている。美夜子はそれを見るともなしに眺めた。

院内放送が鳴り響く。

「うおずみさん、うおずみたすくさん、会計カウンターの六番へお越しください」

ドキリとして、美夜子は足を止めた。

……魚住祐？

とっさに会計カウンターを振り返る。見ると、金髪で黒ずくめの男が六番カウンターに歩み寄っていくところだった。

男は異様な風体で、果てしなく目立っていた。奇抜なデザインの薄いロングコートを羽織り、不思議な形のズボンを穿き、インナーも靴も靴下もすべてが黒一色なのだ。白に近い金髪は前髪だけ異常に長く、鼻の半分が覆われている。この場にそぐわない、ただ者じゃないぞオーラをバシバシ放っていた。

魚住祐さんだっ……。

美夜子はすぐにピンときた。同姓同名の別人かもしれない。放送を聞き違えた可能性もある。しかし、美夜子はなぜか確信していた。あの金髪の黒ずくめの男が那須川の大学時代の友人、参号館の講義室で空き缶を投げつけ、二年前に手の主に会えとアドバイスした、魚住祐だろうと。

美夜子は考えるより先に、男に歩み寄って声を掛けていた。

「あの、魚住祐さんですよね？」

男はじろりと美夜子を見下ろす。近くで見ると男はドキッとするほどの美貌で、まつ毛が濃く女性っぽい顔立ちをしていた。

「あの、あの、えーっと……」

声を掛けたはいいが言葉が続かず、美夜子はパニックに陥る。

男は前髪の隙間からガラス玉のような瞳で、美夜子の顔をじっと見た。次に美夜子の手袋に視線を落とし、もう一度顔を見る。脳みそが複雑なロジックを処理しているような沈黙があった。

「……もしかして、那須川康太の恋人？」

ややあって、男は小声で言う。

美夜子は心底驚き、目を剥いて絶句した。まさか言い当てられるとは思っていなかったから。

「ごめん、今、支払いしてるから、ちょっと待ってて」

男は淡々と言う。

こうして二人は、院内の中庭にあるカフェテラスでお茶を飲むことになった。

スチール製のガーデンテーブルを挟み、二人は向かい合って座る。美夜子はカフェオレを、魚住祐は豆乳ラテを頼んでいた。

十五時過ぎ。日差しはだいぶ春めいて、暖かい。テーブルに立てられたパラソルが紫外線をさえぎってくれていた。

「あのー、どうして私が康太さんの恋人だってわかったんですか？」

美夜子がさっそく質問すると、祐はじっと美夜子を見る。そして、おもむろに言った。

「結婚するって康太から聞いた。相手はあのときの写真の主だろって聞いたら、そうだって言ってたから」

回答になっているような、いないような、ますます謎は深まるばかりだ。

「なぜ結婚相手が写真の主ってわかったんですか？　そして、なぜ写真の主が私だって……」

すると祐は、「それ」と言いながら美夜子の手袋を指す。

「この季節に手袋してる人なんていない。パーツモデルならしてるだろ。それに、顔」

さらに美夜子の顔を指さし、続けて言った。

「猫っぽい。康太の好みの顔だと思ったから。たぶん、オレのことを康太から聞いてたんでしょ？」

「あ、はい。康太さんが、最初に私に会いに来た経緯（けいい）を話してくれたときに」

そう言うと祐は静かに微笑し、上品に豆乳ラテを啜った。

そんなもんだろうかと、美夜子は首を傾げる。それだけの情報で、いきなり声を掛けてきた女が友人の恋人だとわかるもの？　本当に？

けど、ものすごく勘が鋭ければ可能かもしれない。そういえば、康太さんが『奴は尋常じゃなく鋭い』って言ってたっけ……

「あの、でも、よかったです。一度お会いしたいと思っていたので」

祐はどうも、という感じで軽く肩をすくめた。

「思えば、魚住さんがキューピッドになってくださったんですよね。写真の主に会いに行けって、康太さんにアドバイスしてくれたわけだから……」

「手、見せてくれる？」

祐は美夜子の言葉をさえぎって言った。

美夜子は「あ、はい」と言い、手袋を脱ぐ。そして、手のひらを上に向ける形で差し出した。祐は怖いものでも見るように距離を取ったまま、しげしげと手を眺め回す。

「今は、普通の状態みたいだね」

祐は言った。

「あ、はい。演技しているわけじゃないので……」

少々驚きながら美夜子は答える。彼は演技のことまで気づいているの……？

「演技はいいよ、しなくて。あの写真で充分。ありがとう」

「はい……」

わかる人にはわかるものなのかな？　と奇妙に思いながら美夜子は手袋をはめた。

「とてもいい手だね」

祐はにっこり微笑んだ。非常に無垢な笑顔に、ほっとした気分になる。

「ありがとうございます。光栄です」

少し変わった人だ。本当に必要最低限の言葉しか話さない。なのに、怖いほど核心をついてくる。

けど、不思議と嫌な感じはしない。

康太さんが一目置くのも、わかる気がするかも……

「あの、よかったら結婚式にいらしてくださいね。招待状を送りますので。きっと康太さんも喜ぶと思うし……」

美夜子が言うと、祐は「どうかな？」と首を傾げ、顎をするりと撫でた。

「参列したい気持ちはある。君たちがオレを必要としてくれるなら」

「もちろん、必要としてますよ」

「ふーん。で、康太とはうまくいってるの？」

祐はガーデンテーブルに片肘をつき、すべてを見透かすように言った。

うまくいってますよ、と答えようとして詰まる。この人に嘘を吐くのはまずい。なぜかわからないけど、正直に言うべきだという気持ちになった。

「結婚するなら彼しかいないと思ってます。育ちも身分も全然違うけど、それ以上に、特別な繋がりを信じたんです。けど……」

「けど、微妙な違和感がある。結婚に不安があるけど、康太には言えない。そのことに康太はまったく気づいていない。どう？　当たってる？」

祐はなぞなぞに答えるみたく楽しそうに言った。

ここまでくると、もう驚愕をとおり越し、恐怖を感じる。

いったいこの人、なんなんだろう？　超能力者かなんかなのかな……

美夜子が言葉を失っていると、祐は静かに微笑した。

「今のはただの勘だよ。そのリアクション見る限り、当たってるみたいね。あいつ、大学のときから全然変わってないんだ。いつも起きる問題は同じ。細部は違うかもしれないけど。色や素材や柄が違うだけで、まったく同じデザインの服みたいに」

「そうなんですか……」

大学生の彼らが大喧嘩した話が脳裏をよぎるが、口にすることははばかられた。

「奴の完璧主義だったり、俗に迎合するところだったり、他人の感情の機微に少し疎かったり、そういう性質が同じような問題を引き起こすってこと」

祐は言う。

完璧主義、俗に迎合、感情の機微に少し疎い……思い当たることばかりで、黙るしかない。

「けど、それらを差し引いても、とてもいい奴だよ。とてもタフで、優しい男だ。ああいう奴はなかなかいない。幸せになれると思う」

まっすぐこちらを見て言う祐を見て、美夜子は思った。

ああ、この人はやっぱり康太さんの友達なんだ……

そして、こうも思った。康太さんのいいところを熟知してくれている、いい友達だなと。

それから、二人でいろんな話をした。近況とか仕事とか趣味とか、那須川の学生時代の話も聞けた。今度ミラノに行くと言うと、祐はおすすめの観光スポットを教えてくれた。ひとしきり話をしたあと、祐は「そろそろ行かなくちゃ」と腰を浮かす。

「実は、奴にはもう結婚祝いは渡してあるんだ」

そして、祐は真剣な眼で言い添えた。

「だから、必ず伝えて。もしこの先なにかどうしようもない事態が起こったら、それを見て、受け取ってくれって」

「えーっと？　その言葉、そのまま康太さんに伝えればわかりますか？」

意味がわからず聞き返すと、祐は真剣な顔のままうなずく。

「うん。そのまま伝えて。手で持っていても、本当に手にしているとは限らない、って」

「はあ？　……わかりました。私にはよくわかりませんが、そのまま伝えてみます」

「どうもありがとう」

祐は無邪気に微笑み、青い空を見上げる。

そして、立ち上がって最後にこう言い残した。

「今の率直な気持ちを言うよ。君たちの幸せを、心から祈ってる」

暦（こよみ）は四月に入った。例年より気温の高い日が続き、都心の桜は満開になっている。

この日は土曜日で、那須川は美夜子に、自宅に泊まりにくるよう呼んでいた。挙式の準備は順調で、結納の日取りも決まり式場の予約も取り、招待客の人数も確定した。

昼下がりのリビングルームで、那須川が作ったランチを二人で食べ終え、コーヒーを飲んでいる。そこで美夜子から魚住祐に遭遇（そうぐう）した話を聞き、那須川は驚きのあまり絶句した。

「信じられない。そんな偶然有り得ない。けど、奴ならそういう奇跡を起こしそうだ……」

那須川が言うと、美夜子もふむふむとうなずく。

「ですね。今なら康太さんの言う意味、わかる気がします。ちょっと変わってるというか、ミステリアスというか。あそこで会ったのは完全に偶然だとは思いますけど……」

「それでもすごい」

「はい」

「しかし、どういう意味なんだろ？　〝どうしようもない事態が起こったら、それを見て、受け取ってくれ〟って言ったんだよな？」

　那須川が首をひねると、美夜子はうなずいた。

「それってなんのこと？」

「さあ？　あと、〝手で持っていても、本当に手にしているとは限らない〟と言ってました」

「うう－。意味がわからん……」

　那須川が頭を抱えると、美夜子はすまなそうに言う。

「ごめんなさい。私も意味がわからなかったんですけど、そのまま伝えれば通じるからって、魚住さんが。ちゃんと聞いてくれればよかったですね」

「いや、その必要はない。いつもそういう奴なんだ。十三年前の……もう十四年前になるのか、そのときの奴の言葉だって意味がわかったのは最近なんだから。今回のも、そのうちわかるだろ」

　すると、美夜子はおかしそうにくすっと笑った。

「変なの。なんだか、わからないなりに通じ合ってるみたい。きっと康太さんが一番の理解者なんでしょうね。魚住さんにとっては」

「勘弁してくれ。うれしくない」

「けど、そういうことってあると思うなぁ。誰かの言葉が長い年月を経てから心に響くことって」

美夜子は小首を傾げ、大きな目をきょろっとさせた。

たまにする仕草が可愛いなと思い、那須川の心拍は少し速まる。

「私も一度だけ経験がありますよ。昔、学生時代の友達に言われた言葉が二十五歳過ぎてやっとわかったみたいなこと……」

「それはどんな言葉だったの？」

那須川が聞くと、美夜子は首を小さく横に振った。あまり深入りされたくないのかもしれない、と那須川は察知する。

こんな風に彼女とゆっくり話すのはひさしぶりだ。最近、仕事に忙殺されてゆっくり話をする暇もなかった。以前は毎週末に逢瀬を重ね、休暇も積極的に使い、愛し合ったあとにいろいろな話をしていたのに。

それから、話題は結納や挙式の話に移った。一連の手続きや準備は万全だ。彼女の希望を聞きながらコンサルタント並みに的確に作業を進めていた。我ながらこういう実務的な作業に関しては有能だと自惚れている。ここまで完璧にやってのければ、彼女も感謝してくれるはずだ。

「じゃ、今後のスケジュールを確認しよう」

那須川は言ってノートパソコンのキーボードを叩き、スケジュール表を起動させた。

「まず五月のゴールデンウィークに結納だ。朝十一時から場所は目白のCホテル。先日下見したとおり、和食の結納プランと結納セットも予約済みで、僕らは一時間前に入る。僕の両親と美夜子さんの両親がそれぞれ宿泊する部屋も同ホテルで予約済みだし、両家の顔合わせも兼ねているから当日はのんびりし……」

「ちょっと待ってください！」

突然、美夜子がさえぎった。口調の強さに那須川はびっくりする。

「あの、ちょっと……ちょっと、待ってください。待って……」

彼女は過呼吸になったみたいに胸を押さえた。そして、大きく深呼吸し、苦しそうに声を出す。

「ごめんなさい。ずっと思っていたんですけど……なんか私たち、最近おかしくないですか？」

……おかしいだって？

意外な言葉に那須川は困惑し、聞き返した。

「おかしいって、どこが？」

「お互いの気持ちが置き去りじゃないですか。不安とか違和感とか……そういうの全部無視して、物語だけが勝手に進んでいっちゃってるみたいな。最近ゆっくり話もできてないじゃないですか」

「不安とか違和感って……僕との結婚に乗り気じゃないの？」

「違います。結婚したくないとかそういうことじゃなくて、たまについていけなくなるんです。結婚って、そんな風に淡々とタスクをこなすみたいにするものじゃないでしょう？」

「しかし、こういうことはある程度ビジネスライクに進めないと、なにも決まらないだろ？」

「それはそうなんですけど……」

彼女は暗い顔で言い淀む。

いったいなにが気に入らないのか全然わからない。仕方なく優しい声で彼女をなだめる。

「いったいなにが不満なの？　もう少し僕にわかるように教えてくれないか」

「不満なんて……。感情がついていかないのに手続きだけどんどん進んじゃって、たまに怖くなるんです。自分がまるで工場のラインを流れる部品か、エサを与えられ続けるブロイラーにでもなったみたいで……」

「なんだって？　ブロイラーだって？」

衝撃的な単語に、声が大きくなる。彼女ははっと顔を上げ、体を強張らせた。

苦心して声を抑えながら話を続ける。

「おい、随分な言い草じゃないか。式場も料理も小物もすべて最高級のものを用意したつもりだけど？　これでもまだ足りないってわけ？」

「そんなこと言ってないじゃないですか。むしろそこまで贅沢する必要、全然ないっていうか……」

「すべての項目に対して、これでいいかどうかちゃんと確認しただろ？　それでＯＫしたのは君じゃないか」

「それはそうですけど、項目とかそういう話じゃなくて……」

「挙式のプランだって君がどっちでもいいって言うから、じゃあ高いほうでいいか確認したら、それでいいって言ったじゃないか。不満ならそのときに安いほうにしろって言ってくれなきゃ、わからないだろ？」

「そうじゃなくて！　高いとか安いとか、どっちが悪いとか、そんな話がしたいわけじゃ……」

そこで彼女は、ぐっと黙り込んでしまう。

　那須川は辛抱強く次の言葉を待った。しかし、沈黙が重くなっていくばかりだ。彼女がなにかしら不満を抱えているのはあきらかだった。

「なにか気に入らないことがあるんだろ？　最近会っても暗い顔ばかりだし、挙式の準備だって動いているのは僕だけで、君はなにもせずに任せっきりじゃないか」

「ごめんなさい。そのことについては申し訳ないって思ってます。けど……」

「もしかして、結婚に乗り気じゃないの？」

　かなりの勇気を持って、ふたたび問う。

　すると、彼女は首を小さく横に振った。

　よかった。少なくとも事態は最悪ではない、と内心胸を撫で下ろす。

「じゃあ、なんでも要望を言ってくれよ。可能な限り対応するから」

　那須川は暗礁に乗り上げた契約交渉を、まとめる心意気で言った。

　すると彼女は、随分長い間沈黙したあと、ようやく口を開く。

「……結納の日程を、少しうしろに倒して欲しいです」

　彼女の言葉に、我知らず長いため息が出てしまった。

　しかし、彼女は身を硬く強張らせている。「挙式の日程を」と言わなかっただけでもマシだと言わんばかりに。

「少しって、どれぐらい？」

とりあえず那須川は聞く。自分の声はひどく乾いていた。

「可能な限りうしろへ」

彼女は小さな声で、しかし確固たる口調で答える。

このとき尋常じゃない疲労感が那須川の全身に襲い掛かった。足が床にめり込んでしまうほどの重量感だ。

瞬時に那須川は調整先を計算した。すでに予約済みの結納プランの個室や料理、それぞれの両親が来るための航空券のチケットとホテル、さらに両親はこの日のために予定をあけている。那須川も結納のために仕事を調整しており、部下に仕事を代わってもらっていたし、取引先に頼み込んで出張の日程をずらしていた。さらには親会社の役員との重要な会合も変更してもらっていた。そのことについて那須川は関係者に頭を下げまくり『お祝い事だから』とお許しを頂いたのだ。

結納の日程をうしろに倒すとは、これらすべてがご破算になるということだ。彼女の一時的な気鬱か、気まぐれのせいで。

あまり知られていないかもしれないが、副社長というのはなかなか忙しい。肩書きが役員とはいえ実動部隊も兼ねているからだ。現場の最高責任者であり、代表取締役社長のサポート係であり、社を代表する顔として取引先の代表とも対等に渡り合わなければならない。すべてを網羅し、かつそれらの責任者であるわけだ。

プライベートを大切に生きましょうなんて理想論で、那須川はある意味その人生を企業に捧げている。家庭やプライベートを優先させるのにも限界がある。

この時点で那須川は心に決めていた。どうにかして彼女をうまく安心させ、矛盾を突いて論破し、丸め込んでしまおうと。

「結婚をする気はあるんだよね？」

再度念を押すと、彼女は小さくうなずいた。

「結納だけで、挙式の日程はずらさなくていいの？」

「……ずらさなくていいです。そんなことをしたら親族とか招待客に迷惑がかかるし……」

結納だって関係者全員に大いに迷惑がかかるんだけど……

口にする代わりに那須川はテーブルをトントン、と人差し指で叩く。理詰めで畳みかけ、一気に攻め落とすしかない。

「じゃあ、なぜ結納の日程をうしろにずらすの？　その間、君はなにをするんだろう？」

「なにって……具体的にはなにも。少し気持ちを整理する時間が欲しいだけです……」

「結婚する気はある。挙式の日取りはそのままでいい。けど、結納の日程をうしろにずらして欲しい……」

彼女の要望を整理して言う。すると、彼女は居心地悪そうにうつむいた。

「仮に結納の日程を一週間ずらしたとして……」

那須川が話しはじめると、彼女はさえぎって言った。

「一週間じゃ、ちょっと……」

「短い？　ならば、二週間か三週間か、うしろにずらしたとして」

那須川は少し語気を強め、さらに言う。

「それでなにが変わるんだろう？　一週間が二週間になったところで、そんなに大きな違いはあるかな？　二週間を三週間に延ばしたところで、君の心は劇的に晴れ晴れとするの？　その七日間でどれだけ差が出るんだろう？　僕にはあまり変わらないとしか思えないんだけど」

彼女はうつむいたまま黙している。

「最終的に結納はやる。挙式もする。だったら、今のままの日程で、どうか納得してくれないか？　君は忘れているかもしれないけど、僕も一応副社長という身でまあまあ忙しい。君の一時の気まぐれで変更するとなると、大勢の関係者が不愉快な思いをするわけだけど」

「康太さん！」

彼女の強い声に、ドキリとした。彼女は顔を上げ、まっすぐこちらを見て言う。

「私たち、結婚するんですよね？」

「そ、そうだけど?」

「康太さんは不安はないんですか? 私たち、これから家族になるんですよ? これまでお世話になったたくさんの人たちの承認を得て、健やかなるときも病めるときも一緒にいて、最期の瞬間を迎えるかもしれないんですよ? そんな人生の重大事、こんな風にサラサラ流れていっていいんですか?」

「サラサラ流れてって……むしろ順調でいいじゃないか。不安なんてないよ。僕の気持ちは何度も言ってるじゃないか」

「それがなんだか嘘っぽいって言ってるんです。最近の康太さん、まるでプロジェクトを進める会社の上司みたい」

彼女の煮え切らない態度に苛立ち、とうとう那須川は声を荒らげた。

「要するに君は僕と結婚したくないんだろ? 結婚したいしたいと口で言ってるだけで、本音はしたくないいんじゃないか!」

「そんなことない。したくないなんて言ってないじゃないですか! どうしてすぐに白黒つけようとするんですか?」

「だったら、なんでもっと協力してくれないんだよ? 式の段取りだって大変なのに、君は僕の邪魔をしてばかりじゃないか!」

「私だって、なんだか不安で……」

「不安不安ってそんな抽象的なこと言われてもわからないよ。その不安がどこからくるかって、やっぱり僕との結婚に迷いがあるからだろ？」

「それは……」

「だったら、最初から断ればいいじゃないか！　プロポーズに承諾しておいて、あとになってからやっぱり嫌だなんて、こっちの身にもなってみろよ！」

「嫌だなんて言ってないじゃないですか！　勝手に決めつけないでください！」

どろどろした黒い感情が胸に渦巻く。このときの那須川はひどく疲れて苛立って、感情の制御がきかなかった。

――僕と彼女の間には、他にはない特別な繋がりがある。写真を見た瞬間、僕に悪しき変化が起き、彼女の手の真実を目にした瞬間、それが癒えたと感じた。彼女の言いたいことが僕だけはわかるし、僕しかわからないことを彼女は理解してくれる……そう思っていた。僕と彼女を結びつけている、特別な繋がりを信じたのだ。僕の人生を懸けて。

それとも、すべてはくだらない妄想だったんだろうか？　自分一人だけが馬鹿みたいに信じ、それを結婚という形で現実世界に落とし込もうと孤軍奮闘していただけの。彼女はそれを冷ややかな目で見ていたんだろうか。

まるで愚かな道化みたいだ。いい歳をした大人が……

自嘲の笑いが漏れる。絞り出した声は低く掠れ、耳障りなものになった。

「同情で結婚なんかしてもらいたくない。そんなことしてくれたってうれしくないし、誰一人幸せにならないだろ」

「同情だなんて……」

「本心を偽って結婚する……一番やってはいけないことだろ。そんなこともわからないの？」

「……だったら、自分はどうなんですか？」

彼女の声は震えている。

「こっちの話もちゃんと聞かずに勝手にどんどん進めて。大事なところを全部無視して完璧主義で成果主義で、私が話をしようとすればすぐ結婚したくないんだろって決めつけるじゃないですか。忙しい合間を縫って僕はこれだけやってる、お金もこんなに掛けてるって、いつもいつも……」

「なんだって？」

「嫌なら無理してやらなきゃいいじゃないですか。仕事やお金を犠牲にしてくれなんて、一言も頼んでません！」

彼女の激した言葉に、胸がすっと冷えていく心地がした。

つまり、こういうことだ。彼女はこちらのしてきたことに感謝なんか微塵もしていない、むしろ迷惑に思っていたってこと。そもそも結婚する気があるのかどうかも怪しい……

那須川は眼鏡のブリッジを押さえ、努めて冷静に言う。

「だったら……勝手にしてくれよ。結納も挙式ももう全部キャンセルして、君の好きなようにすればいいじゃないか」

愚(おろ)かな自分を冷笑する。

「僕たち、結婚を考え直したほうがよさそうだ」

決定的なセリフは那須川のほうから口にした。

「……そうですね。私はずっとそう思ってました」

彼女は婚約指輪を外し、カタリとテーブルの上に置いた。那須川が彼女のために選んだ一点ものの、ダイヤモンドのリング。

彼女はショルダーバッグとスプリングコートを手に持ち、立ち上がる。

那須川も素早く立ち上がり、帰ろうとする彼女の背中に最後の一太刀(ひとたち)を浴びせた。

「まったく、いったいいくら掛けたと思ってるんだ……って、君に言わせれば全部余計なお世話だったらしいけど。きっちり全額返済してもらいたいよ」

皮肉のつもりだったが、彼女は立ち止まり、振り返る。

このときの彼女は、名状(めいじょう)しがたい表情を浮かべていた。大きな瞳は哀しみを湛(たた)え、まるで那須川を気の毒に思い、深く憐(あわ)れんでいるような……

彼女と目を合わせながら不意に十四年前の記憶がフラッシュバックする。参号館の講義室、こちらを睨み上げる魚住祐、床を転がるコーヒーの空き缶……

どうしてだろう？　僕の人生で深く関わった、僕が大事に思う人たちは皆、僕の前から去ってしまう。そして僕はふたたび、彼らが去った本当の理由を考えながら空白の数年を過ごす羽目になるのか。

教えて欲しい。もしかして僕は、また同じことを繰り返そうとしているのか？

「君たちは……いつだって勝手だよな。こっちの気持ちも知らないで」

そう言った声が怒りで掠れる。無意識のうちに〝君たち〟と複数形を使っていた。

このとき初めて気づく。自分は猛烈に怒っているのだ。十四年前のあの瞬間から、ずっと怒り続けている。夢を無心で追いかける祐に。そんな風に生きられない自分に。現実問題を僕に押し付ける彼女に対して。

「夢だけじゃ生きていけないと言ったのは、君自身じゃないか。君との生活や挙式のために僕はあくせく働いて、カネのために魂まで擦り減らして、そうまでして君に捧げたものを、君は全否定するわけ？　カネで手に入れたものなんて、価値がないって？　そんなことする必要ないだと？」

言いながら握った拳が、ぷるぷる震えた。

「お高く留まって、いいご身分だよな。僕が生活や結婚のために現実で泥まみれになっているのを、君たちは嘲笑しながら高みの見物かよ。君たちの目には、さぞかしダサい男に映っているんだろうな。カネだ契約だ売り上げだと毎日誰かと精神的に殴り合って、出世や勝ち負けを争って罵り合ってる、浅ましいこの僕のことが！」

――このとき僕は激しく憎悪した。僕を取り巻くこの世界を。祐や彼女や世の人々を。金銭や肩書きや常識や、僕という人間を縛って閉じ込めているこの不条理な社会に対して、憎悪の業火が渦巻いた。あらゆるものを憎み、消えてなくなればいいと呪った。

同時に頭の片隅ではわかっていた。これは完全なる八つ当たりだと。しかし、長い年月をかけてくすぶっていた膨大な怒りが噴き出し、完全に制御不能に陥り、直接彼女にぶつけるしかなかった。

そして、生まれて初めての経験だったのだ。こんな風に本物の怒りを吐露するのは。

「……二度と顔も見たくない」

那須川は言って、眼球が痛くなるほど彼女を睨みつけた。

もちろん今言ったことは偽りだ。しかし、今はこうするしかなかった。

このとき、彼女が睨み返してくれたらよかったのにと思う。あるいは往復ビンタし、思いっきり蹴り上げ、力任せに皿でも叩きつけてくれればあるいは……

しかし、彼女が取った行動は予想外のものだった。

彼女はバッグとコートを床に置くと、二、三歩足を踏み出しこちらに近づく。

そして腕を伸ばすと、那須川を優しく抱きしめたのだ。

まるで母親が幼い子供にするように。脆いものを壊すまいとするように、ひどく優しく。いたわるように背中を撫でられ、はっと胸の深いところを衝かれた。

涙腺が急激に熱くなる。

しかし、それはほんの一瞬の出来事だった。彼女はさっと身を翻すと荷物を拾い上げ、黙って玄関から出ていってしまう。

那須川は独り呆然とリビングに立ち尽くした。

……あのときと同じだ。

参号館の講義室で僕にコーヒーの空き缶を投げつけ、祐が去ったあとみたいだ。あのときも僕は魂を持っていかれ、しばらく動けなかったことを憶えている。

ぬるいものが頬を伝う感じがし、それが涙だと気づく。

窓から差し込んだ西日に照らされ、残された婚約指輪が鈍く光っていた。

◇◇◇

四月十二日木曜日、美夜子がミラノへ向けて出国する日。場所はJR品川駅の高輪口、今の時刻は午前十一時過ぎだ。

美夜子はこれから成田空港に向かう。機内に持ち込む手荷物だけ持ち、駅前のホテルのロータリーでリムジンバスを待っていた。
化粧水の小瓶をスーツケースに入れてしまったことを思い出し、美夜子は「しまった」と小さくつぶやく。スーツケースは空港宅配サービスを使って昨日発送済みだ。今頃は成田空港の出発ロビーに到着しているはず。
機内で絶対化粧水を使うよなぁ、と美夜子は考える。空港でスーツケースを預ける前に小瓶を出しておかないと、と脳内にしっかりメモした。
ピロリーン、とＳＮＳの着信音が鳴り響く。スマートフォンを取り出して見ると、小西聡子からだった。

こにし聡子：おはよう！　時間どおり来れそう？

小西も空港へ向かっているはずだ。美夜子はメッセージを返す。

六木みやこ：おはようございます。大丈夫です。今バス待ち。
こにし聡子：よかった。早めに出国手続きして免税店回ろうぞ！
六木みやこ：了解です！　楽しみだなぁ。
こにし聡子：時間はかなり余裕あるから、ゆっくりできるし。

六木みやこ：ですね！　また着いたら連絡します。
こにし聡子：ＯＫ！　待ってるよー。

最後にパンダのキャラクターがコーヒーを飲んでいるスタンプが送られてくる。いつも元気いっぱいな小西の様子に、美夜子は微笑みながら画面を閉じた。

ロータリーには空港へ向かう旅行客たちがスーツケースを転がしながら集まりつつある。それを見るともなしに眺めながら、五日前の出来事に思いを馳せた。結婚のことで那須川と大喧嘩した、あの日に。

あれから那須川とは一度も連絡を取っていない。彼の家を飛び出したっきりだ。

結局ミラノの件も言えずじまいだったな、と自然にため息が出てしまう。あれはただの痴話喧嘩だったのかもしれない。あらゆるカップルが経験する、よくあるつまらない喧嘩。

――いつも隙がない人だと思ってた。

いつも冷静で客観的で大人の余裕があり、性格は穏やかで全然動じない人だと。眉目秀麗、頭脳明晰、学歴も地位も財産も誰もがうらやむほど高いステータスを持ちながらそれらを鼻にかけない、どこへ出しても恥ずかしくない、完全無欠な人だと。

ずっともどかしかった。彼と話をしていても、まるで彼の被った大人の仮面と表面的な会話をしているようで、妙な距離感があった。けど、距離を縮める方法がわからず、時が経つにつれ、あきらめている自分がいた。彼からはもったいないほどのものを与えられているんだし、見て見ぬ振りをしようと。

けどあの瞬間……

去り際に、鋭い言葉で斬(き)りつけてきた彼の姿が思い返される。スキニーパンツに包まれた長い脚。ダイニングチェアを掴(つか)む大きな手。西日に縁(ふち)どられた美しいフェイスラインと、こちらを睨(にら)みつける氷の刃(やいば)みたいな目……

あのとき彼は本気で怒っていた。だけど私にはなぜか、彼が泣いているように見えたのだ。

そんなことを考えていると、騒々しい声が聞こえてくる。視線を上げると、列に並んでいる美夜子のうしろに学生っぽい四人組の女性がついた。ペタペタステッカーの貼られたカラフルなスーツケースをそれぞれ持ち、自撮り棒を振り回しながら写真を撮っている。そのあとにシルバーのアタッシェケースを手にした、いかめしい中年男性が並び、さらに仲良さそうに手を繋いだカップルが続いた。

さまざまな属性の人々が、これからはじまる長い旅に思いを馳(は)せている。それは平和で微笑ましい情景に見えた。

この世界には二種類の人がいると思う。偽(いつわ)りを見つめて癒(いや)される人と、真実を目にして癒される人が。

自分は後者だ。

あのとき……婚約指輪をダイニングテーブルに置いたとき、彼からたくさんの憎悪の言葉を浴びせられた。けど、そのほとんどが私を傷つけることなく、そよ風みたいにとおりすぎていった。

初めてさらけ出された、彼の魂に刻まれた無数の傷に、痛いほど衝撃を受けていたから。

あの瞬間、彼と本当に親密になれた気がした。違和感や距離感が吹っ飛び、初めて那須川康太という男性を……深い悩みや葛藤を抱えて闘う一人の男性の真の姿を目にできた。

あんな風に癇癪を起こした彼は、すごく人間らしいと思う。喧嘩しているわけだから怒るべきなんだろうけど、変な話、なんだか安心感を覚えていた。

よかった。彼も私と同じように、未熟で不完全でダメなところがあるんだなって。なかなか思いどおりにならない自分自身やこの世の中に対して、私と同じように怒ってるんだなって。

いつの間に彼を完全無欠だと決めつけていたんだろう？　この世界に傷ついていない人なんて一人もいないのに。誰もがじっとその痛みに耐え、懸命に生きているのに。

やっていけるかもしれないと思えた。彼と結婚して二人で家庭を築き、あれやこれやと現実的なトラブルを乗り越えていけるかもしれない。馬鹿みたいな喧嘩をたくさんしながら。

――彼が本当の姿を見せてくれるなら、私も本性をさらけ出せる。そういう本音の繋がりだけが、きっと私たちを支えてくれると思うから。だから、もう一度やり直したい。私たちもう一度、やり直せるかな？　もう一度最初から、お互いの違いや欠点を大切にしながら。

明日ミラノに着いたらメールを出そうと心に決めていた。メールの下書きは、すでにスマートフォンに保存している。

宛先　：Kota Nasukawa
差出人：Miyako Mutsugi
件名　：ごめんなさい
本文　：ずっとメールしようと思ってたんだけど、遅くなってしまいました。
　まずは、ごめんなさい。あのときの私の態度はよくなかった。大人げなかったと反省しています。
　けど、あのときあなたと本気で喧嘩できて、初めてあなたの本当の声を聞けた気がして、よかった。

実は今、撮影の仕事でミラノにいます。えへ、ちょっと格好いいでしょ？　いつも世界中を飛び回るあなたに実は憧れてました。

帰国は四月二十七日です。初めてのブランドの仕事！　よかったら、うまくいくよう祈っててください。

あれからずっとあなたのことを考えています。

やっぱり、あなたのことがとても好きです。どうしようもなく、好き。

どうしたらあなたとやり直せるか、それればかり考えています。

あなたが大切にしているものを、私も大切にしたい。結納や挙式の準備も一緒にやりたい。

どうか私を許してくれますか？


美夜子は文面を二度読み返し「よし」とうなずく。メール画面を閉じ、祈るようにスマートフォンを胸に当てた。ミラノに着いたら送信するんだぞ、と心の中で繰り返す。

神さま、どうか彼とうまくいきますように。

ロータリーを回ってきたオレンジ色のリムジンバスが、美夜子の目の前で停車した。

同日同時刻、那須川は浜松町駅にほど近いオフィスビルを出たところだった。

午後から本社で重役会議があるから、十三時までには戻らなければならない。が、ここからなら本社のある汐留まで徒歩でも二十分以内で戻れる。車は使わないでひさびさに歩くか、などと考えながら運転手に先に戻るように伝え、ビジネスバッグを手に足を踏み出す。

平日昼間の浜松町はビジネスマンやOLたちがせわしなく行き交い、ほこりっぽく乾いた空気に満ちていた。誰もがはっきりした目的地を目指し、迷いなく歩いている。

ふと、美夜子の面影が脳裏をよぎり、那須川は憂鬱な気分になった。

大人げなかったな、としみじみ思う。まったく情けない。三十をとうに過ぎた男が、子供みたいに癇癪を起こして彼女に八つ当たりするなんて……

たぶん彼女に甘えてしまったんだろう。というか、生まれて初めて誰かに甘えるという経験をした。

あれ以来、彼女と連絡は取っていない。

するべきことは決まっている。彼女に謝罪のメールを送り、どうにかしてアポを取りつけ、直接会って『ヨリを戻してください』と懇願するしか……

那須川は立ち止まり、スーツのポケットから婚約指輪を取り出す。あの日、彼女が残していった小さなリングは手の中で輝いていた。

おのずと深いため息が出てしまう。

もう、やめようか？　なんだかひどく疲れてしまった。

彼女と仲直りしたい気持ちは本当だ。しかしそれよりも、急に馬鹿馬鹿しくなってしまったのだ。愛だとか恋だとか、結婚だとかそういうものすべてが。自分は重要な仕事や資産を犠牲にして、いったいなにを得ようとしていたんだろう？　それは本当に価値のあるものなんだろうか？

自分は大馬鹿だったのかもしれない。彼女との間に特別な繋がりがあるなどという幻想を信じるなんて。

手に提げたバッグがずっしりと重みを増す。目に映る景色がだんだん乾いていって、色彩が抜け落ちていく錯覚に襲われた。

上空を見上げると、ビルの谷間からのぞく空は雲一つない快晴だった。空が澄んでいれば澄んでいるほど、胸の内に虚しさが広がる。

……しかし、あれはなんだったんだろう？

彼女が去り際に抱きしめてきたとき、なにかが胸の奥を衝いた。

そのとき、大事なことを思い出せそうな気がした。ずっと忘れていたものすごく大切ななにかが、もう少しで思い出せる気がして……

……大事なことを忘れてる？　なにを？

そこまで考えてから、一人で首を横に振る。

もう、やめよう。

今週末に挙式も結納もすべてキャンセルし、両親と関係者に破談と伝えて終わりにしよう。

深いため息とともに憂鬱を吐き出し、重い足取りで歩きだす。風は腹立たしいほど穏やかに頬を撫でていった。

あの日、抱きしめられたときに感じた彼女の柔らかさと、こちらを見つめる哀しそうな瞳が脳裏をよぎったが、無視した。胸に刺さった鈍い痛みも、大切なものが損なわれていく感覚も、全部ひたすら無視することにした。

これまでたくさんの別れに耐えてきたんだ。これからも何度だって、耐えてみせるさ。

そのとき、スマートフォンの着信音が聞こえた。

あ、これは自分のスマホだと思いながら取り出す。画面の表示を見て、非常に珍しい名前にぎょっとした。

『着信中　魚住祐』

思わず画面を二度見してしまう。

マジかよ。祐だって？　なんでこんなときに……

本当に祐からなのか半信半疑のまま通話ボタンを押し、イヤホンを耳に入れて言った。

「もしもし？」

「よお。急に悪いな」

間違いなく魚住祐の声だ。

「どうしたんだ？　おまえから電話してくるなんて珍しいな」

「今回だけは特別。結婚祝いパート2をくれてやろうと思ってさ」

「結婚祝いだって？」

那須川は眉をひそめ、祐を皮肉る。

「天変地異（てんぺんちい）の前触れだな。おまえの脳内に結婚祝いなんて概念があることに驚きだ」

「結婚祝いぐらいするよ。ありがたく受け取れよ」

「あー……そのことなんだが……」

那須川は言いよどんで、どう言おうか考える。

視線を進行方向に戻し、非常に情けない気分で告げた。

「あれは、なしになった。結婚は破談（はだん）だ」

祐は数秒沈黙する。驚いているのか呆（あき）れているのか、那須川にはわからない。

しかし、次に聞こえてきた祐の声は冷静そのものだった。

「六木美夜子さんと話した」

「ああ、病院で会ったらしいな。彼女から聞いたよ。けど、もういいんだ。終わったから」

言いながらこの電話を一刻も早く切りたくてたまらなくなる。まったく間の悪い奴だ。よりによってこんな最悪な状況のときに掛けてくることないだろ。

「その様子だとミラノの件、聞いてないのか？　彼女から」

……ミラノの件？

那須川はイヤホンを耳の穴にしっかりとはめ直し、聞き返した。

「ミラノ？　なんの話だ？」

「聞いてないんだな」

「だから、なんの話だよ」

「六木美夜子さんと話したんだ」

祐は淡々と同じセリフを繰り返した。

那須川は祐が、さらなる情報を口にするのを待つ。

「彼女……六木さん、すごく悩んでた。おまえと結婚するか、千載一遇のチャンスに乗るか、どっちにするのか」

「千載一遇のチャンスってなんだよ。おい、もっとわかりやすく話せ」

「今度イタリアのあるブランドが、ジュエリーのセカンドラインを立ち上げるだろ？　おまえもよく知ってる……」

祐は超有名なハイブランドの名前を口にした。

那須川は少々苛立ちながら声を大きくする。

「そんな老舗ブランド知らない奴のほうが珍しいだろ。セカンドラインの件は僕の耳にも入っている。東京に直営店を出すと聞いているが」

「そこのデザイナーが少々変わり者だ」

「知ってるよ！　今はそんなこと、どうでもいいだろ？　で？　変わり者のデザイナーが手掛ける、新セカンドラインがどうしたって？」

「その専属モデルに六木さんが選ばれた」

那須川は思わず鼻で笑ってしまった。

「ははっ、そんなわけあるか！　あんな欧州の高級ブランドが極東の無名パーツモデルをどうやって見つけるんだよ？　寝言は寝て言え」

「デザイナーが来日したとき、機内誌で彼女の手のグラビアを見たそうだ。見た瞬間、次のセカンドラインの専属は彼女にしたいと思ったらしい」

「……まさか」

「そのまさかだ」

「嘘だな。彼女はそんな話、僕に一言もしてなかったぞ」

「そりゃそうだろ。彼女はおまえとギクシャクしているせいで、重要な話ができないってずっと悩んでいたんだからな」

祐の声は真剣そのものだ。

那須川はだんだん不安になりながら否定の言葉を繰り返した。

「嘘だ。確かにギクシャクしていたが、そんな重要な話を僕にしないわけがない。それに、そんな奇跡みたいな話あるわけないだろ。なんの取り柄もない一市民が、あんな超有名デザイナーに偶然見出されるなんて……」

「なんの取り柄もない？　おまえ、正気か？　言うまでもなく彼女の手は特別だよ」

祐は呆れたように笑い、こう言い添えた。

「そのことは、おまえのほうがよく知っていると思ってたけど？」

このとき泉爛亭の出来事を思い出した。彼女の手の本当の姿を初めて目にした瞬間を。

ドクリ、と嫌な感じで鼓動が胸を打つ。

……そうだ、忘れてた。確かに彼女の手は特別だ。圧倒的に特別だった。それはもう、言葉で説明するまでもなく……

「彼女の手は、日本ではその価値を見出されないかもしれない。だが、見る奴が見ればわかる。一発ですぐわかる」

祐は淡々と言う。

「しかし、彼女はそんな話は僕には一言も……」

どぎまぎしながら言うと、祐が小さくため息を吐く音が聞こえた。

……彼女が、ミラノに行ってしまう？　もう気軽に彼女と東京で会えなくなる？

驚愕と焦りで心臓がバクバクする。まさかそんなと疑いながらも、祐の言っていることは真実だろうと直感していた。

「そこで、結婚祝いだ」

祐はひどくのんびりした様子で言い、さらに続ける。

「彼女の出国日が、実は今日なんだ。夕方の便でミラノへ旅立つ」

「嘘つけ！」

「嘘じゃないよ。本当かどうか彼女に聞いてみればいい」

祐は穏やかに言った。

「しかし、しかし……僕は……僕はもう彼女とは、なんの関係もない」

「そんなわけない」

「いや、本当だ。彼女とはきっぱり別れたんだ。結婚は破談になった」

「六木さん、おまえとは特別な繋がりがあるって言ってた」

「もういいって言ってるだろ！」

予想外に出た大きな声が、周りのビルに反響した。

前方から速足でやってきたビジネスマンが、那須川をちらりと一瞥してとおりすぎていく。

　那須川は声のトーンを落とした。

「僕の領域に土足で踏み込むな」

　言ってから、いつかとまったく同じセリフだと気づく。

「康太」

　いつになく真剣な祐の声に、ドキッとした。

　そして、祐は言ったのだ。

「康太、ごめん。悪かった」

　呆然と言葉を失う。今、祐が謝ったのは十四年前の講義室で喧嘩した件だと、すぐにわかった。

　まさか祐に謝罪されるなんて予想だにしていなかった。ひどく面食らってしまい、とっさに返事ができない。「あ」とか「うん」とかぼそぼそしてから、ようやく言葉を返した。

「いや、僕のほうこそ。悪かった」

　すると、祐は微かに笑ってから優しく言う。

「オレの伝えたいことはずっと一つだよ。本当に欲しいものは、簡単に手に入らない。ちゃんと掴みにいくんだ」

　ひと呼吸置き、祐は声に力を込めた。

「康太、勇気を出せ。幸せになれよ」

そこで電話は一方的に切れる。

あとには国道からの喧騒だけが残された。

那須川はしばらく路地裏に立ち尽くす。祐の、相変わらずわけのわからない調子にすっかり呑まれていた。

ちゃんと掴みにいけだと?

自然と口元に嘲笑が浮かぶ。僕は婚約を破棄され、指輪を突き返された身なんだぞ。あれだけ盛大に振られて僕自身も彼女を突き放しておいて、今さら「許してください」なんてどのツラ下げて言うんだ? 仮に謝罪したとしても彼女が拒絶するであろうことは、よくわかっていた。彼女の様子は、あの日の前からずっとおかしかったから。

最悪の気分だった。彼女に振られ結婚は破談になり、業績は伸びず仕事もうまくいっていない。彼女がミラノに移住してしまえば、もう二度と会うこともないだろう。しかも出国は今日で、そのことについて一言も聞かされていないのだ。

那須川はスマートフォンを手にしたまま一歩も動けなかった。足元からどんどん力が失われていき、このまま路地にばったり倒れてしまいたい。

これからの人生は、これまでよりはるかにハードなものになるだろう。小さな幸せや、ちょっとした満足はあるかもしれない。でも、それだけだ。心から満たされることはきっとない。彼女と初めて結ばれた、あのスイートルームの夜みたいなことは、二度と。

僕には、そのことがよくわかっていた。

なぜなら僕は、彼女を愛していたから。

すがるように目を上げると、林立するビルに切り取られた長方形の青い空を、まっすぐに横切っている白いヒコーキ雲が見えた。

それが悲しいほど綺麗で、だんだんと延びていく白い雲の先端にある、小さな機影を目で追っていく。

このとき、まさに天啓のように祐の言葉が閃いた。

——どうしようもない事態が起こったら、それを見て、受け取ってくれ。

祐は彼女にそう言った。さらにこうも言ったという。

——手で持っていても、本当に手にしているとは限らないって。

とっさに体が動いていた。スーツのポケットをまさぐり、次に胸ポケットに手を入れる。それでも目当てのものが見当たらず、バッグをアスファルトに置いてしゃがみ、書類の束を取り出し、ファイルを取り出し、中をくまなく漁った。

それは、バッグのファスナー付きポケットから見つかった。

小川町のカフェで祐からもらった、シンプルなシルバーの四角いオイルライター。

逸る気持ちを抑えながら、震える指でそれを縦にしたり横にしたり、つぶさに眺め回す。蓋(ふた)を開けて中をのぞくと、なにか文字が刻まれていた。そこに日光が当たるよう角度を変え、片目をつぶってその文字を読み取る。

そこには、こう刻まれていた。


〝Believe(ビリーブ)〟


息が止まる。

その単語は、複雑に入り組んだ鍾乳洞(しょうにゅうどう)のような僕の心をかいくぐり、奥底にポトンと落ちた。

まるで小さな石を投げ込んだみたいに。

なんの変哲もないシンプルな文字だ。ただのロゴデザインで特に深い意味なんてないんだろう。

しかし、このときの僕には体が軋(きし)むほど響いたのだ。

……信じること……

それが身の内側をとおり抜けていく衝撃に、じっと耐える。

祐がずっと伝えようとしていたこと……

彼女が無言で僕を抱きしめ、伝えたかったこと……

手のひらにある四角いオイルライターを、ぎゅっと握りしめる。握り潰してしまうほど、固く強く。そして、その拳を額にぐっと押し当てた。

……もう一度、信じたい。

あきらめてしまえば、それで終わりだ。

だが、本当は信じたい。祐のことを。彼女のことを。彼女との特別な繋がりを。なにより、そんなものを信じようとする、子供みたいな自分自身のことを。

頭をガーンとハンマーで殴られた気分だった。

よかった、まだ終わりじゃないぞ。最後にやるべきことがある。

急いでスマートフォンを取り出してから、ふとためらう。

……待てよ。僕には午後から本社で重役会議がある。どうする……？

しかし、とっくに覚悟は決まっていた。よし、もうやるしかないんだと。

迷わずＳＮＳを起動し、彼女にメッセージを送る。

　那須川康太：今、どこにいる？

既読はすぐついたのに、返事がくるまでに数分を要した。じれじれしながら受信メッセージを読む。

六木みやこ：話していなかったんですが、実は今日から海外に……

那須川は音声入力に切り替え、速攻で返した。

那須川康太：その話は祐から聞いた。で、今どこ？
六木みやこ：魚住さんに聞いたんですね。なら、よかった。
那須川康太：それで、今どこにいるんだ？
六木みやこ：今ですか？　成田空港に向かうところです。
那須川康太：頼むから、現在地の詳細を教えてくれ。
六木みやこ：JR品川駅高輪口の品川ハーバーホテルのロータリー。
那須川康太：了解。

那須川はすでに走り出しながら時計を見た。品川なら渋滞がなければタクシーで十五分以内に行ける。

六木みやこ：けど、そろそろバスに乗りますよー。

画面を閉じる寸前に彼女のメッセージが見えたが、返信をしている暇はない。

那須川は猛然とダッシュして第一京浜まで出て、南に向かって走りながらタクシーを探した。第一京浜は流れていてタクシーも頻繁にとおるが、空車が一台も見当たらない。

息を切らせながら、那須川は走った。

――本当に欲しいものは、簡単に手に入らない。ちゃんと掴みにいくんだ。

おまえの言うとおりだよ。めちゃめちゃ怖くて漏らしそうだし、重役会議をサボるなんてハイリスクすぎる。僕は信用を失い、批難され軽蔑され、皆に迷惑を掛けた責任を取る羽目になるだろう。解任されたらどうしてくれる？　僕はもう三十六歳なんだぞ！

――勇気を出せ。

「クッソ！　わかってるよ！」

那須川は独りで口汚く罵倒しながら、ひたすら疾走する。頭の中で迷惑を掛ける人の数を数え、決議から外される重大な案件の数を数え、そのリカバリとフォローと謝罪すべきことを数えた。

今の僕は副社長なんだ。正気の沙汰じゃないぞ、本当に！

しかし、気分は最高だった。ヤケクソで、無茶苦茶で、どん底にいたけれど、同時にそれらを笑い飛ばしたくなるほどの爽快感があった。

よぉし、見てろよ……。僕はこれから一世一代の道化を演じるんだ。

どうせ散るなら、歴史に名を残すほど盛大に散ってやるからな！　世界一アホで、世界一陳腐(ちんぷ)で、世界一ダサくて恥(は)ずかしくて低能でくだらない僕の死に様(ざま)をちゃんと見ておけよっ!!

そこへ飛ぶようにやってきた空車のタクシーに、那須川は素早く乗り込んだ。

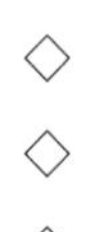

『Narita Airport(ナリタエアポート)』と派手なオレンジ色のロゴが入ったリムジンバスは予定より五分遅れで出発した。

美夜子は手荷物を網棚に載せて座席につき、スマートフォンの画面を見つめる。

那須川からメッセージの返信はなかった。既読はついているのに……

なんだったんだろう？　と美夜子は首を傾(かし)げる。現在地を聞かれたから、もしかしたら会おうとかそういう話になるのかと期待したけど、違ったみたいだ。

『那須川康太』という文字を見ただけでひどく動揺している自分を知り、やっぱり彼に恋しているんだと痛感した。

この間の件かな？　まだ怒ってるとか？　いずれにしろミラノに着いたらメールを送

ろう。それで、もし拒絶されたら……。そのときは潔くあきらめるしかない。

　リムジンバスはのろのろとロータリーを回り、近くにあるPホテルで待つ客を順番にピックアップした。国道に出るところが混み合い、バスはそこでしばらく停車する。

　車窓へ目をやると、歩道にはたくさんの人が行き交い、車は絶え間なく列を作っていた。平日昼間の駅前というのもあり、ビジネスマンやOLが多く、旅行者や学生の姿もちらほら見える。今日はいい天気で気温も高い。すぐ下を歩いていく男性の白いワイシャツにまぶしさを覚えながら、目に映る世界がふたたび薄いガラスに隔てられていく錯覚に囚われた。

　すごく寂しいな、と思う。

　世の人はそれを当たり前だと言うだろうけど、誰かとどんなに愛し合ったとしても、結局は独りだ。

　熱烈に愛し合ったカップルも、いつかは別れてしまう。結婚したとしても子供を産んだとしても、夫や子供とうまくいくとは限らない。むしろ家族がいるのに感じる孤独のほうが、より痛烈かもしれない。仮に円満な家庭を築けたとしても、いずれ待っているのは別離だ。最後に待ち受けている死という運命は、誰にも回避できない。

　もちろん、そんな瞬間はずっと先なんだろう。それまでにもっとたくさん楽しいことや悲しいこと、いろんなことがあると思う。けど、子供の頃からずっとその存在を感じていた。「いつか必ず死ぬ」という残酷な運命を……たとえるなら、目に見えない冷たい骸骨のようなものと、常に背中合わせで生きてきた。

楽しい瞬間もたくさんある。友だちと遊んでいるとき、小西と酔って騒いでいるとき、那須川と愛し合っているとき……冷たい骸骨の存在を忘れられる。残酷な運命なんてただの妄想で、もっと優しくて明るくて安心なハッピーエンドがあるはずだと信じられる。

だけど、時が過ぎればまた背中合わせに戻っているのだ。

こんな風に感じる自分は変なのかも。深刻すぎるし暗すぎるし重すぎるのかも。

それでも、自分の感覚に嘘は吐けない。

高級ワインも美味しい料理も綺麗な夜景も、どれだけお金を積んで最高の芸術品をモノにしても、冷たい骸骨を前にすればすべてが無意味に思えてしまう。

いつも虚しさを押し殺しながら手の演技を続けてきた。大粒のダイヤモンドを手にしていても、高価な腕時計をまとっている瞬間も、無視できない虚しさがついて回る。

そしてなぜか、手の演技に入るときの深い恐怖と、この冷たい骸骨の存在がどこかで繋がっている……そんな気がしてならなかった。

バスの乗客たちはこれからはじまる旅への期待に胸を膨らませている。そんなワクワクした空気を遠巻きに眺めながら、ついため息が出てしまった。

内臓がひりつくような寂しさに、シートにもたれて目を閉じる。

会いたいなぁ。康太さんに、会いたい……

そのとき、前に座った四人組の女子が、きゃあっと大きな歓声を上げた。そのあと爆笑が続き、「ヤバくない?」「ウケる」「怖い」などと口々に騒いでいる。

なんだろう? と美夜子は座席の間から様子をうかがう。二人が座席に膝立ちになってうしろを向き、なにか撮影しようと窓の外にスマホを向けていた。四人の視線は、美夜子から見てちょうど左斜め後方へ向けられている。

視線を追って美夜子もうしろを振り向いた。

なにかが、バスを追走してくる。

人間が車道をものすごい勢いで全力疾走しているのだ。走行するバスの二十メートルほど後方から。

美夜子は思わず三度見してしまう。

こ、康太さんっ……?

その人物は、まぎれもなく那須川康太だった。

三つ揃えスーツのジャケットの前がはだけ、ネクタイは首に巻き付きうしろへ流れ、ズボンの裾は風を受けはためいている。両手を交互に大きく振り、革靴を履いた足を力強く振り上げ、時速四十キロメートルほどで走るバスを完璧に追走してくる。

「あのおっさん、かなりヤバくない?」

「おおおお。めっちゃ速いめっちゃ速い。ウケる！」

「なんで走ってんの？」

きゃあきゃあ騒ぐ四人組の声が聞こえる。美夜子は、あたふたと立ち上がった。

どうしよう？　康太さん、いったいなにやってるの？

那須川が美夜子を目指して走っているのはあきらかだ。それだけはわかった。なぜ走っているのかは、わからないけれど……

美夜子はおろおろしながら座席間の通路をうしろへ歩き、最後尾の大きな窓に手をつく。バスが信号待ちで徐行し、那須川がすぐそこまで距離を詰めてきた。

一瞬、那須川と目が合った……ような気がする。

「康太さんっ！」

届かないとわかっていても声を掛けずにはいられない。

車内の乗客たちが、驚いたようにこちらを振り返った。

那須川に聞こえたはずはない。しかし、那須川は窓に張りつく美夜子を挑むように睨み上げると、さらに速度を上げてきた。バスのほうも加速し、ふたたび那須川との距離が開いていく。

ど、どうすれば？

美夜子は車内をきょろきょろ見回した。慌ててスマートフォンを取り出し、やっぱりダメだと思い直す。あんな全力疾走している彼に電話したところで、まともに会話できるわけがない。メッセージを送ったところで読む余裕がないのはあきらかだ。

『ったく、危ないなぁ～。車道走るなよ……』

バスの運転手がぶつぶつ言うのがスピーカーから聞こえてくる。どうやら那須川のことを言っているらしい。

降りなきゃっ！

慌てて最前列の運転席まで取って返し「すみません！　降ろしてください！」と運転手に懇願した。すると、初老の運転手は迷惑そうな顔でジロリと睨む。

『降ろせるわけないでしょう？　危ないから、絶対ダメですよ』

そこをなんとかと頼み込んだものの、当然ながら運転手は「絶対ダメ」の一点張りで取りつく島もない。そうこうしている間もバスと那須川の距離はぐんぐん開いていく。

しかし、バスはちょくちょく信号待ちで止まるので、その隙に那須川が距離を縮めてくる。

美夜子は急いで通路を戻り、最後尾の窓にドンッと両手をついた。

那須川がすごい形相で追いかけてくる。

まばたきをするのも忘れるぐらい、圧倒的な走りだった。

ものすごいスピードによる空気抵抗で、髪はボサボサに乱れてうしろへ流れ、苦しそうに歪む唇には唾液が張りつき、鼻水まで垂れている。ずり下がって傾いた眼鏡は、彼の高い鼻梁と風圧のおかげで落ちずにすんでいた。手の指はくっついてピッと伸ばされ、たくましい太腿は高く振り上げられ、革靴が力強くアスファルトに叩きつけられる音が、今にも聞こえてきそうだ。

那須川は命懸けで走っていた。

道行く人々は物珍しげに彼を指差し、車内の乗客たちは彼を見て笑っている。バスの運転手は眉をひそめ、車は迷惑そうにクラクションを鳴らしていた。それでも彼は、プライドも常識もルールもかなぐり捨て、あらゆるものを顧みず、決死の覚悟で疾走していた。なぜ走っているのか、理由はまったくわからないけれど……

畏敬か感動のようなものが、さざ波の如く美夜子の内側に訪れる。

……康太さん。

バスは第一京浜を順調に走り出し、那須川との距離がどんどん離れていく。彼の顎がだんだん上がっていき、苦しそうに喘いでから道路際に倒れ込む姿が、美夜子の目に映った。

どうにかしなきゃ！

美夜子は素早く網棚から手荷物を下ろす。

そして、確固とした足取りで最前列へ向かった。

◇◇◇

美夜子は転がるようにバスのステップを降りる。

すると、リムジンバスは憎々しげにクラクションを一回鳴らして乱暴に発車した。バスの緊急停車のせいで軽く渋滞していた第一京浜は、ゆるゆると流れはじめる。

そこへ、ふらふらになった那須川が追いついた。美夜子の前で倒れ込むように止まり、上体を折って両膝を掴んで支える。

「はあっ、はぁ、はぁっ、はあ……」

汗まみれの彼は苦しそうに肩で呼吸を繰り返した。さっき転んだせいでスーツの膝が破れ、疲弊しきって声も出せないらしい。尖った顎先から、汗の粒がいくつもアスファルトに落ちた。

なにしてるんですか？　急にどうしたんですか？　なぜバスを追いかけてきたんですか？

さまざまな質問が美夜子の脳裏をよぎるものの、今の彼は話せる状態じゃなさそうだ。手を差し伸べたいけれど、下手に触ると危険かもしれない。見るからに彼は体力の限界を超えているから。

長い時間を掛けて息を整えると、彼はようやく体を起こした。髪はヤマアラシみたいに乱れ、顔中を滝のような汗で濡らし、ずり落ちた眼鏡が鼻先に引っ掛かっている。ネクタイは首に巻き付き、ジャケットはしわくちゃで、ワイシャツは汗で色が変わっていた。

まるでコメディ映画の主人公のようで、おかしいやら呆れるやらでリアクションに困ってしまう。めちゃくちゃお洒落だけど間抜けだし、ダサすぎるのにすごく格好よくて、笑っていいのか感動していいのかわからない。

「いったいどうしたんですか？　なにをやってたんですか？」

とりあえず最大の疑問を口にしてみた。

彼はぜいぜい喘ぎながら、さらに十回ぐらい呼吸を繰り返す。

「重役会議サボってきた」

彼は言った。

びっくりして、息を呑む。仕事の鬼である彼らしからぬ発言だった。

「ごめん。格好つけてた」

彼は毒気を抜かれたような顔で言い、アスファルトへ膝からガクンと崩れ落ちる。そして、まっすぐこちらを見上げて言った。

「この間のことは、本当にごめん。仕事が忙しくて八つ当たりした。君に甘えてた」

「そんな……。私のほうこそ大人げなくて……」

「ずっとうらやましく思ってた」

「えっ?」

彼は大きく息を吐くと、まっすぐな瞳で言う。

「君みたいに、夢を追いかける人のことを。何十年もうらやましくて、ずっと憧れて焦がれて、気づかないうちにそれが妬みに変わってた」

彼は自嘲的に笑い、ふっと脱力してさらに言った。

「僕は……空っぽのなにもない人間なんだ。君みたいに、鋭い感性も、すごい特技も、純粋さもない。君が無心に自分の感覚を信じているような、本当の意味での自信もないんだ」

「そんなこと……」

否定しようとすると、彼は静かに首を横に振る。

「だから、躍起になってた。君に負けたくなくて、必死で高価な宝石や有名レストランや高級ワインで対抗しようとしてさ。そんなことしても呆れられるだけなのに。だんだん君との距離が離れていくのを感じて、ますます焦って癇癪を起こして、君を傷つけた」

そこで、彼は一回深呼吸した。ずり落ちた眼鏡を掛け直し、告白する。

「ずっと怖かったよ。君を好きになればなるほど、どんどん怖くなるんだ。自分が本当は無力で無価値で、金や肩書きで虚飾しないと生きられない、臆病者だと認めるのがさ」

彼はどこか吹っ切れたような、すっきりした顔をした。

「僕はもう昔には戻れない。夢か現実かの分岐点で、僕は現実を選んだ人間だから。僕はこれからもずっと死ぬまで商社マンとして、利益を争って勝ち負けの世界を生き抜くことになる。けど、僕の人生は、君との生活に捧げたい」

彼は声に力を込め、真剣な眼でさらに言う。

「君のためじゃない。二人の結婚生活のために、僕自身を使いきっていきたいんだ」

彼は自然な動作で、ジャケットのポケットから婚約指輪を取り出す。あのときダイニングテーブルに置き去りにした、ダイヤモンドのリング。

リングの輝きを目に映しながら、犠牲ということについて考えていた。

……康太さんの言うこと、わかる気がする。

大人になったら誰もが、なにかに身を捧げなければならないんだとしたら……

彼が会社で魂を擦り減らすように、私が死ぬ思いで手の演技をするように、なにかの犠牲にならなければいけないんだとしたら……

私もあなたとの生活のために、この身を捧げたい。あなたと一緒にいる未来のために、この命を使いきっていきたい。

彼は「僕は、なにもない人間なんだ」と自分に言い聞かせるように言い、「本当になんにもない」と、こちらを見上げ繰り返した。

「そんな僕だけど、君を求める気持ちだけは本気なんだ。僕には君が必要だし、君の傍にずっといたい。だから、どうかもう一度本当のプロポーズをさせてください」

ひざまずいたまま彼は深々と頭を垂れる。

このときの彼はまるで降参しているように見えた。運命を前に、自らの敗北を認め、その身も心も捧げようとしているような……

しばらく祈るようにしてから、彼は顔を上げる。そして、指輪をこちらへ捧げ、まっすぐに言葉を投げかけた。

「なんにもない僕だけど、心から君を愛してる。どうか僕と結婚してください」

純粋な言葉に、心打たれた。そして、自分にはなにもないと、告白する勇気に。

よく覚えておくんだと、胸に刻む。

康太さんが私のために、重要な重役会議をサボってくれたこと。滑稽なほど必死で全力疾走してくれたこと。ドロドロになって、アスファルトにひざまずいてプロポーズしてくれたこと……

大丈夫だ。どんなことがあっても、きっとやっていける。彼がくれたこの瞬間を、大切に胸にしまって生きていけば。

リングを受け取り、指にはめる。薬指を縛るリングは自分と彼を結びつけ、これからは制約を受けながら生きることを意味していた。

美夜子も心の中で運命のようなものに頭を垂れた。そして、言う。

「私もあなたと一緒に生きていきたい。あなたと結婚します」

笑顔を作ったつもりなのに、まつ毛の先から滴(しずく)がポロッと落ちる。

彼はさっと立ち上がると、格好いいヒーローみたいに固く抱きしめてくれた。頬に当たるワイシャツは熱く、汗でびっしょり濡れている。

「メール、書いたんですよ、私」

そう言うと、彼は優しく髪を撫(な)でてくれながら「メール？　どんな？」と返した。

「謝罪のメールです。ミラノに着いたら出そうと思ってたんです」

彼は体を少し離すと、頬の濡れた部分にキスしてくれた。

眼鏡越しの瞳は、愛おしそうにこちらをのぞき込んでいる。

「よかった。ミラノに行かせるわけにはいかないと思った。じゃないと、一生後悔するから」

彼が大真面目に言ったので、思わず噴き出してしまう。

「そんなおおげさな。滞在はたかだか二週間ですよ？　そのあとでもよかったのに……」

それを聞いた彼は驚愕(きょうがく)に目を見開き「なんだって？　二週間？」と声を上げた。

「二週間です。帰国するのは二十七日で……」

ただならぬ様子で愕然とする彼を見て、なんとなく察知する。

「もしかして……滞在期間は知らなかったとか？」

すると、彼はひどい頭痛でもするみたく額を押さえ「だまされた……祐の奴……」と舌打ちした。

まさか私がミラノに永住すると聞かされていたとか……？

彼が全力疾走した理由をあれこれ考えていると、彼は肩をプルプル震わせる。

怒ったのかと心配したら、彼は突然笑いはじめた。

すごく楽しそうに、うれしそうに、まるで子供みたいに。目尻に涙まで浮かべて大笑いしている彼を見て、こちらも釣られて笑ってしまう。

「ぼ、僕は、重役会議サボって、車道を死ぬ思いで走ったんだぞ……」

彼は笑いながら息も絶え絶えに言う。

「私も、バスの運転手さんにむちゃくちゃ怒られました。訴えてやるって言われましたよ」

それからしばらく、二人でケラケラ笑い続けた。

馬鹿馬鹿しくておかしくて、だけど泣きたいような、最高の気分で。

「まあ、結果オーライだ。祐の奴は、あとでシバキ倒さないとならないが……」

彼は明るく言って、もう一度抱きしめてくれた。

「でも、すごく格好よかったですよ」

そう言って、濡れたワイシャツに手のひらをそっと当てる。

「えっ？」

「めちゃめちゃ格好いいアスリートみたいでした！　必死で走ってる姿を見て、ああすごく素敵だな、私、恋してるんだなって思いました」

　このときの美夜子は彼と目を合わせながら、背中に冷たい骸骨の存在を確かに感じていた。

　きっとそれが消えることはないんだろう。

　これからも呆れるほど幻滅を繰り返し、傷ついたり憎み合ったり、苦しみが終わることはない。

　――けど、それでいいんだ。私には、康太さんが見せてくれた、たくさんの景色があるから。背中に冷たさを感じるからこそ、切り取られた大切な一瞬一瞬を、慈しむことができるのだ。

　最後に待ち受ける残酷な運命が変わらなかったとしても、きっといつかすべてを静かに受容できる。

　そのときに、温かく特別な繋がりを信じていたい。

　彼の顔を見上げ、想いを込めて告白した。

「私も、康太さんが大好き。あなたを心から愛してます」

　すると、彼はすごく照れくさそうに微笑む。

　このときの彼の無垢な笑顔は、生涯忘れられないものとなるだろう。

◇◇◇

深海のような底から意識が浮上し、美夜子ははっと我に返った。

まぶたを開けると、那須川が心配そうにのぞき込んでいる。眼鏡を外した瞳は暗褐色にきらめき、乱れた髪がセクシーだった。こめかみに汗が光り、筋肉の美しい裸体を晒している。

「……大丈夫？」

いたわるような美声で、彼は言う。

おぼろげな意識で美夜子は聞き惚れた。だんだんここがどこで、今がいつなのか思い出してくる。

そうだ。私、ミラノから帰国して、康太さんが空港まで迎えに来てくれて、それで……一度も自宅に帰らずに神楽坂にある那須川の自宅に強制連行された。そして、美味しい日本食を振る舞われたあと、ベッドに押し倒されたのだ。手荷物はまだこの家のリビングにあるはず。

しばらく会えなかった分、彼のセックスは激しくて淫らで、前戯で何度もイカされた。挿入されたあとも、あっという間に絶頂へ押し上げられ、あまりの気持ちよさに気を失ったらしい。

那須川の怒張したものは、まだ下腹部の中にある。奥まで潜り込んだままじっとし、美夜子が目覚めるのを待っていたようだ。呼吸すると膣内で微かに粘膜が擦れ、かゆいような痺れが起きる。

「大丈夫？」

魅惑的なバリトンボイスが繰り返す。

美夜子は、どうにかうなずいた。心まで癒されるような美声を、ずっと聞いていたい。

那須川の長い指が美夜子の腿の裏に食い込み、大きく股を開かされる。どの体位のときに女性がどういうポーズだと気持ちいいのか、彼は熟知していた。セックスのときスマートにリードしてくれ、それが頼もしくて格好いい。

康太さんてエッチだけど、すごく丁寧だし気持ちよくしてくれるし……

やっぱりセックスするなら経験豊富な大人の男性がいい。体の相性は最高で、たぶん彼以上の人はこの世に存在しない。

那須川が慎重に腰を引きはじめる。巨大な怒張が、するするする……と膣襞を舐めていき、快感で吐息が漏れた。そして、またゆっくり奥まで挿入ってくる。また引いては突かれ、引いては突かれる。すごくスローなセックスに、体の芯がつぅーんと痺れた。

大切に愛おしむかのように、繰り返し貫かれる。剥き出しの肉杭の粘膜と膣襞が甘く擦れ合うたび、全身に震えが走った。奥を優しく貫かれると、彼の苦しいほどの恋情を感じ、息もできない。セックスがすごく愛に溢れ、全身全霊を懸けてあなたを大事にしたいと、訴えかけてきて……

巨杭がぬるりと滑り抜けるたび、ぬるい蜜が分泌される。揺りかごみたいに上下に揺すられ、背筋まで甘く痺れ、乳房の頂がツンと尖った。乾いたシーツが背中に触れ、彼のベッドには大人っぽい雄の香りが漂い、堪らない心地になる。

ああ、好き。き、気持ちよすぎて……死んじゃう……かも……

すると、彼が顔の横に左手をつき、ぐっとマットが沈んだ。眼前に迫った彼は眉をひそめ、潤んだ瞳がひどく切なそうで、ハートをまっすぐ刺し貫かれた。

「……寂しかった」

絞り出すように、彼はつぶやく。

……康太さん……

普段見せない彼の弱々しさに、きゅんきゅんしてしまう。可愛くて、不憫で、愛おしくて。今夜の彼はびっくりするほど幼く、素直だった。

——先日、出国前にプロポーズされ、二人でタクシーに飛び乗って空港へ急いだ。

そのあと慌ただしく出国してしまい、ゆっくり話す時間がなかった。今夜も満足に話ができたとは言えない。まだミラノの撮影の話もできてないし、お土産も渡してない。黙って熱く見つめ合ってばかりで、食事を終えたら急くように抱き合ったから……

私も寂しかったよ……

言葉の代わりに、そっと彼のシャープな頬に触れる。肌はつるりとなめらかで、顎のほうへ下がるにつれ、ひげがざらついた。

パッと左手を捉えられる。彼は目を細め、熱っぽく美夜子の左手を見つめた。薬指には婚約指輪が光っている。

彼は、つ、と舌を空中に突き出し、ぺろりと手首を舐めた。

ぬめる舌の感触に、ぞわぞわっ、と背中が粟立つ。

さらに彼は、手首から手のひらへ舌を這わせた。手のひらの皺を一本一本舐め、人差し指の付け根を、チュッと吸い上げる。アイスキャンディを味わうみたいに、左手をねっとり舐り回した。

まるでフェラチオしてるみたい。彼は美しいまぶたを半分閉じ、恍惚とした表情でしゃぶっている。湿った息が手にかかり、ぬるっとした舌が触れるたび、飛び上がるほどくすぐったい。彼がだんだん興奮していくのがわかる。内部の巨杭はさらに膨らみ、蜜壺をねちねちと押し広げた。

「あっ……ああぅっ……」

膨張感で喉が詰まり、声が漏れる。

「すごく、綺麗だ……あなたの手……」

那須川は熱に浮かされたように言う。

彼は左手を味わいながら、腰をいやらしく前後させはじめた。さっきより速く、小刻みに揺さぶってくる。左手に興奮しながら、肉杭を前へうしろへ滑らせ、高みへと駆け上がっていく……。

ぐちゅっ、ぬちゅっ、と結合部は淫らに鳴り、お互いの陰毛が絡まり合う。蜜をふんだんに溢れさせながら、彼の紡ぎ出す旋律に酔いしれた。だんだん腰の速度が上がり、ベッドがギシギシ激しく軋む。

「好きだっ……美夜子さん……」

熱い息を荒くしながら、彼は訴えた。

ずぼっ、ずぼっ、とリズミカルに叩きつけられながら、彼の野性的な姿態を記憶に刻んだ。下腹部の甘やかな衝撃と、こちらを見下ろす灼けつくような眼差し。途方もない快感と、男性の筋肉の美しさと、ほとばしる情欲の濁流。

こ、こんなに愛されてるなんて……

筋骨隆々とした肌に玉の汗が浮かび、しゃくるように巨杭が暴れ回る。激しい執着と情愛が結合部から流れ込んできて、全身が熱く燃え上がった。蜜壷はとろとろにとろけ、蹂躙されながらも、気絶しそうな愉悦に襲われる。

「あっ。あっ、はっ、んん、いいっ、ああっ……」

堪らず嬌声が漏れ、美夜子の爪先が反り返る。

彼はおまじないのように薬指のリングに口づけ、上体を倒し唇を求めてきた。喉の奥深くまで舌を挿し入れられ、怒涛の如く腰が振りたくられる。頑強な背中を抱きしめ、左手で彼の汗ばんだうなじに触れた。

猛りきった巨杭が、じゅくじゅくと膣襞を擦り立てる。美夜子は太腿を思いきり開き衝撃に耐えた。

気持ちいいものがどんどん張りつめ、全身がわななないた。

「んっ、んっ、んっ、んふっ……！」

口腔を彼の舌でいっぱいにし、絶頂を迎えたのは同時だった。

張りつめたものが鋭く弾け飛ぶ。すると、巨杭が奥深く潜り込み、引き締まった尻がビクビクッと痙攣した。その震えがひどく猥褻で、息が止まる。

どぼぼぼっ、と膣内で熱いものが噴き出した。

「……んんふっ……」

口腔の粘膜も溶け合い、巨杭と膣襞もぴったりと密着する、うっとりするような一体感。

じゅわーっと、熱い精は広がっていく……

彼は感電したように腰を震わせ、白い精を吐き続けた。

彼の舌をしゃぶりながら、熱い精でお腹が満ちていく感覚に、陶酔してしまう……。

「んぁっ、あっ、はぁっ……」

彼はたっぷり吐精しながら口を開け、空中で舌だけ絡め合わせた。彼の吐く熱い息が、触れ合う舌先にかかる。

最後の一滴まで吐き尽くしたあと、彼は大きく肩で息を吐いた。

彼は全身汗だくで、硬い腹筋を汗が滑る様は、男らしくて素敵だった。

愛の余韻に浸りながら、とろけるような視線を合わせる。

「……早くこうしたかったんだ」

少し恥ずかしそうに彼は言う。

「私もずっと会いたくて……あなたにちゃんと謝りたかったんです」

ちょっと可愛いなと思い、きゅんとしながら美夜子は言った。

彼が「ん？」と目を少し見開き、美夜子はさらに言う。

「ワガママ言って困らせたこととか、出国前に重役会議をサボらせてしまったこととか……。本当にごめんなさい」

すると、彼は優しく目を細めて微笑む。気にすることはないと、励ますように。

あれが最後だ、と美夜子は心に決める。

彼が美夜子のために社会生活を疎かにするのは、あれが絶対に最後。あのとき、彼は私のために会社も肩書きも立場もすべてを捨ててくれた。あの一瞬がすべてで、もう充分過ぎるほどだ。

今度は自分が、彼と彼が大切にするものを支えたい。彼自身だけじゃなく、会社や肩書きや彼が属しているものすべてを慈しみたいのだ。

「これからは、私もあなたを支えたいんです。仕事を頑張るあなたを支えて、あなたの会社も立場もお金のことも、心から大切にして生きていきたい。だから、どうか私と結婚してください」

美夜子は祈るように言った。ちゃんと想いを伝えたのは初めてだ。

すると、彼はうれしそうに額に額をコツンと合わせた。

二人は向かい合って座り、那須川の太腿の上に美夜子がまたがっていた。

雄々しい巨杭は美夜子の股間に深々と収まり、白い尻が艶めかしく揺れる。

ああ……この体位は、思い出すな。あの西新宿のプレジデンシャルスイート……

那須川はぼんやり思う。彼女と初めて結ばれた、忘れられない夜。リビングのソファの上で何度も愛し合った。

もっといろいろ話がしたい。気持ちを全部伝えたい。けれど、それ以上にあなたがもっと欲しい。もっともっと……

那須川の手が、美夜子の背中から腰へ這っていく。大理石のような美しい肌は手に吸いつき、腰のくびれは艶美なカーブを描いていた。すべすべの肌を手で撫で回すほど官能が高まる。

那須川のものは柔らかい熱襞にしっとり包み込まれ、とろけるような愉悦に腰がわないた。

喉の奥が灼けつくほど恋心が加速し、何度も奥深く突き上げた。こうして彼女を腕に閉じ込め、繋がっているのに、まだ全然足りない。頭からバリバリ喰ってしまいたい。しなやかな肢体を抱きしめ、艶やかな唇をキスで塞ぐ。急いて舌を絡めながら、無我夢中で蜜壺を擦り回した。

「んんっ、んっ……！」

彼女の声は封じられ、手に触れた腰が痙攣する。彼女の体温は上がり、汗で肌が滑った。

ぶちゅぶちゅっ、と掻き出された白蜜が睾丸を濡らす。那須川のものを深く咥え込んだまま、円を描くように白い腰がうねる。とろとろの熱襞に挟まれ、えもいわれぬ心地だった。

鼻孔を掠める、雌のフェロモンのような香りに、脳髄まで沸騰しそうになる。

「み、美夜子さん、あっ……す、好きだ。愛してる……」

ぎゅっと抱きしめ合うと、柔らかい乳房が胸にむにゃりと当たり、エロティックな気分が高まった。

「こうた、さん、あっ……わ、私も、好き……」

切れ切れに言う桃色の唇は色っぽく、潤んだ瞳に見惚れてしまう。淫らに腰を振りながら、必死でしがみついてくる彼女が、堪らなく可愛らしくて……

「美夜子さんっ……」

激しい恋情は制止できず、もう一度唇を貪る。唇をこじ開け、舌をすくい上げ、口腔を舐り回した。彼女は体の奥まで貫かれたまま、おずおずと舌で応えてくれる。溢れる唾液も巨杭に絡まる白蜜も温かく、愛おしさに胸を掻きむしりたくなった。

「好きだっ……。僕はあなたが好きすぎて、もうっ……ああ……」

自分にはない、彼女の純粋さ非凡さ。しなやかな手指の放つ、圧倒的な魅力。肌や髪や瞳の美しさ。ひたむきに夢を信じる心と、現実にも立ち向かう強さのようなもの。そのすべてに抗いようもなく惹かれていた。焦がれて焦がれて、苦しくなるほど嫉妬し、羨望し続けている。神聖な彼女を守りたいと同時に、めちゃめちゃに壊して犯したい衝動が尽きない。

この命を賭して優しく愛したいのに、僕のものにしたいのだ。彼女の中に入り込んだまま、永遠に彼女と一つになりたい……

汗だくで腰の筋肉を酷使しながら、最深部に肉杭をなすりつける。彼女が「ああ……気持ちいい……」とつぶやき、腰を痙攣させて達したのがわかった。それでも、無我夢中で擦り続ける。体中の血液が燃えたぎり、彼女の奥でひたすら快感を追いかけた。

「み、美夜子さん……あなたがっ……」

彼女の麗しい手指が、さわさわと肩甲骨を撫で下げる。その感触に背筋がゾクゾクッと痺れた。マグマが噴き出すように、射精感が込み上げる。

「……あっ」

どろりと熱が尿道を走り、尻がブルッと震えた。びゅるるるっ、と先端から精が勢いよく放たれる。

息が止まり、喉から音が漏れた。

「あああ……き、気持ちいい……」

愉悦の稲妻に身を貫かれ、意識がふーっと遠のく。四肢を震わせながら吐精し続けた。とろけた蜜壺が温かい精で満ちていく……

「あ、愛してる……美夜子さん……」

彼女に注ぎ込みながら、穏やかな愛情が込み上げてくる。

「あ……すごい。康太さん、あったかい……」

彼女が頬を染めてつぶやいた。

彼女の柔らかい蜜壺に、優しく精を吸われている心地がする。それはうっとりするほど甘美な快感で、何度でも吸い取られたい。この身が朽ち果てるまで、何度でも……

逆流した精が彼女の中から溢れ出しても、二人は繋がったままでいた。彼女の濡れ鬢にくるまれているのは、温かくて心地よくて安心する。

「このまま、あなたの中にいたい。ずっとこうして挿入ったまま、死ぬまで……」

なかば本気でささやくと、彼女は微かに笑う。

「私も。康太さんをこうして、私の中に閉じ込めていたいです」

彼女の澄んだ瞳を見つめながら、切ない気持ちになった。

残念ながら、それは叶わないのだ。二人は別々の肉体を持つ、他人同士だから。別個の人格を持ち、それぞれの人生を自立して歩まなければならない。

しかし、結婚すれば毎晩、彼女のもとに帰ることができる。彼女と深く繋がって一体になれる儚い刹那を、慈しむことができるのだ。彼女とたくさん喧嘩したり、笑い合ったりを繰り返しながら。

そのために、この身を捧げようと思う。

現実で血反吐を吐き、泥まみれになりながらも、彼女と一緒に試練を越えていく道を歩きたい。そして、とうに捨ててしまった夢を追いかける心を、彼女を通じて取り戻したいのだ。

彼女を守り、支えることによって、彼女の夢を一緒に追い求めたい。不思議な魅力を持つ彼女がどう成長し、どう変わっていくのか、最後まで見届けたいんだ。一人の男として、彼女の夫として。

だから、無力な僕のちっぽけな人生を賭して……

「生涯、君を愛すると誓うよ」

そう言った瞬間、涙腺に熱いものが込み上げる。

それは自分が失ってきたものへの哀しみと、彼女への愛おしさがない交ぜになったものだった。

「私も。あなたを愛します。おばあちゃんになるまで、ずっと……」

彼女はこちらの気持ちを理解したかのように、優しく微笑む。

このときの彼女の笑顔を、生涯忘れないでいようと心に決めた。

書き下ろし番外編

眉目秀麗な夫に夜な夜な愛される

——結婚してから顔つきが穏やかになった気がする。

そう評してくれたのはマネージャーの小西だった。

あまり自覚はないんだけどな、と美夜子は思う。そんなにわかりやすく変わるものだろうか。結婚したぐらいで？

とはいえ、今の美夜子は幸せだった。ようやくあるべき居場所に落ち着けたような、しっかりと地に足がついたような、ゆったりした幸福感に包まれている。

やはり夫の那須川康太の存在が大きい。これまで生きてきて彼ほど頭が切れ、精神的に頼りになり、経済的な安定をもたらしてくれる男性に会った経験はなかった。

その上彼は、美夜子の心も体も欲してくれている。他の誰よりも強く……

釣った魚にエサをやらない、なんて言葉があるけれど、どうやら彼には当てはまらないらしかった。彼の美夜子に対する情熱は夫婦となってからも尽きることなく……それどころかまったく衰えを知らず、ますます熱く燃え盛(さか)っている。

誰かにどっぷり甘えられる幸せ、というものを生まれて初めて味わっていた。

毎日が満ち足りて、心配も不安も一切なく、大きな安心と感謝だけがある生活。

以前の自分はガツガツしすぎていたのかも、と振り返る。パーツモデルとして大成したいのになかなか芽が出ず、だけど日々の生活はやっていかなきゃいけないし……と、あれこれ気負って焦っていた。都内で独身女性が一人で生きていくのは本当に大変なのだ。過去の自分がガツガツしていたとしても環境がそうさせていた部分もあった。

肉体が老いていくように心も少しずつ変化していくのかなと思う。成功を夢見て、焦燥に駆られ、必死で頑張るフェーズもあれば、ペースダウンして自分を見つめ直すフェーズもある。どのフェーズがいつ訪れるかは人それぞれだけど、なるべくなら柔軟に、流れに身を任せて歳を重ねたいと思えるようになった。

この私にそんな風に思える日が来るなんて……なんだか信じられない。

思わず、ふっと微笑んでしまう。以前はあれほど加齢を恐れていたのに。手肌が劣化するのが嫌でお給料のほとんどをスキンケア化粧品に注ぎ込んでいた。老いを恐れるのみならず、全力で闘って抗っていたのだ。時の流れに身を任せるなんて論外だった。

今は自分に訪れた変化をうれしい気持ちで受け入れている。

「美夜子さん、さっきから頬が緩みっぱなしですよ。独りでニヤニヤうふうふしちゃって、お幸せそうですねぇ。いったいなにを思い返しているんですかねぇ？」

パソコン越しに小西が半眼になってニヤニヤしている。美夜子は自らの頬に両手を当て「やだーわかりますー？」と調子に乗ると、小西は悔しそうに歯噛みした。

「くっそ～、新婚の新妻め、うらやましすぎる！　いいなぁいいなぁ、私もニヤニヤしたい。目黒区に億超えの新築一戸建てドーンと買ってさ、皆に自慢しまくりたい！」

小西は目黒区と言ったが正確な住所は品川区だ。ちょうど両区の境界に位置し、洗足駅に近いところにある新築の一戸建てを購入し、現在はそこに夫の康太と住んでいた。

かつて康太が独り暮らししていた神楽坂のマンションはそのまま所有している。基本的に平日は神楽坂に寝泊まりし、週末は洗足まで帰って二人きりで過ごし、二つの拠点を便利に使っていた。

「しかもさ～、新婚旅行はモルディブでしょ？　いいなぁ～、憧れるわ～。美夜子さん、こんがり日焼けしちゃってさ、すっかりセレブ妻になられて。もう私の手の届かないところへ行ってしまわれたのね……。あの頃の美夜子さんはもういない……」

遠い目をして大げさに嘆く小西に対し、とりあえず「なに言ってんですか！　なにも変わってませんよ」とツッコミを入れつつ、美夜子はしみじみ感じ入る。

「なんかまだ慣れないです。小西さんに、美夜子さん、て呼ばれるの」

「もう今後はさ、誰に対しても下の名前呼びしようと思って。結婚して名字変わる子もいるしね。那須川美夜子ってなかなかよい響きよね。うんうん、いい名前だわ」

小西はひとしきりうなずいてから、おもむろに声を上げた。

「あ、そろそろ終業時刻だけど、いいの？　準備しなくて。金曜日はいつも定時ぴったりに上がるんでしょ？」

「そうだ、しまった。すみません、ありがとうございます！」

美夜子は慌ててパソコンをシャットダウンし、立ち上がってジャケットを羽織る。ハンドバッグを素早く掴み、小西の冷やかしの眼差しに見送られながら事務所を出た。

日置繊維の副社長を務める康太は、平日は非常に忙しく、帰宅も深夜になることが多い。けれど、金曜日だけはどうにか都合をつけ、一緒に過ごす時間を捻出してくれていた。これは二人の結婚生活を豊かに過ごすために設けたルールみたいなものだ。

――ルールと言うより、僕がダメなんだ。君と最低でも週二日は……できれば、金土日の三日間は君といちゃいちゃできないと、精神がもたない。あと……体も。

深刻な表情で康太にそう告白され、その場は冷静にうなずいたものの、美夜子の内心はめちゃくちゃ恥ずかしかったし、うれしかった。

それって私のこと……すっごく好きってこと？　精神がもたないほど必要とされてるってことだよね……？

思い出すたびに有頂天になり、勢い家路を急ぐ足も軽やかになる。

結婚前から康太にはそういうところがあった。彼の無意識の言動や悩みの中に、美夜子に対する並々ならぬ情熱が垣間見え、それが美夜子をドキドキさせたり浮かれさせたりする。

自分がとんでもなく魅力的な美女に生まれ変わった錯覚に陥らせてくれるのだ。

冷静に客観的に見たら、まったくそんなことはないのだけど。

康太さんのそんなところも魅力的よね……と、またしてもクスッとしてしまう。妻と一緒に過ごすにはどうすればいいかと眉間に皺を寄せ、真剣に考え込む彼の姿はどことなく滑稽な可愛さがあった。普段は重役然とし、厳めしいオーラを放っているのに。

今宵は康太がとっておきのワインを用意し、美味しいと評判のデリバリーをアレンジしてくれ、美夜子の帰りを待っている。

美夜子はウキウキした気分で、踊るように地下鉄の階段を下りた。

爽やかな木の香りが漂う、新築一戸建ての静かな部屋で夫と二人きり。

ディナーは美味しかった。夫もすごく優しかった。これ以上の幸せはないかも……

美夜子は一糸まとわぬ姿でベッドに座り、ぼんやりと思う。極上のワインがほろ酔い気分にさせてくれていた。

「……美夜子」

ささやくような声に、美夜子は我に返る。

康太の大きな手が、美夜子の右肘（みぎひじ）をそっと包み込む。彼の手は、橈骨（とうこつ）のラインに沿って滑り下り、やがて手首に到達した。

さらりと乾いた手のひらが、ゆっくりと手肌を愛（め）でる。

ゾクッと鳥肌が立ち、変な声が漏（も）れそうになった。

あ……。や……やらしい……触りかたが。すごく……

手首の横にある、丸く突き出た骨のところを彼の指が這（は）うたび、ハンドハーネスのダイヤモンドがシャラ、と揺れる。これは結婚のとき彼からプレゼントされた一点ものの特注アクセサリーで、愛し合うときはいつも右手に着けていた。……彼がそう望むから。

うしろから彼に抱きしめられる形で、美夜子は手を愛撫（あいぶ）されている。背中を覆（おお）っている彼の素肌は熱く、鍛えられた筋肉の凹凸（おうとつ）が頼もしかった。

うなじにかかる彼の息遣いは、荒い。

黙って美夜子の右手を触りながら、彼が激しい性衝動を押し殺しているのが伝わってくる。乱暴に傷つけてはいけないからと、身の内に渦巻く情欲を彼が抑えれば抑えるほど、それがなぜか異様な興奮を美夜子にもたらしていた。

美夜子の腰の辺りに、鋼鉄のような熱い怒張が当たっている。その先端は濡れそぼち、興奮の極みにあるのがわかった。今さっき愛し合ったばかりなのに。

食事が終わってすぐ、もう我慢できないとばかりにリビングのソファへ押し倒され、着衣のまま激しく貫かれた。そうして彼は一度、美夜子の中で果てたのだ。

やっぱり康太さん、すごいっていうか、結婚しても衰え知らずなのかも……

そうは言っても美夜子も嫌いではなく、タフな夫でよかったと思っている。こうしてたぎる怒張をお尻に感じながら、手に触れられているだけで、秘裂はしっとりと潤い、彼を求めて媚肉は妖しく蠢いていた。

体を熱くさせながら美夜子は思う。たぶん、身体が憶えてしまっているのだ。手に触れられたあと、激しく突き入れられ、淫らな快楽が与えられることを……

「美夜子……」

掠れた声もすごくセクシーで好きだ。

彼の指がせがむように秘裂に触れると、グチョッ、とはしたない音が鳴った。

受け入れますという意でお尻を少し浮かせると、焦れたように屹立した怒張が下にきて、丸い先端がピタリと秘裂にあてがわれる。その手際のよい早業に思わず苦笑が漏れた。ガッツいている彼がなんだか可愛らしくて……

焦らして意地悪したりはせず、じわじわ腰を落としていく。

怒張の先端はつるりと難なく潜り込んできた。

膝を曲げるにつれ、灼熱の肉槍が膣襞を割り広げ、奥へ奥へと進んでくる。腰を落としきると、硬い矢じりに最深部を穿られ、四肢に快感の震えが走った。

あぁ……。すごく……大きくて、熱くて……硬い……

もう何度も交わっているせいで硬い熱塊はすんなりと媚肉に馴染む。それを何度咥え込んでも、堪らない心地よさは変わらない。

こうして繋がっているだけで彼への恋慕の情が胸をよぎった。

「み……やこ……」

達するのを堪えるかのように、膣内で彼自身がドクリと脈打つ。

屹立した肉槍を己の中心へ突き立てるように、美夜子は腰を動かし始めた。

輝くプラチナがツタの如く巻きついた右手を、うしろにいる彼がギュッと握って引く。

剥き出しの硬い肉槍に、蜜壺がグチュグチュと掻き回される……

膣内でとろとろの粘膜と粘膜が絡まり合い、痺れるほどの甘美な刺激に背筋が慄く。

んっ、あっ、あぁ……。き、キモチいい……。お、おかしく、なりそう……！

あまりの心地よさに動きが鈍くなる美夜子とは対照的に、彼は腰の筋肉をグッと引き締め、猛々しい肉槍をしゃくるように突き上げてきた。

奥のほうのすごく気持ちいいところを繰り返し穿たれ、意識が遠のき陶然となる。

あ……ふっ、深いっ……。こ、こんなに、深いところまで……あくぅ……

生のままの矢じりがそこに容赦なく擦りつけられ、とめどなく白蜜が溢れ出す。

それを潤滑油にし、膣内で猥褻な肉槍はますます猛り狂い、暴れ回った。

「あっ、あぁ、みっ……美夜子っ……！　す、好きだっ……！」

達する直前の彼の声は裏返り、それになおさら官能を煽られる。

肉槍が突き立てられた腰を勢いよく弾ませ、もう張り詰めたものが限界だった。

「んっ、んんっ、康太っ、さんっ……私、も、もうっ……！」

イッちゃうっ……！

せり上がったものが股間で鋭く弾け飛ぶ。

右手をグッとうしろに引かれ、滑り込んできた矢じりが最深部を押し上げたのはほぼ同時だった。

そのあまりの深さに、息を呑む。

あっ……。

お腹の奥で、勢いよく精が噴き出すのがわかった。

断続的に放たれるそれが子宮口を力強く叩く……

「……ん……くっ……」

食いしばった彼の口から、うめきが漏れた。

解放するときに彼の腰はガクガクと痙攣し、その振動がお尻に伝わってくる。

……あ。……すごく、ドキドキする……

うっとりと意識は恍惚境を漂い、たっぷり放たれる精を受け入れた。

こうしているとまるで彼の精を吸い取っているような感じがする……

「……はぁっ、み、美夜子……。愛してる……」

最後はうしろから優しく抱きしめられ、心はホッと安堵感で満たされた。

背中に当たる素肌は汗で濡れ、厚い胸板の奥で彼の鼓動が轟いている。

それを愛おしく感じながら、彼の手にそっと右手を重ねた。

「私も……。康太さん、大好き。愛してる……」

すると、想いを込めてギュッと抱きしめてくれる。

深い愛情がすごく伝わってきて、胸がいっぱいになった。

胎内は温かい精で満たされ、そこで徐々に彼が力を失っていくのを感じるのは幸せなひと時だ。少しの倦怠感と、本能からの満足感と……他になにもいらないと思えた。

「……そろそろ子供、欲しいよな」

彼のつぶやきに少し驚く。ちょうど同じことを考えていたからだ。

「……私、子供ができたら、家庭優先で生きようかな」

「え？　もうモデルは辞めるってこと？」

驚く彼のほうへ振り返り、微笑みかける。

「うん、たぶん。今後はもう個人的に……あなたのためだけに手の演技をしてもいいかなって。私の中で足りなかったものが満たされてね、モデルに対する執着がだんだん薄くなってきたの」

　すると彼は、優しい眼差しで柔らかく微笑した。

「好きにしていいよ。辞めるって決めなくてもいいんだ。少し休憩した後、またモデルを再開してもいいし。君がモデルをしてもしなくても、僕は変わらず愛してる。僕のためだけに演技をしてくれるなら……それは望外の喜びだよ」

　そう言ってくれた彼の澄んだ瞳を、穏やかな気持ちで見つめる。

　あのね、康太さん。あなたが、私や家庭のためにその身を捧げてくれるなら、私も家庭のために捧げてもいいかなって……そんな風に思えてきたの。

　それは無理をした自己犠牲なんかじゃない。私がそうしたいなって自然に思えるようになってきたんだよ。

　夢の世界と現実の世界。そこを行き来して生きるのはちょっとしんどかった。けど、その二つが重なって混ざり合ってどんどん形を失っていって……一つの別のものになったなら、それはそれでいいと思う。

　万物が流転するように、私自身も柔軟に変わっていけたらいいなって……そう願ってるの。

「じゃー、今週末も子作り頑張る？」

美夜子がそう聞くと、康太はすごく楽しそうにうなずいた。

恋愛小説「エタニティブックス」の人気作を漫画化!

EC Eternity COMICS

待ち焦がれたハッピーエンド

漫画 渋谷百音子 Moneko Shibuya
原作 吉桜美貴 Miki Yoshizakura

ニューヨークで暮らす貧乏女優の美紅は、生活費のため、ある大企業の秘書面接を受ける。無事に採用となるのだが、実はこの面接、会社のCEOである日系ドイツ人、ディーターの偽装婚約者を探すためのものだった！　胡散臭い話だと訝しむ美紅だったが、報酬が破格な上、身体の関係もなしと聞き、フリだけなら…とこの話を引き受けることに。それなのに、彼は眩いほどの色気で美紅を魅了してきて――!?

B6判　定価：704円（10%税込）ISBN 978-4-434-24658-6

本書は、2018年9月当社より単行本として刊行されたものに、書き下ろしを加えて文庫化したものです。


この作品に対する皆様のご意見・ご感想をお待ちしております。

おハガキ・お手紙は以下の宛先にお送りください。

【宛先】

〒150-6008 東京都渋谷区恵比寿4-20-3 恵比寿ガーデンプレイスタワー 8F
（株）アルファポリス　書籍感想係

メールフォームでのご意見・ご感想は右のQRコードから、
あるいは以下のワードで検索をかけてください。

ご感想はこちらから

エタニティ文庫

眉目秀麗な紳士は指先に魅せられる

吉桜美貴

2022年1月15日初版発行

文庫編集－熊澤菜々子
編集長－倉持真理
発行者－梶本雄介
発行所－株式会社アルファポリス
〒150-6008 東京都渋谷区恵比寿4-20-3 恵比寿ガーデンプレイスタワー8F
TEL 03-6277-1601（営業）　03-6277-1602（編集）
URL https://www.alphapolis.co.jp/
発売元－株式会社星雲社（共同出版社・流通責任出版社）
〒112-0005 東京都文京区水道1-3-30
TEL 03-3868-3275
装丁イラスト－園見亜季
装丁デザイン－ansyyqdesign
印刷－中央精版印刷株式会社

価格はカバーに表示されてあります。

落丁乱丁の場合はアルファポリスまでご連絡ください。

送料は小社負担でお取り替えします。


ISBN978-4-434-29869-1 C0193